CLÁUDIA LEMES

QUANDO OS MORTOS FALAM

Copyright© 2021 Cláudia Lemes

Todos os direitos dessa edição reservados à editora AVEC.

Nenhuma parte desta publicação poderá ser reproduzida, seja por meios mecânicos, eletrônicos ou em cópia reprográfica, sem a autorização prévia da editora.

Editor: Artur Vecchi
Projeto Gráfico e Diagramação: Vitor Coelho
Design de Capa: Vitor Coelho
Revisão: Gabriela Coiradas

1ª edição, 2021
Impresso no Brasil/ Printed in Brazil

Dados Internacionais de catalogação na Publicação (CIP)
(Câmara Brasileira do Livro, SP, Brasil)

L 552

Lemes, Cláudia
Quando os mortos falam / Cláudia Lemes.
– Porto Alegre : Avec, 2021.

ISBN 978-65-86099-86-7

1. Ficção brasileira
    I. Título

CDD 869.93

Índice para catálogo sistemático: 1.Ficção : Literatura brasileira 869.93
Ficha catalográfica elaborada por Ana Lucia Merege – 4667/CRB7

Caixa Postal 6325
CEP 90035-970 – Porto Alegre – RS
contato@aveceditora.com.br
www.aveceditora.com.br
@aveceditora

Um dos meus tropos preferidos é "does not know how to say thanks", no qual um personagem tem tantos problemas psicológicos que não sabe como agradecer as pessoas, talvez porque ninguém nunca o ajudou antes, ou porque o favor feito a ele foi tão grande que ele não sabe como demonstrar sua gratidão. Por sorte, não sou um personagem desses, e sempre tive a sorte de poder contar com amigos em minhas empreitadas – como este livro, por exemplo. Sendo assim, aproveito essas páginas para agradecer Adriana Chaves por ter editado essa obra, Cesar Bravo por ter lido e oferecido um feedback animador e Lucas Nunes, que me deu insights preciosíssimos em relação ao trabalho policial (qualquer erro cometido neste livro é totalmente culpa minha e das minhas liberdades de ficcionista). Também gostaria de agradecer ao meu primo – e companheiro na paixão pelos filmes de terror – Bruno Sobreira, que me forneceu tanto material de pesquisa sobre a polícia brasileira. Além deles, fica registrada a minha gratidão ao Artur Vecchi, por mais uma vez ter abraçado um projeto meu, todos os profissionais que trabalharam neste livro, meus colegas Everaldo Rodrigues, Juliana Daglio, Adriano Vendimiatti, Lia Cavaliera, Mhorgana Alessandra, Jorge Alexandre Moreira e Victor Miranda pelas amizades e apoio numa época turbulenta da minha carreira. A Leandro, Cauê, Morgana e Dudu: obrigada por serem minhas âncoras e minhas asas.

Aviso de gatilho: Este é um livro de ficção policial, contendo violência explícita. Leitores muitos sensíveis aos temas de violência, abuso sexual, tortura, assassinato devem ter em mente que há conteúdo desses temas nesta obra.

1

12 de dezembro de 2019

Quinta-feira

Verena fixou a visão do painel. *Mais um minuto. Só mais um.*

As coxas dela queimavam, as panturrilhas em brasa. Os pés corriam, batendo contra a esteira e pegando impulso. O suor pingava dos cotovelos. Os números vermelhos queimavam na sua retina: 35 minutos.

3.501/2015. Caso arquivado.

O coração dela martelou no peito, toda a raiva sendo convertida em adrenalina. Apesar dos seus esforços, as lembranças voltaram como uma torrente.

Verena estava de novo no matagal, suando debaixo da camiseta cinza e jaqueta de couro. O investigador Caio Miranda berrava "aqui, aqui!". Ela corria, como estava correndo agora. Queria ver a filha, Luísa, viva e de braços abertos, esperando por ela.

A memória ativou um caleidoscópio de imagens que a invadiram devagar, desdobrando-se com uma clareza maior, tudo em *HD*, folhas que não faziam barulho, mas cujas camadas de pó eram captadas pelas luzes das lanternas, policiais coadjuvantes translúcidos, que estavam lá e ao mesmo tempo não estavam. Os cachorros latiam sem abrir as bocas. Caio virou-se para Verena em câmera lenta, o distintivo pendurado no peito reluzindo na noite. "Aqui, aqui!".

Ela continuou correndo, a esperança espalhando no peito como napalm. Afastou um galho, que não machucou sua mão. O cérebro emitiu um alerta: *você não vai gostar do que vai encontrar.*

Mesmo assim, Verena insistiu, talvez porque ver a filha morta era melhor do que não ver a filha. E lá estava o corpo, largado entre a folhagem, ainda vestido com o uniforme escolar, sujo de sangue amarronzado, o rombo do tiro como um carimbo grotesco. A pele pálida. O esmalte azul da unha descascado.

Swish, swish.

Verena pisou no chão e precisou apoiar uma mão na parede para não cair, fodendo o tornozelo na queda da esteira de R$ 8 mil. Visão turva, pernas de gelatina. Ofegante, ela notou que não havia prendido o cordão de segurança à camiseta, portanto, a esteira ainda corria, sozinha. Verena a desligou, trazendo um silêncio vibrante ao ambiente. Bebeu a água do *squeeze* e sentou-se no piso de madeira, banhada em suor. Na paz do entardecer, era possível ver o jardim através dos vidros que cercavam a academia da casa. Ainda tinha duas horas para matar antes de Karina chegar.

Ela firmou o olhar nas palmeiras do lado de fora, concentrou-se em não chorar. Eram só lembranças, as mesmas que eram acionadas há quatro anos sempre que ouvia latidos, sentia o cheiro de grama cortada ou via o número do inquérito policial do homicídio de Luísa. Verena massageou o tornozelo. *Vai precisar de gelo, mas amanhã você vai poder correr de novo.*

A corrida cumprira sua função de aplacar sua raiva por alguns minutos. Ela precisava se distrair agora que não tinha mais forças para correr; deveria curtir o resto da tarde, ler um livro à beira da piscina, aproveitar que o sol finalmente dera as caras. Poderia pescar uma nova receita vegana na internet para agradar Karina e até tirar da caixa o *starter kit* de fazer velas artesanais que havia encomendado num momento de tédio assombroso no mês passado.

Ela, no entanto, só pensava em voltar para a *deep web* e entrar em *chans* de virgens misóginos que incitavam estupros coletivos a mulheres lésbicas – eles foram justamente o gatilho da última briga entre ela e Karina. Verena havia conquistado a confiança de alguns daqueles homens fingindo ser um deles, por meses, até que baixassem a guarda e trocassem vídeos pelo *Messenger* do *Facebook*. O ódio deles era hipnótico, mas não mais intenso do que o dela. Um dos vídeos compartilhados acabou sendo de pedofilia. Verena conseguiu juntar informações suficientes sobre Kleber de Moura para enviar uma denúncia robusta à Polícia Federal. "Você precisa parar com isso", foi o apelo aflito de Karina. Verena prometeu que pararia.

— *Mãe, cheguei.*

A voz veio da sala. Ela apertou os lábios e contraiu o abdome para se levantar, usando a parede como apoio. O tornozelo deu uma reclamada, como uma cadeira antiga tentando resistir ao peso de um homem corpulento, mas Verena já estava em pé quando o filho entrou na academia.

Ricardo deu um beijo na mãe, apesar do suor que ainda escorria da testa dela. Tinha um papel nas mãos.

— Você demorou, onde estava?

— Levei a Alícia para um exame, vou tomar um banho, beleza?

Alícia, a namorada que havia colocado Ricardo nos eixos – dentro do possível. Verena segurou sua mão quando ele virou as costas, puxando-o de volta.

— Que exame, ela tá bem?

— Só uma endoscopia, ela tá bem. Ah, isso chegou.

Ela pegou o envelope acetinado, com duas letras em alto relevo. D&S.

— Daniel e Sofia.

Verena murmurou:

— Nossa, ainda bem que tenho você para me explicar as coisas.

Ricardo soltou uma risada curta equivalente a um pedido de desculpas.

Verena leu em voz alta:

— Daniel Villas-boas e Sofia Ita convidam para a cerimônia de celebração do seu casamento, a realizar-se no dia 21 de janeiro de 2020, às 19h00. *Own...* que bonitinho.

— Você vai, né? O pai quer que você vá.

Mas eu não quero sair de casa e passar de novo pelo vexame de ter uma crise.

— Vou tentar. A propósito, seu pai vem jantar aqui amanhã.

Ela pegou-se sorrindo ao ler o resto do convite de casamento. Era bom que Daniel se casasse de novo. Depois de tudo o que havia passado, depois dos anos em depressão profunda, ele estava se reinventando, reconstruindo sua vida. Ela verbalizou aquele sentimento bom, como se pudesse lavar sua alma das lembranças recém-ativadas:

— Ele merece ser feliz.

Ricardo colocou uma mão delicada no ombro dela.

— Você também, mãe.

O metrô deu um solavanco. Caio ouvia música pelos fones de ouvido conectados ao celular. *Ainda bem que o Fiesta sai da oficina amanhã.* Uma senhora de pernas inchadas entrou no vagão e procurou onde segurar-se. Ele levantou-se e, sem dizer nada, gesticulou para que ela tomasse seu lugar. A senhora agradeceu, murmurou algum *Deus abençoe* que ele não ouviu, e acomodou-se no assento ao lado da porta.

Com uma mão na barra metálica e outra no bolso, Caio sentiu o tranco quando o trem voltou a andar. Antecipou a sensação de deitar-se em sua cama; a rotina no DHPP era cansativa, com pouca ação e uma quantidade absurda de diligências a serem cumpridas. Um perfume feminino, de frutas, o atingiu. Ele pegou-se procurando por Verena entre as mulheres que haviam acabado de entrar no vagão, mas não a encontrou. Foi atingido por uma pontada de saudades da ex-colega, mas não falava com ela há quase quatro anos. *Onde você está, querida Mahoney? Será que conseguiu superar aquela noite desgraçada?*

Ele recebeu um recado no *Whatsapp*. Uma leve vibração no estômago manifestou-se quando a foto abriu: Isabela. A imagem não mostrava o rosto dela por motivos que ele compreendia, mas mostrava o resto, o belíssimo resto. Ele desligou a tela e enfiou o celular no bolso, embolando os fones junto, sentido o pinto endurecer. Estava quase em casa, olharia as fotos com mais privacidade.

Você se meteu com a mulher errada, pensou, contra sua vontade. *E isso vai te foder, mais cedo ou mais tarde. Pode custar seu emprego.* Ele saltou na estação seguinte, Pinheiros, e calculou que em cinco minutos estaria na padaria para comprar o lanche dos pais. A noite em São Paulo estava abafada, mas aquele era um verão atípico, mais ameno do que ele havia esperado. Luzes, numa variedade pobre de cores, piscavam nas sacadas dos edifícios, a alegria que transmitiam colidindo com o desânimo de Caio. Ele previu um Natal monótono em casa, com o pai acamado e a mãe silenciosa.

Um casal estava em uma discussão íntima na calçada. Tentavam não elevar a voz, mas já começavam a agarrar-se pelos braços e gritar entredentes. Caio havia dado três passos quando o homem berrou:

— Filha da puta, você acha que tá falando com quem? Volta aqui!

Caio parou de andar. *Da última vez deu merda. A Brassard te deu um sermão, você por pouco não respondeu a um processo.* Ele movimentou o corpo devagar, enquanto a mulher gemia baixo:

— Me solta, porra, me solta!

O homem agarrava um punhado do cabelo dela e puxava para perto do rosto enquanto murmurava uma ameaça. Era da altura dele, não estava armado. Caio deu dois passos até eles e embora falasse com a mulher, manteve os olhos no homem.

— Tá tudo bem?

Ela se desvencilhou e se afastou, esfregando o couro cabeludo com lágrimas nos olhos e expressão de humilhação. Não respondeu.

— Cuida da sua vida, parceiro. Essa é a minha irmã e vou levar ela para casa, onde ela deveria estar, não indo atrás de vagabundo casado.

Caio finalmente olhou para ela, uma moça magrinha com a barriga de fora. Preparou os músculos para reagir.

— Quer prestar queixa? Eu te acompanho até a 14ª DP.

O irmão bufou.

— Só pode estar brincando...

— Eu não falei com você.

A reação foi a esperada – o homem fez que ia avançar, Caio sacou a arma. Algumas pessoas já saíam da padaria e olhavam a cena com curiosidade. O machão deu alguns passos para trás.

— Se acalma, se acalma, nervosinho — Caio virou-se para a mulher. — Se você não fizer um B.O, ele vai te bater de novo.

Ela estava assustada demais, no entanto. Bateu a mão no ombro do irmão:

— Vem, vamos para casa.

O povo que assistia soltou uma sinfonia de "olha só", "é uma trouxa" e "ah, pelo amor de Deus..." enquanto aquela exibição de amor fraterno se distanciava com alguns olhares indignados por cima dos ombros.

O dono da padaria, um homem altíssimo que contava as melhores piadas que Caio já ouvira e lembrava o ator Milton Gonçalves, ria.

— Ô, moleque, entra e toma uma breja, esfria a cabeça antes de ir para casa.

Caio o seguiu para dentro do estabelecimento e soltou o peso num banquinho. Seu Príncipe, apelido de origem desconhecida, abriu uma garrafa de Brahma e serviu um copo para Caio, que salivou ao ver a espuma desabrochar.

— Seu pai, tudo bem?

Caio tomou um gole.

— Não. Tá cumprindo hora extra.

A troca de palavras era superficial, sempre havia sido. A verdade é que Seu Príncipe não conseguia ver Caio sem convidá-lo para tomar uma cerveja, depois do favor que o policial lhe fizera dois anos antes. Seu Príncipe havia tocado a campainha e quando Caio saiu de casa, foi direto: "Dois rapazes aqui do bairro tão mexendo com minha filha quando ela volta da faculdade. Ela tá com medo e querendo parar de estudar por causa deles." Olhando para aquelas pupilas escuras como um abismo, para as manchas amareladas nos cristalinos, Caio ouviu os pensamentos dele: *você vai fazer algo a respeito.* Eles eram homens. Era o correto a ser feito, mesmo que não fosse o certo aos olhos da lei.

Não era a primeira vez que ele agia fora dos protocolos e certamente não seria a última. Se fosse pensar no papel de um policial civil no Brasil, na realidade do seu trabalho, ficaria louco. Ele ficou de olho nos rapazes e, dois dias depois, chamou um colega, o agente Romero, para servir de apoio. Não foi difícil dar porrada em dois moleques metidos a machões. "Se mexerem com a Dandara de Jesus de novo, vão precisar respirar por máquinas pelo resto da vida."

Desde então, havia um entendimento entre ele e o Seu Príncipe, uma cumplicidade silenciosa que não tinha nada a ver com amizade ou camaradagem. Desde aquele dia, o velho não aceitava pagamento pela cerveja ou pelo pão e parecia genuinamente ofendido quando o policial puxava a carteira do bolso. Caio sabia bem que os primeiros a corromperem os policiais eram os cidadãos.

Ele levou o copo até o rosto, amando o cheiro da cerveja e o frio que emanava do vidro. Antes de ir para casa, de ver a mãe cansada e o pai moribundo, antes de se entregar para os deleites das fotos que Isabela mandara para ele, Caio precisava do consolo de um pouco de álcool, dos toques acetinados que uma simples cervejinha era capaz de dar à realidade.

— Será que ele ouviu?

Karina soltou um sorriso no escuro, cheio de ar. Verena lembrou-se de que ela não estava acostumada a ter um *filho* em casa, alguém de quem a sexualidade da mãe precisava ser contida, escondida como se fosse o maior dos pecados.

A presença de Ricardo nas férias da faculdade não era motivo de estresse para o casal, mas afetava a rotina mais do que Verena gostava de admitir. Não era apenas uma questão de fazer sexo abafado, sussurrado e com a porta trancada; era ter que escolher melhor as palavras durante o almoço, pegar leve nas exibições de carinho, ter um pouco de delicadeza. Ricardo aceitara o casamento da mãe sem muitos problemas, mas ainda não estava pronto para ver beijos de língua e apalpadas de bunda na cozinha.

Verena pensou na trepada que finalmente acontecera depois de um período de seca de três semanas; uma maratona de carícias e beijos, matizada pelas exigências ferozes de línguas, dedos e vaginas. Permitiu-se um sorriso de satisfação. Sentiu um desejo ardente de que aquilo aplacasse o estresse entre as duas mulheres por mais algum tempo. No casamento, muitas vezes o sexo é como um botão de *reset*, uma maneira de apagar as pequenas mágoas acumuladas nos dias anteriores, inevitáveis entre personalidades fortes forçadas pelo amor a conviverem.

Karina acendeu o abajur. Na suíte, iluminada por uma luz amarelada e quente, as duas se encararam com rostos suados e respirações entrecortadas.

— Vou beber água, quer que eu te traga um copo?

Verena gesticulou que sim e observou-a vestir uma camiseta e sair do quarto.

Ainda não sentia que aquela mansão era dela. A casa opulenta no bairro do Morumbi, com piscina e academia, sempre teria a cara da Karina, e mesmo sendo casadas há três anos, Verena não acreditava que o dinheiro pertencia às duas. Quando decidiram morar juntas, compartilhavam um apartamento de um quarto e sala, num bairro onde o som de tiros as acordava pelo menos duas vezes por semana. Verena percebeu que, embora sempre tivesse acreditado no talento de Karina, nunca se preparou para o sucesso dela. *Talvez ela nunca tenha se preparado para o seu fracasso.*

Karina trabalhava num Outback e fazia faculdade de *marketing* quando as duas se conheceram. Tinha uma *startup* de desenvolvimento de aplicativos com dois amigos e muito a provar, além de liderar um projeto com uma amiga jornalista para falar da situação dos imigrantes haitianos no Brasil. Verena ainda era casada com Daniel e era o extremo oposto de Karina: investigadora de homicídios da DHPP, mãe de dois filhos e com zero paciência para ativistas. Acabou dando certo, contra todas as expectativas. *Mas já não somos mais as mesmas pessoas. Ela ainda é uma força da natureza, uma mulher linda, talentosa e cheia de vida. E você é um mero espectro do que costumava ser, eternamente perseguida por duas palavras:*

Caso. Arquivado.

Preciso de um emprego. O que uma mulher como ela podia fazer, fora investigar? Quis ser policial desde pequena e foi exageradamente incentivada pelo pai. "Você não precisa de um novo emprego", dissera Karina, exausta, "você precisa finalmente descansar."

Quando foi que eu passei de provedora da casa para esposa recatada e do lar?

Karina entrava no quarto e girava a chave na porta. Era engraçado como Verena foi criticada por anos por "sustentar vagabundo" quando estava casada com Daniel, e agora, aos 47 anos, ela era o vagabundo.

A esposa estendeu o copo. Enquanto Verena bebia tudo, rápido demais, congelando a garganta, a outra sentou-se na cama e colocou a mão na coxa dela:

— Então... quer conversar? A gente tá evitando uma conversa há semanas.

Verena sempre se surpreendia com a presença leve e fresca da mulher, o jeito de falar que era afável e quase asséptico. Se Karina fosse um instrumento musical, seria um de sopro. Verena balançou a cabeça, uma tática que nunca funcionava.

— Vê, escuta. Eu quero que você volte a fazer terapia. Eu sei, por favor, não me interrompe. Eu sei que você não tem uma crise há meses, mas viver desse jeito não é saudável, não é normal. Minhas respostas já esgotaram quando as pessoas me perguntam de você e por que eu estou sempre sozinha.

O som do copo batendo na mesa de cabeceira denunciou a impaciência que Verena tentava ocultar. Ela se esforçou para que a voz saísse calma.

— Eu cuidei de mim mesma a vida inteira, que psicólogo pode superar isso? Do meu jeito tá funcionando, já estou bem melhor.

— Seu jeito não está funcionando.

— E você tá querendo me falar isso há quanto tempo?

Karina olhou para baixo, exasperada. Verena percebeu a angústia no rosto dela.

— O que estou fazendo de errado? — A ex-policial suavizou o tom, diluindo a hostilidade em água e açúcar. — De que forma estou sendo uma péssima companheira? Eu concordei com a mansão ostensiva num bairro de gente intragável, eu quase não como mais carne e eu te amo. O que mais eu preciso dar, Karina? Você precisa tanto assim que eu esteja em todas as suas festinhas?

— É isso que você acha que esses eventos são? Você não consegue, por um minuto, se imaginar no meu lugar? No momento que eu estou vivendo? Que pela primeira vez na minha vida eu consegui, pelo meu suor e contra a vontade de todos, tudo o que sempre sonhei e só quero poder aproveitar tudo com você?

— Estou aqui, porra.

Karina levantou-se.

— Sim, você tá sempre aqui. Sempre presa dentro de casa, sempre naquele computador fazendo só Deus sabe o quê...

— Eu nunca escondi o que faço no meu escritório. Eu ataco babacas.

Os ombros de Karina cederam e ela coçou a testa, num gesto que indicou tanta aflição e desespero que Verena arrependeu-se do seu tom.

— Você que quer eu tire férias?

— Você nunca vai fazer isso, Ka.

— A coisa tá ficando mais organizada na empresa agora, mais alguns meses e acho que consigo me ausentar por uns dez dias.

— Olha, eu não vou ser o tipo de mulher que vai reclamar do tempo que você dedica ao trabalho. Não vou. Me recuso. Eu já fui a esposa que está sempre na rua e me lembro do quanto era angustiante ser cobrada ao invés de compreendida. Meu afastamento da terapia não é para punir você. Eu tenho um puta orgulho de você, acho você incrível. Eu só preciso cuidar de mim do meu jeito e preciso que aceite isso.

Um zumbido interrompeu as duas. Verena ficou surpresa quando percebeu que era seu telefone celular em cima da mesa de cabeceira. Karina juntou as sobrancelhas.

— Ué, tá tarde demais para alguém te ligar.

Verena olhou a tela. Número desconhecido. Ela atendeu:

— Alô.

— *Alô, é a Verena Castro?*

— Quem quer falar?

— *Meu nome é Walter Kister. Me desculpe o horário, mas é importantíssimo falar com a senhora. Eu trabalho na Casa da Luz-*

Verena esfregou os olhos. Ela havia colocado todos os números da família na lista do Procon para que não recebessem telefonemas de *telemarketing*, mas não sabia se isso restringia o acesso às instituições de caridade pedindo R$ 15 ou latas de leite. De qualquer forma, era tarde demais para aquele tipo de invasão. Ela recostou-se na cabeceira da cama e esticou as pernas. Karina esperou, o rosto mostrando que ainda tinha coisas a dizer.

— *... guias espirituais e foi o seu nome que apareceu aqui para a gente. A senhora precisa me ajudar, eu prometo que não estou mentindo, que isso não é um golpe-*

— Desculpa, meu senhor, eu não entendi. Pode repetir?

Ela não havia prestado atenção, mas as últimas palavras dele estavam começando a incomodar. O alarme soou na cabeça de Verena e seus músculos do pescoço retesaram.

— *O espírito. Nossa médium recebeu uma mensagem sobre um crime.*

Verena levantou-se da cama num impulso, fazendo Karina se afastar. Ela apertou a mandíbula e tentou controlar a respiração.

— Escuta, seu filho da puta, se você me ligar de novo, eu dou um jeito de te encontrar e quebrar seus joelhos. Tá ouvindo?! Filho da puta do caralho!

Karina arrancou o aparelho dela, desligou a ligação e estendeu um braço.

— Calma! O que falaram?

Verena soltou ar e cobriu o rosto.

— ... Filho da puta. Médium. Com uma mensagem para mim. *Médium*, dá para acreditar? No lixo que essas pessoas são? Foi aquela merda de artigo, para aquela merda de revista *on-line*. Eu falei que não queria dar entrevista, mas você insistiu!

— Você não pode ter certeza de que aquele artigo tem a ver com essa ligação.

— Porra, Ka, você é rica! Basta um bosta desses psicopatas achar o artigo, ler, fazer uma busca rápida e encontrar tudo sobre o que aconteceu com a Luísa, sobre quem eu sou, e querer aplicar um golpe desses. É impressionante o quanto vocês são ingênuos!

Karina mordeu o lábio.

— Olha... é possível sim, mas não é porque você tá nervosa que pode me acusar desse jeito. Bloqueia o número e acabou, meu Deus. — Ela não conseguiu esconder a mágoa. Pegou o copo da mesa e saiu do quarto.

Verena pensou nos casos de criminosos usando a espiritualidade e a dor alheia para ganhar dinheiro. A audácia do tal Walter, no entanto, era de surpreender. A voz calma de um charlatão, a oferta de um nome completo para fingir honestidade... Ela olhou para o celular que Karina havia jogado na cama.

Bloqueie, a consciência insistiu. *Não vá atrás disso. Nem pense em envolver o Caio só porque está furiosa.* Mesmo sabendo que não deveria, Verena pegou o aparelho. Encontrou o número de Caio, uma pancada de saudades dissipando pela garganta, e escreveu a mensagem antes que pudesse se arrepender.

"Oi, Maverick. Queria conversar. Topa almoçar aqui em casa amanhã?"

E segurando o celular contra o peito, ela resolveu que Walter iria pagar por ter tido a ousadia de tentar dar um golpe nela. Ficou surpresa com a resposta imediata.

"Tava pensando em você hoje. Esquisito. Morrendo de saudades, Mahoney. Passa o endereço que estarei aí."

E Verena se pegou sorrindo, antecipando o encontro com o homem que encontrara o cadáver de sua filha quatro anos atrás.

13 de dezembro de 2019

Sexta-feira

— Pai. Café.

Caio clicou no interruptor com o cotovelo, equilibrando a bandeja de plástico, iluminando o pequeno quarto que era o lar do seu José há quase um ano. O pai de Caio fraturara a pelve e o fêmur ao ser atropelado, e seus ossos não haviam se recuperado o suficiente para que voltasse a andar. Mesmo antes do acidente, José havia descoberto o quadro de enfisema pulmonar. Cuidar do velho seria mais fácil se ele não tivesse fumado dois maços por dia desde os 14 anos, embora a mãe de Caio se dedicasse a fazê-lo parar. Cuidar dele, aguentar seu veneno, também teria sido bem mais fácil se Caio pudesse perdoá-lo por estar pateticamente bêbado ao atravessar a rua de madrugada sem olhar para os lados.

Colocando a bandeja na mesinha ao lado da cama, ele deslizou as cortinas e janelas e deixou uma lufada de ar fresco entrar. Apagou a luz. O pai ergueu-se com dificuldade. Caio ajeitou um travesseiro para dar-lhe suporte, mas foi espantado com um safanão.

— Me deixa, moleque, eu sei me virar.

Não consegue nem mijar sem ajuda, velho desgraçado. Caio conteve o ódio, em consideração à mãe. Quem conseguia explicar o amor que ela ainda sentia por aquele saco de bosta depois de tantas traições e humilhações?

Quando estava finalmente acomodado, José gesticulou e Caio empurrou a mesinha até ele. Era daqueles móveis que têm a base em "C", de modo a poder encaixar-se à cama de um moribundo ou casalzinho apaixonado. O pão já tinha sido cortado e amanteigado, e Caio também já havia raspado as sementes do mamão. O celular tocou no bolso, e ele pegou-se esperando que não fosse

Verena cancelando os planos.

Era Isabela Brassard.

"Homicídio na Rua Tapes, Jardim Aeroporto. Preciso de você aqui. *Show de horrores*". Ela passou a localização. Caio conferiu o relógio: 9h10 da manhã. Era uma caminhada de dez minutos até a oficina para buscar o Fiestinha. Ele calculou o trânsito. Escreveu para a delegada:

"Saindo daqui agora. Devo chegar em 40 minutos, máx. 1h."

Antes de guardar o celular, olhou as fotos que ela havia enviado na noite anterior, que, à luz do dia, encheram o peito dele de vontade vê-la, de estar perto dela.

O circo já estava armado quando ele chegou à Rua Tapes. Cones redirecionavam o trânsito, e um aglomerado de pessoas indicava exatamente aonde ele tinha que ir. Ele encontrou uma vaga e estacionou o Fiesta. À paisana, com o distintivo escondido no bolso da calça *jeans*, Caio caminhou até o grupo de curiosos para se misturar a eles. Era uma tática que Verena costumava usar nos bons tempos: mesclar-se ao povão, ouvir o que comentavam, observá-los com calma antes de se juntar à equipe na cena do crime. Muitas vezes, o autor do crime estava entre eles.

O sol já cozinhava os capôs dos carros e inflamava o ar. Cerca de 30 pessoas haviam interrompido sua correria cotidiana para ceder à curiosidade e postar algumas fotos e vídeos de uma cena de crime nas redes sociais. Ainda entre eles, Caio observou o cenário: duas viaturas da Civil, duas da PM. O pessoal do Geacrim estava lá também, conduzindo a perícia no local.

Os *papa mike* já haviam delimitado o perímetro do local mediato – neste caso, a parte da rua diretamente em frente à entrada da casa da vítima. As viaturas faziam parte da delimitação, posicionadas de forma a bloquear o acesso à cena. Fitas listradas faziam o resto. Caio reconheceu o investigador Antônio Medina saindo da casa, conversando com a fotógrafa técnico-pericial. Ela assentia, ele gesticulava. Medina estava sério, o rosto pálido apesar do calor. Caio também reconheceu os dois cabos da PM, Penna e Sheila.

Ele permitiu-se ouvir as conversas ao seu redor. A maioria era de política, de quem era a culpa por uma capital tão violenta – "culpa do PT", "tem que armar a população". Algumas pessoas especulavam sobre o que havia acontecido dentro da casa. "Geralmente é marido traído, né? Crime passional o nome disso", dizia um homem em tom professoral para uma senhora de cabelos cinza escorridos até a bunda. Duas mulheres atrás de Caio riam: "Tá bom, comadre, depois você me conta, porque eu já tô atrasada, manda um beijo pro Gerson."

Ele olhou em volta, discreto. As mãos das pessoas, os sapatos. Fingiu coçar a nuca para olhar para o outro lado. Um homem alto o encarava. Suado, roupa de pedreiro. Caio havia aprendido, anos atrás, a não chegar a conclusões rápido demais, mas a guardar toda a informação que pudesse. Registrou o rosto do homem como se fosse uma fotografia, prestando atenção nas feições.

Pensou em todos os problemas que tornavam o trabalho de investigador no Brasil algo semelhante à história de Sísifo. Compreendia a desilusão de Verena ao ver que a investigação sobre o assassinato de Luísa não levaria a nada. Compreendia a mágoa que ela tinha do antigo trabalho, das leis, da burocracia, da sensação de estar sempre de mãos atadas.

Ele tirou o distintivo do bolso e o pendurou no pescoço, abrindo caminho entre os curiosos e aproximando-se da cena. Antônio Medina correu até ele, erguendo um pouco a fita para que Caio pudesse se curvar o suficiente para passar.

— E aí, tira? — Medina perguntou na típica voz arranhada e entonação de malandro. — A Brassard é a única que está lá dentro. Você não faz ideia de como encontramos o corpo. Essa merda vai estar no Jornal Nacional hoje à noite. Puta que pariu, Miranda.

— O que aconteceu?

— A perícia não vai deixar ninguém entrar agora, você tem sorte de não ter que ver essa merda. Parece que explodiu uma bexiga de sangue na casa do cara. Onde você tava, vagabundo?

— Buscando meu carro.

— Então, o maluco tá sem a pele. Caio... — ele gesticulou —, você não faz ideia, bicho, não faz ideia.

Caio esfregou os olhos. Sentia o suor colar a camisa às costas. Medina não era de exagerar, geralmente era o primeiro a tirar sarro de uma cena de crime, fazer piadinhas sobre o cadáver. E não costumava ser tão repetitivo. Com o rosto avermelhado, o investigador deu algumas tossidas secas. Caio esperou que ele não passasse mal na frente daquela gente. Medina habitualmente bebia pinga no café-da-manhã e já passava das 10:00.

— E cadê a pele?

— Não encontramos.

Caralho.

— A residência é dele?

— É, sim.

— E os dentes?

— No cu. Onde você acha que estão?

Se não estivesse acostumado com o jeitão de Medina, Caio já teria saído na mão com ele. Explicou porque sabia que o nível cognitivo do colega era baixo.

— Pensei que pudessem ter sido tirados para impedir a identificação da vítima, é a única coisa que explicaria a remoção da pele.

Medina encolheu os ombros.

— Eu não sei que porra é essa, mas nunca vi o tráfico fazer isso, nem milícia. Parece um filme de terror lá dentro. Cara, eu preciso tomar um ar. Puta que pariu. — Ele baixou a voz. — Consegui umas fotos para mostrar para a esposa, antes da delegada chegar, ela se excita com essa porra. Depois te mostro.

— Quem acionou a PM?

— Ex-mulher do cara. Não queria ficar aqui nem por um decreto, estava histérica a doidinha. Um PM deu carona para a Brigadeiro Tobias.

A sede do DHPP. Caio aproximou-se da casa, Medina atrás dele. Só via um sobrado simples, com portão de ferro pintado de branco. Um carro dentro da garagem – Fiat Marea bem usado. A perícia já estava inspecionando o veículo. As próximas horas seriam longas – ouvir testemunhas, pegar depoimentos, tentar compreender a dinâmica do crime, falar com vizinhos e estabelecimentos comerciais por perto, perguntar para a família sobre a vítima... Tudo isso para fazer um relatório para compor o caderno do caso, junto com os relatórios da perícia e necropsia – documentos que iriam para o cartório da delegacia e eventualmente seriam lidos pela delegada. Eles se transformariam em ordens de serviço para Medina e Caio, que, uma vez cumpridas, voltariam para a delegada. Os laudos da perícia levariam pelo menos 45 dias para chegar às mãos de Brassard. Era por isso que os investigadores não contavam com os vestígios coletados na cena do crime para a resolução de casos de homicídio – frequentemente, eles serviam apenas para usar no julgamento, como provas materiais. Caio esperou que este caso chamasse atenção o suficiente da mídia para que a pressão popular acelerasse as coisas.

Na melhor das hipóteses, essas evidências apenas ajudavam a determinar o que aconteceu – raramente apontavam para o autor do crime. O que resolvia homicídios – e menos de um quarto deles em São Paulo –, era colher os depoimentos, fechar o cerco nos suspeitos e pressionar. Setenta e oito por cento dos homicídios cometidos no Estado eram arquivados, não solucionados.

Como o caso de Luísa.

Ele empurrou o nome dela para o porão da sua mente.

O cabo da PM estava transtornado, encostado na viatura, falando pelo celular. Caio caminhou até ele e foi reconhecido com uma erguida de queixo. Quando Penna desligou, ele o cumprimentou.

— Foi o primeiro a atender o chamado?

— Fui sim, eu e a Cabo Sheila. Eu não sei o que dizer sobre o que vi lá dentro. — Ele balançava a cabeça. — As pessoas viraram animais, Deus que me perdoe.

— Nunca viu isso como vingança? Coisa de gangue...?

— Não, porra, gangue é execução, dois, três tiros nas costas, na cabeça, *pou pou pou*. Às vezes, queimado vivo. O que esse cara fez... Eu não sei, meu, eu não sei.

Os olhos da fotógrafa técnico-pericial lembraram a Caio um peixe em cima do gelo num mercado.

Penna fez um som ao suspirar.

— Vai vomitar, essa daí. Quer apostar?

Mas ela não vomitou. Ela encostou a bunda numa viatura e ficou parada ali, olhando para o vazio, a câmera na mão.

O coração de Caio deu uma descompassada quando Brassard saiu da casa. *Olha a cara dela. O que aconteceu lá dentro foi grave.* Ela tirou um cigarro do bolso e acendeu. Não era para irritá-lo, Caio nunca havia desabafado sobre seu pai com a delegada. Mesmo assim, ele quis tirar aquilo da boca da mulher. Ela o avistou e caminhou em sua direção: calças pretas, camisa rosa-escuro quase apertada demais nos peitos, distintivo na cintura. Os cabelos estavam puxados para trás, num rabo de cavalo sedoso, que provocou lembranças nele.

— Miranda.

Como consegue ser tão fria?

— Delegada.

— Olha, isso vai ser um inferno. Assim que escapar para a mídia, a delegacia vai virar uma panela de pressão.

Ele baixou a voz.

— O que aconteceu, Isabela?

Ela não demonstrou emoção ao ouvir a maneira pessoal com que ele escolheu endereçá-la. Também baixou a voz.

— Chega a dar aflição estar lá, como se aquilo fosse te contaminar. — Ela deu um trago profundo, cruzou os braços e soprou fumaça. Caio notou que os dedos tremiam um pouco. — Alguém arrancou toda a pele do corpo dele, o cara parece um boneco de aula de anatomia, não fosse o sangue. Nas paredes, no carpete, até respingos no teto. O autor ainda deixou uma caixa de madeira no chão, a perícia já empacotou para tentar entender o que é.

Ele tocou o ombro dela, mas ela delicadamente se afastou, os olhos apontando para os outros policiais. Ele entendeu. Eles não podiam saber que a delegada bem de vida e bonita estava trepando com o investigador fodido e nem tão bonito assim. Ele sabia que se aquilo fosse descoberto, as repercussões seriam piores para ela do que para ele. Mesmo assim, sentiu uma ligeira irritação ao vê-la dar-lhe as costas e ir conversar com os PMs.

Caio sabia que a perícia era protetora da cena, mas ele precisava ver aquilo. Não era vontade de ver o corpo, e sim de *não* vê-lo, de descobrir que havia algum engano, que talvez realmente fosse um boneco de aula de anatomia, algo que morrera de causas naturais e havia sofrido plastinação para uma exposição de museu.

Ele subiu os degraus do sobrado e deparou-se com uma salinha de estar. O cheiro era de homicídio – um odor descrito como sendo de sangue, mas era sempre mais do que isso. Tinha o cheiro de um bife que você deixou na pia para descongelar num dia quente e esqueceu porque seu time estava vencendo o jogo na televisão, misturado com peidos e uma gota de perfume adocicado da Avon.

Havia dois peritos na saleta, devidamente paramentados. Um deles, um fortinho baixinho, fez que *não* para Caio, como se ele fosse uma criança. Caio o ignorou e esticou o pescoço. A quatro metros de distância, estava, no carpete sujo, uma figura humanoide feita de músculos, ligamentos e gordura amarela, melada com uma camada cintilante de sangue.

O perito maromba tamanho P aproximou-se. Caio fez um gesto de *ok, cara, você venceu* e desceu as escadas com os joelhos enfraquecidos e a boca seca. Ele puxou o ar poluído da cidade para os pulmões e preparou-se para o inferno dos próximos dias.

Quando Verena abriu a porta para Caio, se deu conta de quanto tempo havia se passado desde que pararam, gradualmente, de se falar. O arrependimento caiu sobre ela como uma tempestade. Entendia os motivos dele para ter se retraído – Caio achava que falhara com ela quando o homicídio de Luísa foi arquivado. Agora, Verena se sentia um lixo por ter permitido que ele se afastasse, por não ter tido forças para lutar por ele naqueles meses em que ela só chorava e se medicava para dormir.

Caio deu aquele sorriso torto, com os olhos ligeiramente caídos para os lados. Ela não se conteve, abrindo os lábios e exibindo todos os dentes numa expressão de contentamento. Caio a abraçou. Verena fechou as pálpebras e o apertou também.

— Maverick, seu merda, que saudades. — Ela não precisava esconder as lágrimas dele.

— Putz, Mahoney, nem me fala.

Os apelidos nasceram quando os dois foram transferidos, de suas respectivas delegacias, para a DHPP. Ambos já chegaram ao novo local de trabalho com reputações parecidas – eram competitivos e não baixavam a cabeça para ninguém. Por algum motivo, um escrivão tinha começado a chamar Caio de Maverick, meio na zoeira, querendo dizer que ele era metido a fodão. Não demorou para o apelido pegar e um dia alguém falar "e lá vem a Mahoney", quando Verena descia o corredor. Katy Mahoney era uma policial folgada e violenta da televisão dos anos 1980 – época em que essas características eram vistas como qualidades. Bastou aquela troca de comentários na delegacia para que os apelidos grudassem como Super Bonder, mesmo que, numa análise mais inteligente, não tivessem muito a ver com ela e Caio.

Quando ela se afastou e fez um gesto para que entrasse, ele olhou em volta e soltou um assobio:

— Porra, você casou com a Oprah?

Ela gargalhou.

— A Karina tá mais para uma mistura de Beyoncé e Stephen Hawking, eu me sinto feia *e* burra perto dela. Entra aí, vamos lá para a cozinha.

Caio sorriu quando sentiu o cheiro no ar.

— Você lembrou.

— Claro que eu lembrei, mas, para ser sincera, eu estava louca para ter uma boa desculpa para transgredir o veganismo sagrado deste lar, sua visita foi meu álibi.

— Quem diria, Verena Castro vegana... eu lembro que ver você comer aquele X-bacon do Boteco do Teco era quase uma experiência erótica.

Ela riu, surpresa com a sensação. Era como se não gargalhasse há anos. Caio tinha uma queda por massas com carne, então ela tinha preparado um *paillard* de filé *mignon* com *fettuccine* e abóbora japonesa. Ele sentou-se num banco da ilha quadrada de *silestone* branco enquanto ela arrumava o espaço com talheres e copos.

— E aí, me conta as fofocas da DHPP. — Ela colocou a travessa fumegante na mesa com ajuda de dois panos de prato. — A Brassard ainda usa calcinha fio-dental para trabalhar?

Caio bebeu um pouco de refrigerante e comentou:

— Ela não é tão ruim assim, a gente exagerava. *Xô* ver... o Naja casou e o Plínio teve um derrame, mas com ele era questão de tempo, né? Ei, você ainda tem aquele canivete que eu te dei de aniversário?

— Tá brincando? — Verena sentou-se. Serviu os dois pratos. — Tá no meu chaveiro, não esqueci de você, Caio. Me conta, quem mais tá lá?

— Parte dos *agetel* mudou, mas o Müller ainda tá lá. O Medina tá lá, Romero... essa turma. Me conta de você, caramba. E o Ricardo?

— Ah, o Ricardo... daquele jeito, né? É igual o pai dele. — Ela enrolou massa no garfo, assoprou e provou. — Tá no último ano de Educação Física, mas só pensa em *videogame*, filme e na namorada. O pior é que ele confunde um pouco as coisas, acha que somos todos ricos e não é bem assim. A grana é da Karina, não minha. E o Daniel melhorou um pouco de vida, mas em essência ainda é um fodido, coitado.

Caio riu, comendo. Ele era o que a mãe de Verena costumava chamar de "tipão"; estava em forma, embora não fosse nenhum Paulo Zulu, tinha um rosto bem desenhado, queixo quadradão, olhos bonitos. Mas era do tipo que não se importa muito, que faz a barba com sabonete e escolhe desodorante pelo preço.

Ele soltou um gemido ao dar outra garfada.

— Você ficou boa mesmo nisso de dona de casa.

— Eu escolho aceitar isso como um elogio só para não quebrar sua cara. Então... Ah, e a Karina tá a mil, né? Dois anos atrás, a gente economizava até xampu para eu conseguir pagar a faculdade do Ric, e então, *bum*, a *start-up* dela começou a dar certo e aí foi uma parada vertiginosa... do nada ela começou a fechar contrato, chamar mais gente para a equipe. A coisa expandiu tão rápido que quase foi o fim dela, ela simplesmente não tinha estrutura para dar conta da demanda de trabalho. Foi esperta, aprendeu a delegar, consertou tudo que tava dando merda e aí é isso. Agora eu sou casada com uma CEO que trabalha com *apps*.

— Você parece um livro erótico.

Ela riu. *Como eu consegui ficar tanto tempo longe do Caio?*

— E as mulheres?

— Complicado. — Ele limpou os lábios com um guardanapo.

— Não vai me contar?

Havia algo ali, algo que ele estava escondendo. *Deixa passar, é cedo demais para pressioná-lo.*

— O Daniel vai se casar em janeiro.

Caio levantou as sobrancelhas, mas Verena sabia que ele e o ex-marido dela nunca se bicaram. Daniel chegou a achar que Verena e Caio estavam tendo um caso antes de ela confessar que sim, estava pulando a cerca há meses, mas que era com a Karina.

— Precisa ver como ele está... fazendo dieta *keto* e o caralho. A menina tem 25 anos.

— Ah, o clichê...

— Ele é o pacote completo da crise da meia-idade, até moto comprou, mas ainda usa aquele rabinho de cavalo.

— Vocês se amam.

Verena encolheu os ombros e saboreou o filé *mignon* antes de responder:

— É, a gente se ama. Seu pai?

— Morrendo, Vê. Devagar. Mesma pessoa, não mudou nada.

Verena colocou a mão sobre a dele. O pai de Caio não valia o ar que respirava. A primeira coisa que disse à esposa quando o filho nasceu foi: "A pele dele é meio café-com-leite, né? Coisa do seu lado da família." Caio odiava o pai desde que tinha cinco anos, ele confessara uma vez. A mãe praticamente sustentara a família sozinha com o dinheiro que ganhava ora com costura, ora com brindes para festas, catálogos de maquiagem, *lingerie* e Tupperware. Era a dona Francisca que havia feito os doces, salgados e bolos de todos os aniversários dos filhos de Verena desde que ela conhecera o colega. Pensar naquilo liberou outra dose de angústia nela, que sabia que precisava continuar conversando para esquecer Luísa por alguns minutos.

— Mas sua mãe tá bem?

— Tá bem. Eu tive que dar um chega pra lá nela, pedir para ela descansar um pouco. Agora tá recebendo aposentadoria, mas sabe como ela é, continua vendendo as coisinhas dela, continua tolerando tudo o que meu pai fala e faz.

— Manda um beijo para ela, Caio.

— Mando sim, ela sempre gostou de você, mesmo quando desconfiava que a gente transava.

Verena riu. Então Caio ficou mais sério:

— Você me ligou para pedir um favor. Manda.

Verena soltou um suspiro e tirou um *post-it* do bolso, estendendo-o para ele.

— Um homem me ligou ontem, no meio da madrugada. Falou que o nome dele era Walter Kister e que era de um centro espírita ou alguma coisa assim. Disse que um espírito tinha dado meu nome para ele. Eu nem ouvi o resto, mas tá na cara que é algum esquema de extorsão, tá na cara que tem a ver com a Luísa.

Caio não exibia mais nenhum traço da pessoa que estivera rindo minutos atrás. Ele estudou o número com uma carranca.

— Filhos da puta.

— Pois é. Olha, a Karina tá chamando muita atenção da mídia, saindo em várias matérias, tendo muito seguidor em rede social, umas paradas dessas. Ela representa esperança para muita gente, acabou virando um símbolo de representatividade e força feminina, essas coisas. Eu tento fugir disso, eu juro que tento. Você sabe que não gosto de atenção, só que eu não posso tirar tudo isso dela. Semana passada uma galera veio aqui e tirou umas fotos, eu acabei saindo em uma delas porque ela insistiu, e a jornalista fez a lição de casa e acabou incluindo no artigo um monte de coisa sobre mim que eu não contei – do meu tempo na DHPP, do caso da Luísa... Eu acho que esse cara é esperto, leu e achou que ia conseguir se aproveitar de mim.

— Bom, se for isso mesmo, ele tá fodido. Deixa que eu dou uma olhada. Esquece isso, apaga da sua cabeça, é problema meu agora.

Os dois comeram em silêncio por um tempo. Quando Caio acabou, ele bebeu o resto do refrigerante e ficou olhando para ela. Verena sentia que ele queria tocar no assunto. *Deixa as coisas como estão, Caio, não vamos falar sobre ela.*

Mas ele a surpreendeu ao perguntar:

— Você sente falta, Vê?

Sinto.

— Olha... Eu sinto falta de você. E das coisas boas do trabalho, mas era tanta coisa errada que... eu não voltaria, entende? Eu vou te falar do que eu sinto falta: da caçada, quando a gente pegava um rastro, sabe? De colocar aqueles caras contra a parede e saber pressionar até que eles contassem tudo. Mas o depois... ver gente esperando anos para ser julgada, ver estuprador saindo da prisão já planejando o próximo ataque... Todas aquelas merdas que a gente acabou se acostumando a ver. Sei lá, Caio.

— Gente honesta e do bem como você fazem falta.

— Desculpa por ter ficado longe por tanto tempo.

— Isso é minha culpa, Vê, fui eu que me afastei.

Eles costumavam ter um gesto que faziam quando a coisa estava feia. Verena fez aquilo agora. Tocou o peito dele com o dedo indicador. *Você tem um bom coração.* Ele pegou o dedo dela e mordeu. Eles riram, mas ela viu uma pontada de inquietação no rosto dele.

— Tá tudo bem mesmo, Caio?

— Eu passei a manhã inteira numa cena... bizarra, Vê. Por isso não vou poder ficar mais. Eu odeio comer e sair correndo, por mim eu passava a tarde inteira batendo papo com você, mas daqui a pouco vão começar a me ligar. A coisa foi bem feia. Mataram um cara lá no Jardim Aeroporto. Alguém arrancou a pele dele inteira e levou embora.

Puta merda. Verena sentiu a primeira onda de taquicardia. *Não, não tenha outra crise, não agora, não assim, não na frente dele.* Ela controlou a respiração. Só Caio ficou no foco da visão dela, a cozinha atrás dele rodopiou.

— Em casos assim, o pessoal começa a pressionar. Vou passar o resto do dia interrogando gente. Mas me liga depois?

— Claro. — Ela forçou um sorriso.

Ele deu um beijo nos lábios dela, como costumava fazer anos antes. Verena atravessou a espaçosa sala de estar e abriu a porta para ele. Eles se despediram com sorrisos genuínos.

Quando Caio se foi, ela recostou o corpo contra a porta e deslizou para baixo, ficando sentada com as pernas esticadas, olhando para a casa que se estendia diante de si, iluminada pelo sol e tão grande que contribuía para que ela se sentisse ainda mais sozinha.

Julia Languin era uma mulher baixa e de aparência comum, cujo cabelo e a forma como usava um casaco puído no meio do verão lembravam a Caio um ratinho de desenhos infantis. Ela espremia um maço de papel higiênico na mão.

Isabela puxou uma cadeira e sentou-se ao lado de Caio, preenchendo o ambiente com seu perfume caro e deslizando um copo de plástico com água para a testemunha de caráter.

— Senhora Julia, só queremos entender melhor quem o seu ex-marido era e tentar reconstruir suas últimas 24 horas de vida, para direcionar nossa investigação. Fale tudo o que puder, tá?

Ela meneou a cabeça. Caio imaginou o impacto de ver um ente querido naquelas condições. O pensamento o fez sentir o gosto do almoço. Brassard começou o interrogatório:

— A senhora tem quantos anos?

— Trinta e sete.

— Eu também. — Brassard sorriu.

Caio sabia o que ela estava fazendo – estabelecendo *rapport*, certa afinidade entre elas. E era mentira. Isabela tinha 42 – era cinco anos mais nova do que Verena –, embora o corpo de academia pudesse ser confundido com o de uma universitária.

— E você faz o que, qual é a sua profissão?

Julia explicou que era caixa de supermercado. No mesmo tom cauteloso e complacente, a delegada perguntou coisas simples, onde e com quem morava, como era sua rotina, onde o filho dela estudava. Caio observava a mulher com uma certeza absoluta: ela não tinha nada a ver com o óbito do ex-marido. Isabela continuou:

— E me fala sobre o Alexandre. Que tipo de pessoa ele era?

A mulher, olhos na mesa, discorreu numa voz trêmula.

— O Alexandre é um homem do bem. Ele é... *era* alegre, sabe? Daquele tipo de pessoa que gosta mesmo é de gente, de música, de bater papo o dia inteiro... ele se deu bem trabalhando na barbearia por causa disso. Tinha os defeitos dele, era um pouco irresponsável. Não, não é isso. É que ele não esquentava a cabeça com nada, sabe como é? Tudo tava sempre bom, nada era urgente. Por isso ele deixava de pagar pensão. — O rosto dela enrugou e ela voltou a chorar. — Meu filho vai sofrer muito com isso, muito. Eu não sei como explicar...

Caio esperou alguns segundos antes de perguntar:

— E por que a senhora foi até a casa dele hoje de manhã?

— Ele tinha que pagar a pensão do Flávio, e eu não queria brigar na justiça, sabe como é? Eu ia lá para dar uma bronca nele... Meu Deus, me perdoa, me perdoa...

Caio e Isabela trocaram um olhar.

— Por favor, tente se lembrar dos detalhes. A senhora tocou a campainha e ele não atendeu, foi isso que você contou ao Cabo Penna.

Ela balançou a cabeça.

— É isso. Ele não atendeu. Mas aí eu forcei o portão, e tava aberto. Eu subi e... ai, meu Deus... — ela soluçou. — Eu já sabia que era ele lá daquele jeito. Quando a gente convive tanto tempo com uma pessoa, a gente sabe. Alguém fez aquilo com ele. Por quê?

— Você não consegue pensar em ninguém que tenha ameaçado o Alexandre? Algum inimigo ou pessoa com quem ele teve algum desentendimento, talvez por dinheiro?

— Não, não... Ele não tinha inimizade, era calmo demais, não brigava com ninguém. Você podia chamar o Alê de qualquer coisa, até de corno, e ele não ligava... sabe como é?

— Quem chamou ele de corno?

— Não, não, moça, foi só um exemplo.

— Qual foi a última vez que falou com ele?

— Semana passada, pelo telefone, a gente tava combinando o Natal. O Flavinho queria passar com ele, na casa dos avós, os pais do Alexandre, então a gente só estava combinando como ia ser.

— O Alexandre mostrou qualquer alteração no comportamento nos últimos dias? Qualquer coisa? Falou algo que você estranhou, fora do normal, mencionou alguma pessoa nova na vida dele?

— Não, nada disso. Nada. Tava tudo normal.

Caio pegou a foto que a perícia havia liberado e colocou em cima da mesa. Era de uma caixa de MDF pintada de dourado, formando um padrão artístico. Ele sabia que já havia visto algo parecido, mas não conseguia lembrar onde.

— A senhora já viu esta caixa antes? — Ele perguntou, observando o rosto dela.

— Antes de hoje, não. Mas tava lá, não tava? Junto com ele? Eu vi.

— Estava sim. Tem marcas de sangue e estava em cima do carpete já sujo de sangue, o que significa que o autor do crime colocou a caixa lá.

Julia cruzou os braços.

— Aquele carpete. Eu achei um absurdo ele colocar carpete na casa, porque tem que aspirar, senão fica sujo. E ele não cuida muito bem da casa... Mas ele achava carpete bonito. Aquela coisa horrível que fedia... Ai, Alexandre...

Caio entregou a foto para Isabela. A entrevista chegara ao final.

Swish, swish. Verena olhou de novo para o cronômetro. Por mais que as pernas ameaçassem ceder e os pulmões não estivessem recebendo tanto ar quanto queriam, ela queria correr mais. Precisava correr mais. Ela esfregou o dorso da mão na testa para impedir que o suor entrasse nos olhos.

Ao lembrar-se do encontro com Caio, apontou o controle remoto para a televisão na parede e encontrou um canal de notícias. *Você não vê TV há anos, por medo de gatilhos, de outra crise de pânico.* Odiando enxergar-se com um estado psicológico tão vítreo, tão alienante, ela aumentou o volume para que o repórter pudesse ser ouvido acima do ruído da esteira.

"...O crime hediondo aconteceu aqui no Jardim Aeroporto, na Zona Sul da capital, na Rua Tapes. A vítima, um homem adulto, foi encontrada na casa de Alexandre Languin por sua ex-mulher, Julia Torres Languin. Acredita-se que a vítima seja o próprio Alexandre, mas a identificação na cena não foi possível, uma vez que o corpo foi encontrado sem a pele. É isso mesmo que você ouviu, Taborda, sem a pele no corpo. O caso está nas mãos do DHPP, a Delegacia especial de Homicídios e Proteção à Pessoa."

Taborda, o apresentador do programa da tarde, padrinho das notícias sangrentas, apareceu na tela, balançando a cabeça em desânimo fingido.

Verena pensou em telefonar para Caio, mas sabia como intromissões de curiosos irritavam policiais em situações como aquelas. Olhou para o cronômetro enquanto Taborda reclamava da falta de Deus nos corações das pessoas. O painel mostrava 38:21; ela desacelerou a esteira e deitou-se no chão da academia.

A TV estava alta demais, mas Verena não conseguiu achar energia para desligar. O teto parecia estar caindo em cima dela, num ritmo moroso, de mel. Ela fechou os olhos. *Seu filho, na rua, numa das cidades mais perigosas do mundo.* Ela enfiou a mão no bolso lateral da *legging* e tirou o telefone. Mandou um recado para Ricardo:

"Onde você está?"

E aguardou. Quando recebeu uma resposta, o medo derreteu, momentaneamente.

"Tudo bem, estou no *shopping* com a Alícia. É sexta 13, mãe, vamos assistir Zumbilândia 2. Precioso de alguma coisa?"

Ela ignorou o erro de digitação e respondeu:

"Não. Cuidado voltando para casa. Te amo."

E ficou deitada no piso frio, olhando o teto branco, imaculadamente pintado, que agora parecia estático. O celular vibrou de novo. Provavelmente uma figurinha engraçada do filho. Quando conferiu a tela, viu uma chamada ativa. Reconheceu o número na hora.

O coração, que já estava acelerado, deu um salto. Verena arrastou o ícone verde e atendeu, com uma mão pressionada ao peito.

— Alô.

— *Dona Verena, por favor, não me xingue mais e não desligue o telefone. Eu sei como as coisas parecem quando eu digo que sou médium, ouvi desaforos a vida inteira por causa disso. Mas, por favor, me dê uma chance.*

Ela não conseguiu articular resposta. Mas como não desligou, Walter continuou, a voz ligeiramente mais aflita do que na madrugada.

— *Eu faço um trabalho espiritual sério aqui na Casa da Luz. Semanalmente, fazemos sessões de comunicação com os desencarnados, e nesta noite tivemos um episódio muito violento, muito triste com uma das nossas médiuns. Ela recebeu um-*

— Por favor, me deixe em paz, seu Walter. Eu não acredito nessas coisas e essa conversa não vai ter nenhum efeito em mim, fora me deixar puta com você.

— *Entendo. Por favor, só investigue um lugar chamado parque Alfredo Volpi. Vocês vão encontrar um corpo lá. É de um homem chamado Nicolas de Maria*

Guedes. E se eu estiver certo, gostaria que me desse uma chance de conversar com a senhora sobre outro crime-

Verena levantou-se às pressas e correu para a cozinha com o telefone grudado na orelha. No bloco com borda de estampa de oncinha, onde Karina anotava as tarefas, ela escreveu com um garrancho: *Nic Mar Guedes – Alf Vol*

Foi só alguns minutos depois que percebeu que o outro lado da linha estava mudo.

— Alô?

Mas Walter havia desligado, ou a ligação havia caído.

Ela olhou para o bloco de papel.

Não. Se. Meta. Nisso.

Mas mesmo enquanto se comandava para ignorar, ela já estava puxando o *notebook* pela ilha e sentando-se num banco. Verena conhecia o parque Alfredo Volpi, era bem perto de sua casa. Não o frequentava porque não saía de casa desde as primeiras crises de ansiedade, mas sabia que Karina gostava de correr ali às vezes. Ela olhou o parque pelas imagens de satélite. *Ele tá brincando comigo.*

Verena pensou no parque e em como um crime poderia ser facilmente cometido na parte mais densa do mato ali. Seria possível alguém matar alguém ser sem visto? *Boa parte dos homicídios acontece em plena luz do dia nas ruas da cidade, Verena, lembre-se disso.* No entanto, ela recusou-se a confiar plenamente naquele telefonema, por ora.

Só tem um jeito de descobrir.

Verena caminhou até o escritório no andar de cima. Fechou a porta e pegou o telefone fixo. Discou o 181, sabendo que era o único jeito de a ligação não ser rastreada. Assim que atenderam, ela falou:

— Tem uma vítima de homicídio no parque Alfredo Volpi, próximo à 89ª DP, manda uma viatura.

E desligou.

Agora é com eles.

Zulma Kister abriu a porta do quarto do avô, com cautela para não o acordar. Walter dormia com um ronco leve, deitado de lado, de camiseta e *shorts*. Tufos de pelos brancos deixavam o peito da camiseta fofinho. O quarto cheirava a cânfora e talco. Ela fechou a porta e caminhou até a sala.

A casa onde moravam ficava numa parte pobre do bairro do Jabaquara e havia sido o lar dos dois desde que Zulma nasceu. Sem nome do pai no registro e abandonada pela mãe ainda bebê, os avós haviam criado a menina como filha. Ela nunca seria capaz de agradecer o suficiente, então tentava ser a melhor pessoa que podia, o que era difícil, já que o lar religioso tinha padrões altos. "O importante é fazer o melhor que pode, não ser perfeito", dizia Walter. Mesmo assim, Zulma não conseguia sempre manter pensamentos positivos, não desejar o mal aos outros e evitar tudo aquilo que seus amigos diziam ser o melhor da vida: bebidas, drogas, sexo casual e frequente.

Ela parou no corredor quando viu a cabeleira branca. Sentada no sofá, estava sua avó. Zulma engoliu em seco e aproximou-se devagar, sentindo os pelos do braço pinicarem, a pele ficar mais fria.

— Oi, vó.

Zulma sentou-se ao lado dela, respirando devagar.

A avó virou o rosto. Ainda usava a camisola do Hospital das Clínicas, manchada de vômito amarelado. O branco do tecido contrastava com a pele cor de chocolate de Maria das Rosas Kister. A avó sorriu e o nariz de Zulma ardeu. Seus olhos ficaram molhados com lágrimas quentes e a imagem da avó ficou trêmula.

"Zuza, você é amada. Zuza, se protege do Perverso. O Perverso matou e vai matar de novo."

Zulma enxugou os olhos com a manga da blusa. Começou a rezar.

— Pai Nosso que estais nos Céus, santificado seja o Vosso nome, venha a nós o Vosso reino, seja feita a vossa vontade assim na Terra como no Céu.

O ar vibrou em volta de Zulma e ela falou um pouco mais alto:

— O pão nosso de cada dia nos dai hoje, perdoai-nos as nossas ofensas assim como nós perdoamos a quem nos tem ofendido, e não nos deixeis cair em tentação, mas livrai-nos do mal. Amém.

Ela ousou abrir os olhos. A avó não estava mais lá. Alívio instantâneo, mesclado com saudades. Que merda de defeito esse que eles todos chamavam de dom. Zulma não conseguia compreender a diferença entre ela e uma boneca quebrada. Limpou as lágrimas e permitiu-se sentir saudades da avó. O alívio que todos sentiram quando ela morreu ainda era uma espécie de tabu, um assunto sem debates, sem confissões. Tomada por um tumor no cérebro, Zulma e o avô testemunharam uma mulher de comportamento impecável, voz baixa e famosa pela sua generosidade mudar por completo, xingando enfermeiras e revelando coisas absurdas sobre os outros.

Foi naqueles dias que Zulma compreendeu que os avós nem sempre foram santos, que tinham um passado. Maria das Rosas olhava para Walter e dizia "Paguei sua dívida, né?", e ele tentava acalmá-la com carinhos e "shhh, shh, meu amor". Zulma lembrava-se do avô alternando-se entre apenas duas atividades – o pranto e a reza. No hospital, uma vez, a avó havia agarrado o pênis de um médico. Walter ficara tão envergonhado que suas mãos tremiam enquanto se desculpava, embora o homem dissesse apenas que era um comportamento decorrente do tumor.

A menina nunca descobriu o que a avó quis dizer com "paguei sua dívida" e não queria saber. No entanto, depois que Maria se foi e passou a aparecer na casa, Zulma entendeu que a inquietude do seu espírito denunciava alguma vergonha ou arrependimento que impedia que a avó seguisse em paz. Era um tormento ao qual ela e o avô estavam quase acostumados. Era o que impelia Walter, mais do que a fé e o altruísmo, a continuar trabalhando no centro espírita que havia fundado e que presidia.

Forçando-se a não pensar mais na avó, Zulma caminhou até a cozinha, serviu-se de café e preparou algumas torradas com margarina. Então abriu seu livro de biologia, o caderno, e começou a estudar. *Você é quem manda na sua vida, Zulma,* o pensamento era disruptivo e inflamado de fúria, *você não precisa limitar sua existência à espiritualidade. Você vai estudar como uma desgraçada, vai ter um bom emprego e vai viver nos seus termos.* Como se tivesse acabado de trair os avós ao pensar aquilo, ela balançou a cabeça e focou no primeiro parágrafo do texto.

Quando Verena abriu a porta, eles soltaram uivos animados, exibindo uma variedade abundante de quitutes e bebidas alcoólicas. Ela recebeu abraços e beijos do ex-marido, Daniel, sua noiva Sofia, e os dois que haviam aproveitado para ir ao mercado com eles, Ricardo e Alícia. Karina interrompeu o trabalho de cortar queijos em cima de uma tábua, limpou as mãos num avental e cumprimentou-os com beijos e piadas.

— Fica todo mundo à vontade — Verena precisou gritar para ser ouvida por cima da música vibrando das caixinhas *Bose* da Karina e da faladeira. — Eu já venho.

Ela aproveitou que Karina estaria ocupada com as visitas e trancou-se no lavabo. Enquanto fazia xixi naquele ambiente pequeno e com cheiro artificial de verbena, digitou no celular "parque Alfredo Volpi" e clicou em *notícias*. Ali estava: "Dois crimes brutais em São Paulo, na sexta-feira 13."

Verena devorou a matéria que mencionava o assassinato do homem sem pele – a vítima era mesmo o dono da casa, Alexandre Languin – e falava bem por cima sobre um outro corpo, já nos primeiros estágios de decomposição, encontrado no parque Alfredo Volpi após uma denúncia anônima. A vítima era um homem de 50 anos chamado Nicolas Guedes, que foi encontrado...

Verena endireitou a coluna e puxou uma respiração mais forte. *Que merda é essa?*

...foi encontrado partido ao meio, de forma sagital.

Na ACADEPOL, Verena havia aprendido o básico sobre anatomia e fisiologia e sabia que havia três formas de seccionar um corpo para estudo, sendo uma delas a sagital – a divisão feita no meio, separando o lado esquerdo do direito.

Ela nunca ouvira nada parecido com aquilo. Histórias grotescas corriam soltas na polícia, é claro, eram um dos passatempos preferidos dos agentes e investigadores, mas limitavam-se a crimes hediondos ligados a questões territoriais e de tráfico, ou crimes cruéis contra crianças e animais. Ela nunca ouvira falar de um corpo dividido, sagitalmente, pela metade.

— *Verenaaaa! Foge não, você vai perder hoje!*

— Já vai! — o berro dela ecoou no lavabo.

Verena limpou-se e apertou o botão da descarga. Lavando as mãos, jogou um pouco de água no rosto para se acalmar.

Um lampejo de memória. O corpo de Luísa no mato.

Ela apertou a toalha contra as faces e encarou-se no espelho. Cabelos escuros emoldurando feições endurecidas pelo tempo e pela amargura. Uma mulher que poderia ser bonita, se quisesse, mas não fazia mais questão.

Quando entrou na cozinha, fez o melhor para parecer tranquila. Não queria que se preocupassem com ela e começassem de novo o papo sobre terapia.

Era apenas a segunda vez de Sofia ali, e Daniel explicava a ela exatamente o que Karina fazia. Karina, mais alta do que todos na cozinha, sorria com as mãos nos quadris e explicava que desenvolvia aplicativos, alguns para serem vendidos como pacotes prontos e outros feitos sob demanda de acordo com as especificações e necessidades das outras empresas. Sofia estava fascinada, ou fingia muito bem. Karina ainda usava as roupas do trabalho; jeans, saltos cor de laranja altíssimos e um blazer laranja em cima de uma camiseta branca. Nas orelhas, brincos dourados balançavam como pêndulos. Verena sentia-se apaixonada ao olhar para ela às vezes, como se fosse a primeira vez que a via. Ela estava mostrando – e baixando no celular de Daniel – seu mais novo *app*, o Buddy. Verena ouviu a conversa enquanto abria a caixa de baralho.

— Olha só, imagina que eu sou o Ricardo e eu tenho 12 anos, e você quer poder ter acesso ao meu celular, de onde você estiver, a qualquer hora, como se fosse um Team Viewer — Karina declarava com empolgação, com orgulho. — Você instala meu *app*, o Ric também, e vocês dão permissão para um acessar a conta Buddy do outro. A partir daí... voilá! Tá vendo a tela do celular dele?

— Caracoles, se eu tivesse isso na época em que a Verena tava pulando a cerca...

Ricardo gargalhou e Karina deu um tapa brincalhão no braço dele.

Daniel sorriu para Verena. Sem tirar os olhos das cartas que embaralhava, ela respondeu:

— Minha vida é um livro aberto agora, imbecil, olha só, faz o pedido que eu libero meu celular para você, vou ser sua Buddy.

Enquanto Verena e Daniel mexiam com seus aparelhos, instalando o *app* e fazendo provocações, Sofia acomodou-se num banco da ilha, sorrindo meio sem graça. Alícia e Ricardo ainda eram, de muitas maneiras, dois adolescentes – ele arrancando a cerveja da mão dela, ela fingindo que ia morrer sem a cerveja, ele gargalhando.

Verena gostava de ver o filho apaixonado – ele também tivera seus momentos de depressão quando a irmã morreu.

— Bora lá — Verena sentou-se no banco alto e metálico. — Vamos jogar.

— Nossa, onde você aprendeu a embaralhar cartas assim? — Sofia estava tentado se enturmar, coitada. Verena passou a distribuir as cartas.

— Meu pai jogava muito bem. Ganhava troféu, amava jogar e acabou me ensinando quando eu ainda era bem pequena. O primeiro jogo que aprendi foi escopa. Aí ele foi me ensinando outros e eu e meus irmãos sempre jogamos. Principalmente buraco, tranca e pôquer *hold'em*.

E um deles ficou viciado em jogo e quase perdeu toda a grana que tinha. Era cedo demais, ela supôs com um sorriso triste, para contar alguns podres.

— Mas o jogo da família agora é o milionário, não tem jeito. — Daniel serviu mais cerveja para ele e encheu o copo de Verena também. Era o efeito colateral do casamento de mais de quinze anos, ele sentia quando ela estava tensa, de forma quase animalesca.

— Ei, Sofia, você já ouviu a história de como meus pais se conheceram?

Verena levantou o olho das cartas e retesou os lábios para o filho, enquanto Alícia e Karina riam, também organizando seus jogos.

— Cala a boca, moleque...

Daniel não era capaz de esconder seu deleite ao provocar a ex-esposa. Era sua história preferida.

— A Verena era *groupie*...

— Mentira! — Ela fechou um punho no pote de pipoca e jogou nele. Mas quando Daniel começava, não parava mais.

— Era sim, todo mundo sabe e não adianta querer esconder, já está na hora de usar essa palavra como um distintivo de honra, Vê. Ela já era até famosa entre os *roadies*, e as amigas também, não perdiam um *show*.

Verena balançou a cabeça para Sofia, que apoiava o queixo na mão, hipnotizada pelo noivo que tinha mais do dobro da sua idade.

Daniel continuou, ciente do próprio charme:

— Ela tava lá, toda jovenzinha, maquiada, de perna de fora, toda gostosinha, carregada de delineador. E o show era do...

Ricardo, Karina e Alícia berraram em uníssono, como *backing vocals*:

— A-Ha!

Verena levantou as mãos.

— Calem a boca! Era a porra do Rock in Rio! Foi um show histórico.

— A Verena mirou na Debbie Gibson, mas acabou transando com o Billy Idol. — Karina sorriu antes de tomar um gole de cerveja.

— Não, não...

Ricardo levantou e encenou sua melhor imitação do Billy Idol, fazendo Alícia gargalhar e tossir uma pipoca no meio da ilha. Eles começaram a cantar:

— *"In the midnight hour, she cried more, more, more...."*

Verena tentou se explicar, sua perceptível vergonha só atiçou as provocações dos outros. Ela levantou a voz:

— Ai, porra, eu não dei para o Billy Idol!

Karina olhou para ela com um sorriso:

— Então quem foi?

Ela mordeu o lábio. Todos os olhos nela em expectativa. Verena falou devagar, de propósito, brincando com o gelo no copo:

— Um *roadie* do INXS.

Gargalhadas irromperam pela cozinha.

— E com o Pepeu Gomes — Daniel acrescentou —, mas isso ela nunca vai admitir. E aí, no show do A-ha, eu cheguei por trás dela e fiquei lá, cantando *Take on Me*, e ela cantava, empolgada, e acabamos cantando juntos e foi ó – mágica. Quando chegou no final do *show*, eles tocaram *Stay on these Roads* e aí eu *ousei*, cara. Tasquei um beijo na boca, achando que ia levar um soco...

— Deveria ter levado — Verena murmurou, dando um gole na cerveja.

Daniel sorriu para ela, de um jeito verdadeiro, genuíno.

— Mas ela me agarrou e, dois anos depois, estávamos casados.

Verena fingiu o mau humor pelo qual era conhecida, ao som dos aplausos da turma.

— Vamos jogar, caralho?

— Bora, bora.

Ela organizou suas cartas, mas não conseguia esquecer as notícias, os corpos, o seu envolvimento com a descoberta do cadáver de Nicolas Guedes. O maldito médium tinha razão – o local do crime e nome da vítima. Ele só podia estar envolvido. Ela precisava alertar a polícia, dar o nome dele como suspeito.

— Eu vou ter que melhorar — foi Alícia quem falou, rindo, o braço de Ricardo no ombro dela. — Toda vez que jogo com eles, eu sou a que mais fica "miserável" no final das partidas.

Cortado ao meio.

Verena analisou a mesa. Colocou uma dupla de 9 em cima da dupla de 5 anterior, pensando no que havia lido. Imaginou o corpo no meio do mato. Já era escuro quando o encontraram. Quanto tempo havia se passado desde o crime? Como era possível que a dupla criminal – autor e vítima – tivessem entrado no parque após o anoitecer? *E quem disse que o crime foi cometido à noite, Verena? Claro que foi, durante o dia alguém o teria visto. Eu preciso parar. Não tenho nada a ver com essa história.*

Tem, sim. O Walter ligou diretamente para você. Para o seu celular.

— Sua vez, mãe.

Cartas únicas e baixas – um 4, um 6 e um 9. Ela caçou as suas e largou uma dama na pilha. Depois de jogar um rei, Karina inclinou-se para ela:

— Tá tudo bem?

Verena forçou um sorriso.

— Distraída, amor, desculpa.

Daniel gastou o primeiro 3 dele, afoito demais, e começou uma nova rodada com um par de 5. Foi ele que olhou para ela e perguntou:

— Distraída com o quê?

Com a atenção deles de novo em si, Verena decidiu falar.

— Encontraram um cara morto no Alfredo Volpi hoje à tarde, aqui perto. Ele foi – ela gesticulou com o dedo — cortado pela metade.

Sofia mostrou os dentes numa careta aflita. Ricardo e Alícia inclinaram-se para a frente, animados.

— Tipo a Dália Negra?

O filho era fã desse tipo de história, e ela não podia culpá-lo, não com uma mãe policial. Alícia era igual – cabelo pintado de verde, roupas pretas, maquiagem pesada. Hoje usava um vestido roxo cheio de crânios. Estranhamente, pareciam inseparáveis, feitos um para o outro.

— Não. — Era a vez de Verena. Ela olhou a dupla de ases. — Passo.

Karina jogou seus dois 2, cometendo um erro que lhe custaria caro mais para a frente. Verena continuou, de certa forma, aliviada por estar conversando sobre aquele crime.

— A Dália Negra foi cortada transversalmente. Esse cara foi cortado no meio *meio* mesmo.

— Credo! — Alícia sorria. — Passo também.

— Passo. — Daniel murmurou. — Escuta, podemos deixar o sangue e as tripas fora da nossa noite de jogos, por favor?

O olhar dele era mais severo para Ricardo, mas apenas porque não queria alimentar a fúria de Verena ao desafiá-la. O filho resmungou um "Ok". Ela observou o jogo com apenas parte de sua atenção. Quando a partida acabou, ela era a milionária; Ricardo, o rico; Daniel e Karina, da classe média; Sofia, pobre; e Alícia, miserável. Agora o jogo ia esquentar, pois os dois perdedores tinham que dar suas melhores cartas aos dois vencedores antes da partida começar. Karina dizia que o jogo era uma sátira sobre o capitalismo; já Verena gostava porque, com muita

Quando os Mortos Falam

estratégia e uma boa dose de sorte, as posições podiam mudar inesperadamente. Isso mantinha os jogadores comprometidos e elevava o nível de competitividade.

Quando Karina levantou-se para pegar alguns *chips* veganos, Alícia e Ricardo aproximaram-se, cochichando:

— Sogra, tem foto do cara pela metade? Já sabem quem matou ele?

Ela afagou a cabeça de Alícia.

— Ô, meu amor, eu não sei se vão encontrar o assassino. Isso não parece ser crime ligado ao tráfico, não desse jeito e nesse lugar. Mas se eu souber de alguma coisa, conto para vocês.

Ricardo mantinha os olhos no celular.

— Mas não foi só isso, eles escalpelaram o cara também.

— Quê? — Verena arrancou o aparelho dele. Era uma notícia atualizada, em outro portal, com mais detalhes: o corpo foi encontrado nu, grosseiramente escalpelado e serrado pela metade.

Quando ela encarou o filho, ele e Alícia entreolhavam-se com espanto, mas com algum tipo de compreensão, quase como se tivessem acabado de conversar por telepatia. Foi Ricardo quem murmurou:

— Mãe... isso daí tá parecendo um filme.

— Eu sei, isso é desumano, é loucura.

— Não... — Alícia interrompeu — Sogra, tamo falando sério. Isso é igualzinho a um filme chamado *Rastro de Maldade*. É uma cena muito foda, apavora. Uns índios pegam um cara e tiram a roupa dele e levantam ele pelos pés e fincam a machadinha de osso nele, partindo o cara pela metade, igualzinho tá escrito aí, tipo, *igual, man*.

Verena franziu a testa. *Não é possível.*

Daniel a encarou, do outro lado da ilha. Falar de coisas violentas e de morte era o tipo de coisa que o repelia, que deixava mal, trazia de volta as sensações da morte da filha. Ele achava que aqueles momentos em família eram sagrados demais para serem contaminados por aquele tipo de conversa. O que Daniel não entendia era que aqueles momentos bons em família, para Verena, não apaziguavam a falta de Luísa, eles a exacerbavam. Como seria com a filha deles ali? Ela teria 20 anos e já estaria na faculdade de publicidade. Ela talvez tivesse um namorado e eles estariam jogando milionário com eles também. Verena abriu bem os olhos – era sua tática para não chorar. Quando os outros estavam distraídos demais, ela puxou o celular do bolso e mandou uma mensagem para Caio.

Caio sabia que ela estava prestes a gozar pela forma como começou a balançar a cabeça. Era uma mania da Isabela, rolar a cabeça entre os ombros de um jeito meio mole, o cabelo na cara, e começar a dar tapas leves nele – no ombro, no rosto. Ele fazia questão de observar o espetáculo. Suas pernas doíam. Estavam no banco de trás do carro dela, no estacionamento hiperiluminado no subsolo de um prédio comercial ao lado da delegacia. Era o que ela queria: um lugar que oferecesse o perigo de serem pegos, sem o risco que correriam se estivessem num lugar onde, caso realmente fossem pegos, ela sofreria algum tipo de agressão. Isabela era louca por sexo, mas já tinha visto violência demais e não era burra.

Lá estava, chegando. Os gemidos dela perderam a cautela e Caio tinha certeza de que podiam ser ouvidos do lado de fora. Ele já sabia que ela precisava de uma dose de agressão para chegar lá, então deu um tapa fortíssimo na bunda dela, que ela respondeu com um grito de surpresa. Ela colou os lábios na orelha dele e intensificou o rebolado, sussurrando:

— Tava com saudades dessa boceta?

O que ele podia responder? Só pensava naquela boceta, mas não entendia Isabela, não conseguia decifrá-la. E ela não queria que ele respondesse, não era desse tipo. Caio agarrou um punhado dos cabelos dela e deu uma puxada.

— Tá aqui para conversar, vagabunda?

Ela sorriu. Mordeu o lábio, jogou a cabeça para trás. Ele virou a mão na cara dela, produzindo um som seco de *plác!*, e isso desencadeou o orgasmo. Isabela fincou as unhas nos ombros dele e, a cada sentada, soltava um grito mais longo, mais agudo, mais cheio de ar. Caio se soltou, permitindo-se gozar junto, apertando os lábios para não soltar um gemido quase tão agudo quanto o dela. Então Isabela desmoronou nele, como se todos os seus músculos perdessem a força. Caio olhou em volta: vidros embaçados. Ele precisou tatear o assento, encontrar a camiseta e esfregar no rosto para limpar o suor. Quando o encarou, arfando, ela sorriu:

— Você pode bater com muito mais força do que isso, gato. — E desacoplou dele, abotoando a camisa, tentando controlar a respiração, apertando dobras macias de papel higiênico – que ela já deixava prontas no banco de trás – entre as pernas, para que sugassem o sêmen que pingava dela. — Se eu chego em casa e não tem marca nenhuma na minha pele, fico com a impressão de que nem trepei, sabe? Me dá meu troféu, caramba, pelo menos uma marca vermelha de mão, um vergão, que seja...

Ela vai me enlouquecer. Ele puxou as calças *jeans* para cima. Vestiu a camiseta. Era isso o que queria que ela entendesse – o sexo violento ele até que curtia. Mas gostava demais dela para machucá-la de verdade e era esse o problema. *Você parece um moleque idiota, todo apaixonado. Essa mulher tá de saco cheio de homem e só quer trepar.*

Isabela terminava de se arrumar, livrava-se do papel molhado numa sacolinha de lixo, ofegava.

— Consertaram seu carro? Quer uma carona?

Caio quis dar um beijo nela. Teve medo que ela recusasse.

— Peguei hoje de manhã, por isso demorei um pouco para chegar na cena.

Ela pulou para o banco da frente e enfiou um elástico entre os dentes. Puxou os cabelos para trás e o usou para fazer seu clássico rabo de cavalo.

— Te vejo amanhã, gato — falou enquanto colocava o cinto de segurança, o rosto brilhando de suor.

Caio hesitou. Queria mais do que aquilo, mais do que ser um consolo ambulante. *Essa mulher tem dinheiro, é filha de diplomata e sempre teve o homem que quis. Ela é mais inteligente do que você. Melhor do que você. Então se contenta em ser o brinquedo da vez.* Ele abriu a porta e saiu pela traseira do veículo.

— Boa noite, Isa.

Ela sorriu para ele. A cara vermelha, a boca molhada. *Pelo menos ela tá satisfeita.* A voz dela saiu com um ar de atrevimento, provocação.

— Boa noite, investigador Miranda.

Ele ficou ali enquanto ela manobrava o carro e subia a rampa que dava para a rua. Caio colocou as mãos no bolso. Por puro hábito, conferiu a tela do celular. Uma ligação perdida de Verena. Ela havia deixado um recado pelo *Whatsapp*: "Tem uma coisa estranha sobre o caso que saiu no jornal hoje. Não o seu, o do cara encontrado no A. Volpi. Por favor, me liga amanhã."

Ele não fazia a mínima ideia do que ela estava falando, passara a tarde inteira entrevistando a família Languin. Enquanto caminhava até o seu carro, acessou a notícia na internet. Ali estava. Quem: um homem chamado Nicolas Guedes. Onde: parque Alfredo Volpi. O quê: foi encontrado no mato profundo de uma área densa do parque. Como: partido ao meio por uma serra, machado ou algo parecido.

Caio guardou o celular no bolso e entrou no carro, assombrado pela última pergunta. Por quê?

14 de dezembro

Sábado

Quando Zulma entrou com a sacola de papel na mão, o avô já estava na cozinha pequena do sobrado. O cheiro de café fez com que ela sorrisse, enquanto tirava os tênis pisando nas borrachas dos calcanhares.

— Bom dia, coroa.

— Bom dia, Zuza.

— Trouxe o pão. — Ela levantou a sacola e deu um beijo na cabeça dele.

Sentados, os dois começaram a tomar o café da manhã de sábado – o café com leite delicioso que só o seu Walter conseguia fazer, pão francês quentinho com margarina e, de sobremesa, pão de mel recheado de doce de leite – a especialidade de Zulma e sua principal fonte de renda.

— A vó apareceu aqui ontem — ela comentou.

— Ela de vez em quando fica sentada na nossa cama, mas já fazia tempo que não aparecia. Tava bonita?

O interesse do avô não era sexual. Para ele, quando um espírito aparecia "bonito", significava que estava em paz. Quando aparecia sujo, com a aura escura, ou exibindo ferimentos, era porque estava atormentado.

— Mais ou menos. Estava preocupada comigo. — Ela mordeu o pão, desprendendo migalhas na toalha.

— Você precisa se cuidar. Ter pensamentos positivos, rezar...

— Eu já sei de tudo isso.

— Hoje é melhor descansar um pouco, depois do que aconteceu com o desencarnado Nicolas. É só dia de passe, não preciso de você lá e é melhor se poupar das energias negativas que vão circular. É melhor ficar em casa e se ocupar com atividades úteis e positivas, tudo bem, meu anjo?

— Vou aproveitar para fazer mais pão de mel, tem várias encomendas.

— Converse com pessoas da sua idade, Zuza.

Ela queria argumentar que seus amigos estavam viajando e não tinham muita vontade de ficar batendo papo no *Whatsapp*. Estavam namorando, indo à praia, passando tempo com a família. E já fazia um tempo que Zulma era a "esquisitinha" do grupo. Era questão de semanas até que se afastassem agora que não precisavam mais ir à escola juntos. *Quem precisa de amigos assim?*

Zulma preparou-se para falar. A respiração saiu um pouco trêmula, e a voz, baixa:

— Você prometeu que ia me ensinar a fechar.

O avô, que estivera molhando o pedaço de pão na xícara com café com leite, parou de se mexer. O ar pesou entre eles. Ali estava outro tabu da casa. As pálpebras do velho caíam em camadas em cima dos globos oculares, denunciando a idade avançada, os fardos da mediunidade.

— Sua missão é ajudar as pessoas, Zulma.

— Elas não querem ser ajudadas. E eu só quero ser normal. Quem decide minha missão no mundo sou eu.

— Não dá para se fechar sem consequências.

— Se eu vou me ferrar de qualquer jeito, que seja do meu, ué.

Walter balançou a cabeça. Comeu sem falar, resignado.

Zulma não gostava de magoá-lo, mas sentia-se incapaz de se calar. Acabara de fazer dezoito anos, e desde criança, o avô lhe prometera que, se ela se deixasse guiar por ele para o trabalho espiritual e, mesmo assim, aos dezoito anos, decidisse que não queria mais aquela vida, ele a ajudaria a bloquear-se para os espíritos. Agora ela entendia que ele só estivera ganhando tempo.

O primeiro episódio de Zulma aconteceu quando tinha apenas dez meses de idade, dois meses após o abandono da mãe. A avó entrou em seu quarto às duas da madrugada por ter ouvido a criança choramingar. Quando acendeu a luz, Zulma estava em pé no berço, os braços esticados para cima, dizendo "mã mã mã".

No dia seguinte, a avó de Zulma recebeu um telefonema de um hospital no Rio de Janeiro – sua filha estava morta. Aos prantos, Maria das Rosas perguntou como e quando a filha havia partido. O homem do outro lado da linha disse "ela foi atropelada, estava embriagada, saindo de um bar. Morreu minutos depois de os socorristas chegarem. A hora da morte, aqui no atestado de óbito, diz 2:00 da manhã."

A mediunidade da menina não foi surpresa para os avós. Walter convivia com aquela condição desde muito jovem, sendo um médium que pratica a cura com as mãos. Seu talento garantiu a sobrevivência da família e o permitiu abrir o centro aos quarenta anos. Nem sempre era seu presidente – o centro funcionava de forma parecida com uma associação, o que significava que seus líderes eram escolhidos por votação, o que Walter sempre achara saudável. Ele gostava da troca de ares. Mas era inevitável – a cada seis anos, em média, insistiam para que ele voltasse à presidência.

Maria das Rosas, embora não fosse médium, abraçou a filosofia espírita ao casar-se e trabalhava no centro – gerenciava contas a pagar, administração de doações, campanhas de trabalho voluntário, cadastro de visitantes, limpeza. Tendo crescido dentro daquela vida, Zulma nunca sentiu ter escolha. Sempre recusou-se a se comportar como uma adolescente rebelde, mas estava cansada. E desde que começara a estudar para o vestibular, vislumbrava um futuro de possibilidades. Acompanhava, nas redes sociais, mulheres que haviam erguido carreiras de sucesso, mulheres como Serena Williams, Rihanna e, no Brasil, a menos famosa, porém inspiradora, empresária Karina Tomé.

A voz do avô quebrou seus pensamentos:

— É tão ruim assim viver uma vida de serviço aos outros?

— Eu não me importo com o serviço espiritual, vô, você tá sendo injusto. Eu só não aguento mais os ruins, os que aparecem no meu quarto de madrugada e tornam meu mundo tão... escuro, tão pesado e me fazem chorar. Os que gemem perto de mim, como se sentissem dores que eu não posso aliviar. Gente como esse cara, esse Nicolas, que estava lá parado olhando para mim quando eu acordei no meio da noite.

Walter segurou a mão dela – o toque dele era macio, quente, reconfortante.

— Nenhuma vida é fácil, Zuza. Não importa o caminho que você for escolher, sempre vai ter uma parte dele que vai ser difícil.

— Eu não quero mais ter medo de morto. — Ela limpou as lágrimas, que saíam tão facilmente.

— ... Como quiser, filha. Vamos começar a trabalhar para bloquear sua mediunidade.

Ele levantou-se e saiu da cozinha, deixando metade do café da manhã para trás. Zulma procurou o alívio que deveria estar sentindo e não encontrou. Ninguém fechava o corpo por completo, ela sempre sentiria coisas e veria vultos. Ela só não queria mais ser um canal aberto para os desencarnados.

Como resposta, sentiu a energia vibrar próximo a ela. Não virou o rosto para olhar. Algo ruim estava ao seu lado. Ela sentia a falta de esperança, o medo e a vontade de chorar. O que ali habitava agora era pernicioso.

— Some daqui!

O que estava ao seu lado ganhou força com a negatividade dela, ficou mais denso. O medo era uma bola de chumbo no estômago de Zulma. Ela fechou os olhos. Era só rezar, sabia disso. Mas, por algum motivo, ficou ali, parada, ao lado da coisa. A boca encheu de saliva e o gosto do pão e do café voltaram pelo seu esôfago.

Vá embora, pensou, o nariz chiando com o choro. *Por favor, me deixa em paz, eu não posso te ajudar, eu não posso te ajudar, só você pode se ajudar.*

"Me ajuda."

— Não! — Zulma berrou e depois tapou os ouvidos para não ouvir mais.

"Ele me partiu ao meio."

— Vô!

Vai embora, vai embora, vai embora!

"Ele riu e me tirou a vida, ele me enganou, disse que a gente ia se divertir."

— Vôooo!

Em meio ao pranto e seus próprios gemidos, ela ouviu Walter entrar na cozinha. Ele não reagiu com nenhum som de surpresa ou medo, mas Zulma apertou as pálpebras com mais força. Na escuridão do seu refúgio, ouviu o avô, calmo:

— Em nome de Deus Todo-Poderoso, que os maus espíritos se afastem de nós, e que os bons nos defendam!

Ele continuou uma prece do *Evangelho Segundo o Espiritismo*. Em pensamento, Zulma orou com ele. Mesmo quando sentiu a energia ruim se dissipar, ela não teve coragem de abrir os olhos.

Ali está o doutor. Assim que viu o médico legista Rafael Lerner sair do prédio do IML, Caio correu até ele. Os dois tinham se conhecido num congresso e moravam perto um do outro, de forma que se encontravam no supermercado e na padaria de vez em quando. Rafael era um cara legal, embora fingisse não ser, e o café com cigarro eram sua religião.

— Ah, é você, *papa charlie* — Rafael resmungou, enfiando um cigarro entre os lábios e acendendo-o com um isqueiro velho.

— Bom dia, meu prestigiado, como estamos?

— O que você quer, Caio? — Ele enfiou o isqueiro no bolso do jaleco e deu de ombros. Atrás deles, na avenida, carros buzinavam para um idiota fazendo merda no trânsito.

— Preciso de um curso relâmpago sobre esfolamento.

Rafael riu e chupou um gole de café.

— É, tô sabendo do cara que apareceu sem pele, tá todo mundo falando disso. Você tá no inquérito?

— Com a sorte que eu tenho, o que você acha?

— Bom, o esfolamento é basicamente a maneira mais desgraçada de matar alguém. Uma pessoa que faz isso não quer matar, obviamente, quer torturar ao extremo.

Caio esperou o médico dar mais uma tragada no cigarro.

— Já sabem a causa da morte?

— É isso que eu queria te perguntar. Não teve tiro, facada, nada. Quando uma pessoa é esfolada viva, do que ela morre?

— Ela vai morrer de um jeito ou de outro, mas alguns fatores determinam se vai ser em algumas horas ou em sei lá, dois dias.

— Dias? Dá para viver sem pele por *dias*?

Rafael levantou a mão gorda.

— Veja bem, eu não disse exatamente isso. A pessoa realmente tem que saber o que tá fazendo para a vítima sangrar menos, manter o ambiente quente, por exemplo, para o coitado não morrer de hipotermia... são muitos fatores. Em primeiro lugar, a vítima berraria como louca, porque a dor é insuportável, inconcebível até.

— Mas ninguém ouviu nada.

— Então sinto muito, você vai ter que esperar o laudo. Pode ser que já estava morta, pode ser que o autor tenha cortado as cordas vocais, sei lá. O que eu sei é que ele teria que ser amarrado, e o autor teria que começar pelo crânio, pelo menos é onde eu começaria. Puxar a pele para baixo, como fazemos na necropsia, como uma máscara. Então fazer diversos cortes para conseguir arrancar a pele. Uma pessoa com conhecimento, como um cirurgião, conseguiria fazer isso um pouco melhor, mas, mesmo assim, faria uma sujeira absurda.

— A cena era um Jackson Pollock vermelho e vinho.

— Não entendi a referência.

Era uma pena, pois Caio teve orgulho dela. Nem sempre se achava inteligente. Lerner continuou:

— O legista vai conseguir determinar o quanto de músculo, vasos ou órgãos foram perfurados no processo, mas dificilmente tem como um esfolamento ser limpo, mesmo com um animal. A vítima provavelmente entrou em choque e desmaiou, mas também é possível que tenha ficado consciente durante todo o processo.

Ele deu outra tragada. Caio sentiu enjoo, mas não demonstrou.

— Seu morto provavelmente morreu por exsanguinação. Mas, se ficasse vivo, morreria de hipotermia ou infecções. Assim que você tira a pele de uma pessoa, ela começa a se contaminar pelo que a cerca. Pensa numa vítima de queimaduras, ela morre pelos mesmos motivos, fora a desidratação, claro.

— Hipotermia, mesmo no verão no Brasil?

Rafael olhou para o céu acinzentado. Até o ar da cidade tinha o cheiro de chumbo.

— O clima não importa. Sem pele, a pessoa sentiria frio extremo. Mas deve ter sido perda de sangue mesmo.

Caio pensou por um momento.

— É possível esfolar alguém sem nenhum conhecimento de medicina ou experiência, digamos, com caça ou açougue?

— É. Você tem que ser um maníaco completamente fodido da cabeça, mas é possível. Só que, como eu disse, vamos lá: isso leva tempo. Tem que ser num local com privacidade, faz barulho porque é impossível a vítima não berrar, e se o cara for leigo, ele vai cortar tudo torto e tudo errado e pegar vasos sanguíneos, músculo etc. e tal.

— Você falou que algumas vítimas ficam vivas.

— Aham. Tem muito relato dessas coisas em livros da Idade Média. Era uma tortura comum. Não é de hoje que a raça humana é uma merda.

Caio tirou uma nota de vinte e colocou no bolso do jaleco de Rafael.

— O café é por minha conta, grande. Obrigado.

Rafael assentiu e Caio virou-lhe as costas. Quando enfiou a chave na porta para abrir o carro, virou-se mais uma vez.

— Rafa?

O médico olhou para cima.

— É possível que a pessoa que fez isso quisesse que a vítima estivesse viva quando fosse encontrada?

Rafael franziu a testa.

— ...É, é possível sim.

— Bom dia, amor.

Karina virou-se, estendendo uma xícara de café para Verena. Estava linda, a pele negra com uma camada sutil de maquiagem, lábios cintilando de *gloss*.

— Nossa, tô precisando. — Verena bebeu um gole, estudando as roupas da esposa: *jeans*, saltos, blusa florida. Ia sair. O alívio que Verena sentiu lhe pareceu obsceno, errado. A única coisa que ela queria fazer era se trancar no escritório. Será que Karina notava aquilo? — Vai sair?

— Vou dar um pulo no *shopping*, tem muita coisa para comprar para o Natal, Vê. E sei que você não vai, então nem achei que valia a pena te acordar. Vou almoçar por lá, tá?

Era aquele tom de *não quero brigar, mas parte de mim está puta contigo*. Verena empurrou-se para cima, sentando-se no balcão, algo que Karina detestava. Balançou as pernas como uma criança.

— Tudo bem. Acho que vou ficar na piscina e ler um livro.

Karina bebeu o resto do café, lavou a xícara e encarou-a com um ar de escárnio: — Aham.

— Talvez eu vá. Tá sol, e você curte quando eu fico bronzeada.

— Você vai se trancar no escritório e ficar zoando com *incel*.

— Tem coisa melhor? — Verena esticou uma perna para fazer uma carícia brincalhona na bunda de Karina, que se afastou, recostou-se na bancada e cruzou os braços.

— Tem. Passar tempo comigo. Aproveitar que o Ricardo foi dormir na casa da Alícia e tomar um banho comigo, me foder. Montar a droga da árvore de Natal. Tem muita coisa melhor.

— Podemos fazer tudo isso mais tarde.

Karina soltou os braços num gesto clássico de *desisto*. Pegou a bolsa do gancho, jogou-a no ombro e apanhou as chaves do carro. Deu um beijo perfumado nos lábios de Verena.

— Eu volto mais tarde. Fica longe de encrenca.

Quando ela estava saindo pela porta da cozinha, Verena falou um *eu te amo* sincero, embora rotineiro. Karina jogou um beijo e saiu.

Enfim, sozinha. Verena sorriu, encaixou outra cápsula de café na máquina e fez um sanduíche com algumas bisnaguinhas, muçarela e presunto, ouvindo as reclamações imaginárias da esposa enquanto escolhia tudo que não era vegano, não era *light* e não era integral. Equilibrou xícara e prato até o escritório, ignorando a piscina sob o céu ensolarado, e fechou a porta.

Verena sorriu ao entrar em seu santuário; um cômodo amplo que recebia abundante iluminação natural, adornado por uma escrivaninha, uma poltrona massageadora, piso de madeira cor de amendoim, plantas e uma parede forrada de livros. Nem todos eram dela – Karina era uma leitora ávida também.

Quando os Mortos Falam

Era fácil identificar o material de leitura de cada uma. A metade da direita da estante pertencia à Verena – livros de direito, filosofia, psicologia e *true crime*, assim como as queridas biografias de estrelas do rock e suas bandas lendárias. Num álbum, Verena havia colado mais de cem ingressos de shows que presenciara desde adolescente.

A metade de Karina era populada por fileiras de livros de culinária, arquitetura, programação, astronomia, movimentos de direitos civis, sustentabilidade e biografias de pessoas como John Lewis, Malcolm X, Angela Davis, Frederick Douglass, assim como livros de Djamila Ribeiro e Conceição Evaristo. Também havia uma biografia de Tom Berners-Lee. Para Verena, nada era melhor do que quando as duas deitavam lado a lado com livros em mãos e ficavam roçando os pés enquanto liam, recitando seus trechos preferidos. É claro que quando ela terminava um livro, simplesmente o trocava por outro na estante. Quando Karina terminava um livro, havia toda uma produção: tirar foto, editar, postar no Instagram como incentivo para que os outros lessem, com o uso correto de *hashtags* e mais uma caralhada de coisas que Verena não suportava.

Enquanto comia, ligou o computador e esperou a máquina despertar.

Procurou as notícias, primeiro sobre o crime do parque. Um delegado magro, com cara de desanimado, deu uma breve entrevista em que confirmava o nome da vítima e a forma como o cadáver foi encontrado. Alegava que ainda estavam apurando como o corpo foi parar no parque, mas indicou que a cena indicava que o crime havia sido cometido lá mesmo. Foi evasivo nas outras respostas.

Verena balançou-se na cadeira por um tempo, de olhos fechados. Voltaram a ela alguns pedaços desconexos dos últimos quatro anos – a última vez que viu o corpo de Luísa antes da cremação, o quebra-pau com Daniel quando implorou que ela o deixasse enterrar a filha. Verena berrara tão alto que Ricardo trancou-se no quarto para não ouvir: "Já não basta a necropsia? Eu não quero um homem que vê cinco, seis corpos por dia mexendo na minha filha como se fosse só mais um! Eu não quero ele tamponando os orifícios dela! Será que você não consegue entender isso?!". Meses de choro e portas batidas. Meses à base de remédios para dormir. Aquela época era como um pesadelo enevoado para ela.

Houve dias, logo após a morte de Luísa, em que ela havia flertado com a arma de serviço, chegando a colocá-la na boca para sentir o gosto frio do metal do cano. Só que Ricardo, então com dezoito anos, não superaria o suicídio da mãe logo após a morte violenta da irmã mais nova. O filho precisava dela. E só por ele, Verena resistira à tentação de decorar as paredes do banheiro com sua massa encefálica.

Foi um alívio devolver a pistola de serviço quando seu pedido de exoneração foi aceito e contar com Caio para se livrar da arma fria. Ela não possuía uma pistola agora, mais por medo dos dias ruins do que por inclinação moral. Sobre o assunto, Karina foi bem clara: "eu até aceito você comer carne, mas nada de armas em casa agora que não é mais policial."

Verena pensou nas primeiras crises de pânico. Nunca entendeu por que levaram anos para acontecer, justamente quando ela se sentia mais adaptada, justamente quando estava fazendo terapia. A dra. Hilda disse que Verena reprimiu sentimentos demais nos primeiros anos e que as crises eram manifestações deles. Cinco meses atrás, Verena decidiu que a melhor maneira de evitar as crises era não sair mais de casa. Ela descobriu que a maioria das pessoas não entende o que é a síndrome do pânico. Um dos amigos de Karina havia dito uma vez que Verena apenas fingia ter aquela condição para surtar quando fosse conveniente. A expectativa era a de que a pessoa tem que estar sempre em crise, sempre temendo a própria sombra, quando na verdade as crises vinham quando ela menos esperava. E Verena não fazia a mínima questão de se encaixar nas expectativas dos amigos da esposa.

Ela encarou a tela e pensou em simplesmente deixar tudo aquilo de lado e ir à piscina. Havia, no entanto, uma comichão dentro dela, uma Verena de dez anos atrás, cheia de tesão pela caça, e no momento aquela velha conhecida estava implorando que ela investigasse.

Foda-se, Verena, só assista ao filme, você já viu coisas piores. Ela encontrou *Rastro de Maldade* na Netflix, apoiou as costas contra a cadeira e colocou os pés em cima da mesa.

sabela desligou o telefone e apoiou a testa nas mãos. Debaixo da mesa, removeu os sapatos de salto alto com os dedões e esfregou as plantas dos pés no piso frio da sala. Pensou na declaração que acabara de fazer ao jornalista do G1 sobre o crime do homem esfolado, Alexandre Languin. Mais trabalho esperava – despachos interlocutórios, acompanhamento das diligências cumpridas pelos agentes e investigadores, despachos para o cartório da delegacia, leitura e elaboração de relatórios. O pai havia mandado um recado – era um absurdo que ela ainda não o chamara para almoçar, o que estava fazendo de tão importante? Ela imaginou Caio entrando no escritório para lhe fazer uma massagem nos ombros, mas não quis violar sua própria regra de não transar naquele prédio. Caio estava se tornando um vício para ela, mas não valia a sua carreira e o pouco respeito que lutara o dobro de qualquer outro delegado homem para conseguir.

Ele era escorregadio. Às vezes recebia as fotos e não respondia, sempre tinha algo na ponta da língua que nunca saía. Ela odiava aquele jogo. E, na maior parte das vezes, odiava homens, embora não conseguisse ficar muito tempo sem eles. Caio era diferente, mas pensava demais, problematizava demais. Relutava em se entregar. Tinha brio, mas era todo quebrado por dentro, isso ela identificara rápido, e era talvez o que mais a atraía nele.

Ela tentou se concentrar nos depoimentos. Não importava a abordagem, tudo nesse crime parecia diferente. Tudo levava a uma rua sem saída ou uma parede sólida. Um dos grandes segredos do trabalho, aquilo que não se mencionava nos corredores, mas que todo delegado sabia, era que, na Polícia Civil, ser esperto era saber escolher suas batalhas. Alguns casos são como crianças problemáticas, que acabam exigindo tanto tempo, recursos e dedicação em detrimento dos seus irmãos que simplesmente não valem a pena. A diferença entre crianças e inquéritos é que uma mãe não tem escolha – um delegado tem. *Este* caso era assim. E teimosa e intrépida como uma mãe, ela já encontrava desculpas para se agarrar a ele e arriscar mais do que deveria para vê-lo resolvido.

— Boa noite, doutora.

Isabela acenou um tchau para seu colega, o agente Plínio Marcondes, e abriu a salada no potinho de plástico. Um olhar para a tela do computador confirmou o horário – passava das 17h00. *Concentre-se.*

Quem?

A vítima era um barbeiro de 45 anos, Alexandre Languin, sem passagem pela polícia, dono do próprio imóvel, que havia sido herança dos pais, divorciado e pai de um menino de oito anos. Depoimentos da ex-mulher, do irmão da vítima, do dono da barbearia onde trabalhava há 11 anos, e de seus vizinhos indicavam um homem "boa-praça", tranquilo "até demais", que se relacionava bem com seus colegas de trabalho e era conhecido na vizinhança. Frequentava bares com samba ao vivo e se dava bem com o filho, embora atrasasse o pagamento da pensão quase sempre. Estava com algumas pequenas dívidas, nada impressionante. O carro estava quitado. De acordo com todos os entrevistados, não tinha inimigos e não se metia em brigas. Bebia, mas não foi descrito como alcoólatra. Não tinha fama de mulherengo. Não jogava e era torcedor fanático do Corinthians.

O quê? Quando? Onde?

Alexandre saiu do trabalho poucos minutos após às 19h na sexta-feira, foi direto para a casa e às 21h recebeu um entregador da Pizzaria e Esfiharia Papa Bem. Pagou o entregador em dinheiro pela pizza portuguesa e latinha de cerveja e voltou para dentro de casa. O laudo da necropsia ainda levaria semanas para chegar, mas Isabela havia feito uma visita rara ao IML para conversar com o médico legista e já pegar informações sobre o caso. A necropsia indicou que Alexandre consumiu boa parte da pizza e da cerveja e já começara a digeri-las quando foi morto. A boca fora fechada com *silver tape*, o que explicava porque os vizinhos não o ouviram gritar. Isabela deduzira que ele já estava morto ou desfalecido quando a fita foi removida para que a pele do rosto pudesse ser arrancada.

Marcas de sangue no portão estavam sendo analisadas, assim como as impressões coletadas pelo papiloscopista nas portas, janelas, telefone celular da vítima, vidros da casa, interruptores de luz, campainha e no único objeto encontrado na cena que não fazia o menor sentido – uma caixa de MDF, pintada de preto e dourado, nas dimensões de 8 cm x 8 cm x 8 cm.

Não acharam armas na cena, nenhuma ferramenta além das encontradas na caixa de ferramentas da vítima, guardada num armário, nenhum bilhete ou outro tipo de anotação, nenhum buraco de projétil. O material coletado ainda estava sob análise pericial: a caixa de MDF, bitucas de cigarros, roupas da vítima que haviam sido despidas antes do esfolamento. As impressões de pegadas e impressões palmares haviam sido fotografadas e também estavam em análise. Não havia sinais de tentativa de arrombamento, como marcas de ferramentas, o que indicava que o autor do crime provavelmente havia tocado a campainha e sido recebido.

Isabela estava seguindo a metodologia M.U.M.A. para juntar as peças e saber o que pedir dos seus investigadores. O problema era que ela só tinha o primeiro M – a mecânica do crime, e nem toda a dinâmica estava elucidada ainda. A investigação de seguimento deveria entregar o U – os últimos passos da vítima – mais a fundo, em entrevistas com todos que haviam entrado em contato com Alexandre nas 24 horas antes do crime. O M, a motivação do crime; e o A, a autoria.

Exausta, o pensamento voltou para Caio e a relutância dele. Com os outros homens em sua vida, o motivo para se afastar havia sido covardia – poucos sabiam lidar com uma mulher igual a ela. Caio, no entanto, não se encaixava nessa categoria. E ela não tinha problema algum em admitir a verdade: o fato é que Caio a achava atraente e gostava de transar com ela, mas não se interessava em ter um relacionamento. *Você sempre quis isso, então vai saber lidar. Só está balançada, encantada por ele.*

Romances não são para mulheres como você, ela pensou, tomando um gole de água. *Romances são para mulheres que cedem, e fora do jogo sexual você não consegue ser submissa.* Aquilo era algo que ela sempre invejara em Verena – a capacidade de impor respeito no trabalho e ser, ao mesmo tempo, uma mulher afável, maternal. Ela lembrou-se, com uma pontada indesejada de saudades, de Verena quando chegava invariavelmente arrastando os pés, como se estivesse exausta, a jaqueta de couro cor de caramelo, o cafezinho sempre na mão e as provocações que adorava fazer aos colegas que não iam com a cara dela. Verena era folgada, mas podia se dar ao luxo de ser, porque sempre tinha uma resposta afiada para quem ousasse peitá-la e talvez fosse a melhor funcionária da delegacia, o que garantia o perdão de seus superiores quando arranjava confusão. *Alguns homens amavam Verena*, ela pensou com uma pontada de inveja, *Caio, Romero, Marcondes. Os melhores investigadores.*

Isabela imaginava que Verena a culpasse um pouco pelo arquivamento do caso da filha. A equipe fez o trabalho de investigação da forma mais correta possível, disso Isabela tinha certeza. Mas simplesmente, como acontecia muitas vezes, não havia material suficiente para chegar ao autor.

A menina conversou com alguém dentro de um carro e entrou. Não foi o suficiente para chamar a atenção de nenhuma testemunha, não a ponto de tomarem nota mental do carro, da menina, do motorista. Na cena, só tinham os tiros – disparados a um metro de distância, aproximadamente, por alguém um pouco mais alto do que Luísa – cerca de 1,70 metros, por um revólver .38, a arma que mais mata no Brasil, cápsulas sem impressão digital. Eles haviam pressionado todo mundo – inclusive Verena, Ricardo, Daniel, assim como professores, colegas e funcionários da escola. Todos os familiares foram entrevistados – tanto a família de Verena quanto a de Daniel. No percurso, tinham descoberto algumas coisas embaraçosas, como o vício em jogo de um dos irmãos de Verena e o famoso alcoolismo da irmã de Daniel. Isabela sabia que ter sua vida escancarada para os colegas de trabalho havia ajudado a afastar Verena da DHPP. E no final, foi tudo em vão: a investigação havia dado em nada. Isabela elaborou o relatório da melhor forma que pôde, encaminhou ao juiz, que o encaminhou ao Ministério Público, que prorrogou o prazo. A equipe trabalhou arduamente, mas depois que o segundo relatório mostrou que o inquérito não estava indo a lugar algum, o promotor fez o requerimento ao juiz para o caso ser arquivado.

Mesmo assim, conhecendo a lei e sabendo que bastava uma nova evidência para que o caso fosse reaberto, Verena partiu para uma investigação clandestina, na qual diversos agentes e investigadores ajudaram extraoficialmente. Isabela não os repreendeu, deixou rolar. E, depois de meses, ainda não tinham nada. Durante aquele tempo, ela viu Verena deteriorar-se, transformar-se num esqueleto ambulante que abusava da cafeína para manter-se em pé e enchia-se de comprimidos para dormir à noite. Ela entrou numa fase muda, não conversava com as pessoas ao seu redor, quase como se não as ouvisse.

Quando Verena foi exonerada, a maioria dos colegas compreendeu. Alguns, no entanto, que nunca haviam gostado da postura dela, chegaram a fazer comentários maldosos. Inevitavelmente, eram os policiais mais corruptos que encrencavam com ela, que sempre tivera uma postura mais rígida, mais honesta. Em algum nível, todos eram corruptos, fazia parte da metodologia de trabalho – simplesmente não dava para trabalhar na polícia, tal como ela era organizada, sem se fazer de cego –, e isso valia para Isabela também. Porém, alguns policiais entram justamente para usar o sistema, não por vocação. Um dia, um agente, Lauro Pizzol, cometeu o erro de xingar Verena na frente de Caio, algo como "se estivesse em casa cuidando da cria em vez de ficar chupando boceta por aí, talvez isso não tivesse acontecido". Naquele dia, Isabela conheceu um lado de Caio que todos juravam não existir. Pela forma como esmurrou Pizzol, ela sabia que, se os outros não tivessem interferido, ele o teria matado. Por sorte, o agente já estava encrencado com a corregedoria e acabou sendo transferido para outra delegacia.

Foi naquele dia que ela se interessou por Caio de verdade. Até então, dava a impressão de ser um daqueles caras distanciados, quase sociopatas, que trabalhavam na DHPP. Ver o sangue dele borbulhar, inchar as veias do pescoço, e saber que ele havia criado inimigos num lugar onde não se cria inimigos, para defender a amiga, havia mexido com Isabela. *É só uma pena que na cama ele é mais manso.*

Ela encarou a tela do computador. Estava na hora de se desligar do trabalho. *Você não está sendo fraca se for para casa descansar um pouco. É sabado.* Isabela amassou aquele pensamento como um guardanapo usado e o jogou num cesto de lixo imaginário. Voltou a trabalhar.

Verena fechou a porta do quarto, onde Karina trabalhava, com um *click* suave. Desceu as escadas com cautela enquanto digitava o número de Caio. Ele atendeu no segundo toque, justamente quando ela sentou-se no sofá da sala de estar.

— *Desculpa, Vê, eu ia te ligar antes, mas tá foda.*

— O que tá acontecendo? Tem a ver com o tal do Walter?

Ele levou um segundo para responder:

— *Desculpa, eu não... eu esqueci completamente daquilo. Desculpa, Vê, mas esse inquérito tá consumindo toda a minha energia.*

— Como foi possível arrancarem a pele de alguém assim? O que as testemunhas disseram?

— *A ex-mulher do cara passou lá de manhã ontem para falar com ele, era treta, o cara deixou de depositar uma grana para ela comprar o presente do filho, uma merda dessas. Ele não abriu a porta. Ela ficou puta e naquele impulso acabou virando a maçaneta e o portão tava aberto. Ela entrou e encontrou o corpo daquele jeito, em carne viva. Era só músculo e veia e gordura.*

Verena esperou. Sabia quando Caio precisava desabafar.

— *E aqueles olhos abertos, e aqueles dentes sorridentes, sabe?*

— O que você acha que foi?

— *Ela falou que ele não jogava, não devia dinheiro para ninguém fora ela, que não tinha inimigos. Tinha pegada de sapato no carpete inteiro, suja de sangue. Pelo tamanho, foi homem. A pior merda é a falta de qualquer outro ferimento, até onde o exame perinecroscópico conseguiu concluir. Não sabemos como esse cara morreu, só que sofreu pra caralho. O autor ainda deixou uma caixa de MDF na cena, cheia de desenhos dourados, coisa de louco. Pior é que eu não consigo tirar a caixa da cabeça.*

Ela pensou nesse filho que comemoraria o Natal sem o pai. A sensação de raiva, de nojo pela própria espécie, a invadiram de novo e a levaram para o lugar mental onde ela estivera nas vezes em que pensava em suicídio.

— *Eu sei que sou um babaca por desabafar assim com você. Não é justo. Você conseguiu encontrar um pouco de paz e do nada eu trago tudo isso...*

— Você acha mesmo que eu encontrei paz, Caio? Só porque a vida continuou e estou casada com a Karina e dinheiro não é mais um problema? Acha que algum aspecto disso traz conforto ou alivia a dor?

Ela ouviu a respiração funda dele do outro lado.

— *Não.*

— Olha, preciso te contar uma coisa. — Ela cobriu o telefone com a mão, com um olhar para a escada. — Eu sei que você vai ter motivos para me passar um sermão, mas não estou no clima para ouvir. Eu só quero que me ajude. Tá certo?

Verena lambeu os lábios e pensou na melhor forma de explicar. Então contou sobre a segunda ligação de Walter Kister e no telefonema que fez para o Disque Denúncia. Imaginou o rosto de Caio enquanto ele ligava os pontos.

— Ontem à noite, o Ric e a namorada dele chamaram a minha atenção para um filme que mostra um assassinato muito parecido. Você consegue acessar a internet, o YouTube?

— *Consigo, um minuto.*

— Digita em inglês: *Bone Tomahawk*, tango-oscar-mike-alfa-hotel-alfa-whiskey-kilo. Depois digita *death scene*, cena da morte.

Ela aguardou, odiando imaginar a cena de novo – indígenas enormes arrancando a roupa de um homem e o escapelando, levantando-o pelos pés.

— *Meu Deus...* — Caio suspirou. Verena sabia que chegara ao momento, no filme, em que um dos nativos descia uma machadinha na virilha de um homem. — *Caralho, Vê.*

— Eu tô pensando em avisar o pessoal da 89ª DP sobre o Walter. Esse cara precisa ser encontrado e interrogado. A única forma de ele saber sobre esse crime é sendo o autor.

Caio pensou por alguns segundos.

— *Você tem que ir lá falar com eles.*

— Eu não quero me meter mais nisso. A Karina já está puta demais comigo. Se eu me envolver num inquérito desse tipo, não sei como ela vai reagir.

— *Não tem jeito, Vê. Você vai ter que ir lá prestar depoimento. Esse cara entrou em contato com você, ele tem seu número. Isso é perigoso. Eu vou contigo. O que acha?*

Ela não tinha coragem de explicar que não conseguia mais sair de casa.

— Caio, você sabe como a polícia é. Você viveu comigo toda a politicagem lá dentro, a corrupção, o constante pisar em ovos e sabe como sair foi dolorido para mim, depois de ter conseguido ir tão longe.

Ela sabia que ele compreendia; eles continuavam amando o trabalho de investigador, mas não tinham mais amor pela carreira. Haviam conhecido e feito amizade com pessoas boas e honestas, mas também tinham dividido a sala com corruptos e gansos – informantes que participavam de esquemas de corrupção e extorsão. Os 15 anos de Verena na Polícia Civil tinham sido muito semelhantes a andar numa corda bamba. Quando Luísa morreu e virou só mais um número na estatística de casos arquivados, a profissão esgotou-se para ela.

— Eu não vou para a delegacia, eu não vou me envolver ainda mais nisso.

Algo mudou na voz de Caio, que ganhou um tom de surpresa.

— *Ah, meu Deus...*

— Que foi?

— *Vê... me dá um segundo, deixa eu ver a cena do filme de novo.*

Ela aguardou. Aquilo tinha ares dos velhos tempos. *Você sentiu falta disso. De trabalhar com alguém tão esperto quanto ele, de elaborar teses, de ter gana para foder com esses caras.* Então Caio falou:

— *O nome do personagem do filme... o cara que eles cortam ao meio... É Nick.*

O estômago de Verena deu uma cambalhota. O silêncio de Caio refletia o pânico que ela sentiu. Então ela murmurou o nome da vítima:

— Nicolas Guedes.

— *Cacete, Vê.*

— Coincidência?

— *Num caso desses?*

Claudia Lemes

Verena fechou os olhos e embora estivesse dando um passo para dentro da floresta escura onde o lobo morava, falou a única coisa que fazia sentido naquela tarde, naquele escritório.

— Caio... acabei de tomar uma decisão e preciso de você.

Ele estava prestando atenção, a respiração audível na linha.

— Eu não quero me envolver com a Civil. — Ela umedeceu os lábios para pensar nas próximas palavras. — Mas preciso dar uma olhada nessa história desse médium e por que ele veio atrás de mim.

— *Tem certeza, Vê?*

— A minha família se recuperou, eu não. A Karina tá feliz, meu filho também, e o Daniel conseguiu sair da depressão e também está seguindo com a vida dele. E eu não posso correr mais riscos... não posso mais perder ninguém.

— *Você não vai conseguir vingar a Luísa indo atrás de outra pessoa.*

Se ele tivesse dado um soco nela, ela não teria ficado tão surpresa.

— Vê... — Caio falou devagar — *Deixa eu resolver essa história desse cara para você.*

Verena pensou no que a alimentava. Caio era igual a ela, feito do mesmo tipo de matéria-prima. Cada caso era um osso que eles se recusavam a largar. É por isso que a rotina na Civil tinha apagado as ilusões deles em relação à profissão. A maior parte dos homicídios cometidos na capital eram relacionados à disputa de território, tráfico e gangues. A maioria das vítimas eram homens entre 15 e 24 anos, não brancos, de classe baixa, assassinados a tiros em vias públicas. Quase sempre, o autor do crime e a vítima moravam na mesma vizinhança. Esses crimes não eram prioridade para a Polícia Civil. A burocracia dos procedimentos, infraestrutura precária, péssimas condições de trabalho e a lentidão do processamento judiciário tornavam o trabalho de investigador, para pessoas como Caio e Verena, uma vivência frustrante e entorpecente. Era justamente por isso que agir fora da legalidade, por conta própria, era a única forma que haviam encontrado de fazer justiça, muitas vezes.

— O que você vai fazer?

— *Eu vou dar uma arrochada nele e ver com quem estamos lidando, ver o que ele sabe sobre você. Depois eu faço uns telefonemas e deixo uns caras levarem ele para prestar depoimento. Aí ele é problema da 89ª DP, não nosso. Pode ser?*

Ela assentiu.

— Tá. Mas toma cuidado, a gente não faz a mínima ideia de quem esse cara é. Não quero você encrencado com ninguém.

— *Eu sei me cuidar, relaxa. Vou nessa e prometo que te ligo mais tarde. Te amo, Mahoney.*

Antes de desligar, ela sorriu.

— Te amo, Maverick.

Ela inclinou-se sobre o teclado e digitou: *caixa detalhes dourados.*

Só recebeu de volta imagens de caixas bonitas e ofertas de caixas para os correios. Ela incluiu a palavra *esfolar*, mas os resultados da busca eram, em sua maioria, sobre a Caixa Econômica Federal.

Verena deixou escapar um suspiro impaciente. Lembrou-se do filho falando sobre *Rastro de Maldade*. Apagou tudo. Digitou devagar: *caixa detalhes dourados filme de terror*. Os primeiros três resultados foram: 7 Desejos na Netflix. Caixa *Hellraiser* – Conheça a lenda da Caixa de *Lemarchand*. The Box – Wikipedia.

Os olhos de Verena subiram para a *webcam*. Por que se sentia observada? Ela colou um *post-it* em cima da câmera, embora a sensação não tivesse mudado. *Hellraiser*. Era um nome difícil de ignorar. Um nome pesado, maligno por si só. Clicou no *link*.

Era um artigo num *blog* de filmes de terror. Falava sobre uma caixa fictícia criada pelo autor britânico Clive Barker. Ela puxou um dos seus cadernos e copiou as informações. O cursor transformou-se de uma seta para uma mãozinha quando ela passou pela imagem da capa do filme.

Compre por R$ 6,90.

Ok, então. Ela clicou. Confirmou o pagamento.

Uma hora e meia depois, enquanto os créditos do filme rolavam em meio a uma melodia fúnebre, Verena percebeu que estava eufórica. *Filmes*, pensou, surpresa com a simplicidade e ousadia da sua nova tese. *Ele está se inspirando em filmes.*

A mulher que abriu a porta para Caio o deixou desconcertado com sua beleza. Quando Verena e Karina começaram a ficar juntas, foi para Caio que Verena confessou o caso. Ela sentia o peso de sua traição, sabia que o que estava fazendo era errado, mas só de imaginar que Daniel ficaria mal, ela se fechava e adiava a decisão de jogar limpo com ele. Todos os planos dela foram para o espaço quando Luísa morreu, é claro. No meio da confusão, acabou acontecendo de Caio não chegar a conhecer Karina pessoalmente. Agora, não sabia como agir.

— Entra, Caio, prazer. — Quando ela ofereceu a mão, ele soube que não estava tão feliz em conhecê-lo. Havia um distanciamento na voz, uma frustração no olhar, algo que ele não compreendeu. Ele entrou, mais consciente de si mesmo, sentindo-se um pouco capenga, sem saber como agir.

A sala estava iluminada e agora, à noite, a casa parecia ainda mais luxuosa, mais opressora. Caio sentiu-se encolhido, insignificante.

— Ela tá lá em cima no escritório, fica à vontade.

Ele agradeceu e subiu as escadas. Por que Verena estava se comportando daquela maneira? Por que fazia tanta questão de que eles se encontrassem em sua casa em vez de escolher uma das lanchonetes ou churrascarias que costumavam frequentar? Ele tentou ignorar a televisão colossal de uma sala de TV e finalmente encontrou o escritório, onde Verena e Ricardo estavam deitados no chão, conversando.

— E aí, o que era tão urgente que não podia esperar?

Ricardo levantou-se rápido e foi até ele com um sorriso imenso. O abraço pegou Caio desprevenido – não imaginava Ricardo sentindo tanto sua falta assim. Ele tinha 18 anos quando Luísa morreu.

— Tá forte, hein, filhão?

Ricardo riu.

— Educação física.

Verena aproximou-se com os braços cruzados.

— Precisamos conversar.

— E rápido — Ricardo olhou para o relógio —, tenho que ir buscar a Alícia.

Verena foi até uma poltrona de massagem e deu dois tapinhas no assento. Caio acomodou-se e ficou decepcionado quando ela não ligou o aparelho. Verena e Ricardo sentaram-se no chão, pernas cruzadas. Foi ela que começou a falar:

— Você tem que manter a cabeça aberta para a gente não perder tempo. Tenho uma tese sobre os assassinatos do Guedes e do Languin, mas estou na pior posição para ter uma tese, já que não tenho acesso aos inquéritos, não sou mais policial e estou no Brasil, onde ideias como as minhas não são recebidas com muito entusiasmo.

As palavras dela, combinadas com a forma como falava devagar e esfregava as mãos, preocuparam Caio. A presença de Ricardo ali, prestando atenção nas palavras da mãe, e concordando com a cabeça, assustaram ainda mais.

— Onde isso tá indo, Vê? Pensei que você ia me deixar cuidar dessa história do tal do Walter, não era para estar investigando nada.

— Me permita essa indulgência, meu amor. — As palavras não combinavam com a expressão séria dela. — Eu não tenho nada para fazer o dia inteiro, e, querendo ou não, o Walter ligou direto para mim.

— Eu estaria lá agora, conversando com ele, se você não tivesse me chamado aqui.

— Eu sei, mas você precisa ouvir minha teoria antes.

Caio buscou os olhos de Ricardo. O garoto assentiu uma vez, apoiando a mãe.

— Tá, fala, eu prometo que vou ouvir, como sempre te ouvi.

Verena coçou os olhos. Parecia exausta. Caio esperou. Lembrou-se de que não estava lidando com uma novata. Ela já havia sido polida pelos anos no trabalho, cujo sistema funcionava como um processo de erosão. A primeira coisa que morria era o idealismo, a vontade de mudar o mundo. A segunda, a certeza de que trabalhava para os mocinhos. A terceira, a estamina para mudar o sistema. Você acorda um dia e sabe que o próximo plantão vai servir para cumprir mandados de busca e apreensão e escrever relatórios. Você sabe que, ao participar de um inquérito, é só uma parte de um mecanismo lento e enferrujado, e que sozinho não vai fazer diferença porra nenhuma. Às vezes, o parente de uma vítima te abraça e te agradece. Na maioria das vezes, o público só menciona a Polícia Civil nas redes sociais para falar que nenhum deles presta, que foram mal atendidos numa delegacia e que não se conformam que seus impostos pagam os salários de vagabundos corruptos. Verena tinha dedicado mais de 15 anos para o serviço na polícia judicial e não se empolgava com besteiras. Caio pensou, *Verena não desperdiça o tempo dela em coisas que não valem a pena.*

— O primeiro homicídio, eles já sabem quando foi?

Caio confirmou:

— Sim, a fofoca entre a *tiragem* é que o tal Guedes foi assassinado na madrugada do dia 11 para o 12.

— Um dia antes do Languin.

— Isso.

— Eu acho que essas duas pessoas foram assassinadas pelo mesmo homem.

Caio tentou não revelar sua incredulidade, mas Verena percebeu e apontou um dedo para ele.

— Você prometeu ouvir.

— Mas você tá pedindo demais. Ninguém mata assim, Vê, um dia atrás do outro, de maneiras tão diferentes, tão específicas...

— Eu sei *por que* ele está matando assim. Concordo contigo, é uma coisa sem precedentes. Mas quantos crimes seriais não têm exatamente a característica de serem sem precedentes? Quanta gente já morreu por que um idiota tinha uma teoria que ninguém quis ouvir por parecer um pouco fantasiosa?

Caio coçou a testa. Sentia cada músculo o implorando para dormir um pouco.

— Verena... crimes seriais? Você tá dizendo isso mesmo?

— *Rastro de Maldade* e *Hellraiser*.

— Agora você me perdeu.

Verena esperou. Quando Ricardo ofereceu o celular, Caio compreendeu que os dois já haviam antecipado seus contra-argumentos. Segurando o aparelho com cuidado, ele clicou no triângulo vermelho e assistiu à cena. Uma mulher com *look* anos 1980 interagindo com um...

— Homem sem pele. — As palavras pingaram da boca dele.

— Exatamente. — Verena sorriu. — Mas isso não é o principal. Olha o detalhe da caixa na capa do filme.

Ricardo gentilmente mexeu no celular e o devolveu a Caio.

— Porra, *Hellraiser*.

Ele havia visto o filme há tantos anos que quase não se lembrava da história. Na capa, a caixa na mão do famoso *Pinhead*. Foi por isso que a caixa na cena do crime destacou-se tanto em sua memória.

— Não tem como ser coincidência. — Verena tirou o aparelho dele para forçá-lo a prestar atenção nela. — Dois homens mortos na mesma semana, replicando elementos específicos de filmes de terror.

— Eu preciso de um segundo.

Ricardo falou enquanto Caio passeava sem rumo pelo escritório, tentando organizar seus pensamentos.

— Existem dezenas de filmes em que as pessoas são partidas ao meio: *Terror no Pântano*, *13 Fantasmas*, *Jason Vai para o Inferno*, *Tag*, o cavalo do filme *A Cela*, que é seccionado em vários pedaços, e, claro, minha cena preferida, a abertura de *Navio Fantasma*. Mas o tal do Nicolas foi escapelado, só pode ser *Rastro de Maldade*. Além disso, tem o nome dele, igual ao do personagem.

Caio balançou a cabeça. Ele procurava os furos na teoria dela.

— Mas o personagem do filme *Hellraiser* não foi esfolado, ele foi reconstruído aos poucos, ganhando cada vez mais carne até ficar completo. E o nome não era Alexandre, até onde eu me lembre.

— Não, era Frank, isso eu também não entendi. — Verena suspirou. — Mas eu acho que esse assassino só quer réplicas, só quer a *semelhança* com os filmes, a metodologia não importa para ele. É quase como se quisesse resgatar uma coisa visual. Fazer parte dos filmes, brincar que está neles.

— Vamos supor, por um segundo, que você tenha razão.

— Eu tenho razão.

— Se eu levar sua teoria para a Brassard, você sabe o que vai acontecer.

— Sei. *Cidadão X.*

— É isso mesmo. "Assassinos em série são coisa de americanos". Aí eu menciono nossos maníacos tupiniquins – Pedrinho Matador, Chico Picadinho, Maníaco do Parque, Índio do Brasil, e mesmo assim vão ignorar sua teoria. Vamos ter que achar algum tipo de conexão entre esses crimes que seja mais realista, mais material.

Verena estava sorrindo. *Eu tinha esquecido do quanto ela é boa.* Ele não tinha escolha, eram coincidências demais para ignorar. Caio voltou a sentar-se, para conseguir s acostumar-se a ideia.

— Vou ter que descobrir o que essas vítimas têm em comum. Como ele chegou ao Guedes, como chegou ao Languin. E o pior de tudo é que, a menos que a Brassard convença o delegado da 89ª DP a compartilhar informações sobre o inquérito deles, eu não vou ter acesso a nada do caso Guedes para comparar. Vou falar com a Julia Languin e ver se alguma vez o ex-marido mencionou alguém chamado Guedes.

Ricardo, que estava levantando para ir embora, congelou os músculos.

— Quem é Julia? — Ele perguntou, de repente interessado.

— Julia Languin é a ex-mulher da vítima *Hellraiser*. — Caio massageou a nuca.

— Gente... — Ricardo esticou as mãos no ar — Taí a conexão de vocês. A personagem principal de *Hellraiser* não é o Frank, é a Julia.

Verena virou-se para Caio.

— Será que os nomes são gatilhos? Que o lembram de determinado filme...

— Calma, calma, não sabemos se isso faz sentido, Vê. Nada do que eu li na minha vida sobre assassinatos seriais ou psicologia criminal dá base para isso. É claro que eu não sou *expert*, só curioso, mas mesmo assim...

— Eu sei, mas é um ponto de partida.

Ricardo deu um beijo na mãe e fez um cumprimento manual com Caio.

— Eu não posso mais deixar minha namorada esperando, depois a gente se fala.

—Toma cuidado! — Verena gritou por cima do ombro quando ele saiu.

— Eu acho que isso tá realmente acontecendo, Caio. Que esse homem, seja lá quem for, está encenando esses filmes para o próprio prazer, movido por alguma fantasia sádica.

— Onde ele conseguiu uma caixa dessas para colocar na cena?

— Já pesquisei. Caixinhas de Lemarchand podem ser encomendadas no Mercado Livre por menos de 100 reais. Encontrei algumas caixas bem mais caras, mas todas importadas e em *sites* gringos, feitas com metal e madeira maciça, em embalagens caríssimas e coisas do tipo. Então é meio que simples: precisamos ver a caixa encontrada na cena para determinar se ele comprou aqui mesmo, se comprou lá fora, ou se ele mesmo fez. Para agilizar, já encomendei uma de cada tipo que encontrei. Claro que vão levar semanas para chegar, mas pelo menos são evidências muito fortes contra ele. O mais importante eu não posso fazer porque não sou mais da polícia.

Caio assentiu.

— Puxar a lista de compradores e ir atrás de cada um deles, priorizando os que moram aqui. Pelo juiz pode demorar, vou ver se consigo convencer o vendedor na lábia mesmo.

Os dois compartilharam silêncio por um tempo.

— Isso é loucura, Vê...

— Eu estou limitada, quem vai ter que ir atrás desse filho da puta é você e a Brassard.

Ele assentiu. Verena entortou o rosto.

— O que tá acontecendo? Por que fez essa cara?

Merda. Era como se anos separados não tivessem criado um abismo entre eles. Verena ainda conseguia ler os mínimos espasmos de seus músculos faciais. *Pra que esconder?*

— Eu e a Isa...

Verena reagiu com um sorriso debochado. Caio sentiu as bochechas quentes.

— Não precisa dizer mais nada. — Ela levantou-se e sentou-se na cadeira da escrivaninha, apoiando os pés. — Ai, Caio... É muita areia para o seu caminhão de tamanho médio.

— Eu sei. Eu tô fodido.

— Bom, vamos precisar dela para comprar nossa ideia e te ajudar a conseguir informação da 89ª DP.

lícia aconchegou-se em Ricardo. Já estava tarde, Verena e Karina estavam dormindo, e os dois curtiam um dos seus filmes preferidos – *Suspiria* – o *remake*. Ela estava adorando que Ricardo havia decidido passar as férias com a mãe desta vez. A casa de Karina era diferente, em todos os aspectos, do apartamento que Alícia compartilhava com duas colegas da faculdade. A sala em que estavam, no segundo andar, tinha uma tela de 82 polegadas e um sofá que parecida moldar-se à forma de seu habitante. Eles comiam pipoca enquanto na tela uma bailarina revirava-se e seus ossos eram quebrados por uma força sobrenatural.

— Eu acho que a gente devia maratonar a Tilda Swinton este fim de semana — Ricardo fez barulho ao beber o suco importado que Karina mantinha na geladeira só para agradá-lo.

— Pode ser. Escuta... eu não quero que você fique chateado... mas sua mãe tá estranha, mais do que o normal. O que foi?

Ricardo não tirou os olhos da tela. Na escuridão, os tons de vermelho e bege do filme dançavam no contorno de suas feições.

— Ela sempre dá uma piorada no Natal.

— Tem a ver com a sua irmã?

— É. A Lu morreu nessa época. Na verdade, em novembro, mas minha mãe associou as festas de fim de ano à dor da perda. Meu pai insistiu, naqueles dias, em montar árvore e fazer ceia e tal... acho que ele só queria que tudo voltasse ao normal, coitado. E aí no Natal minha mãe surtou, tinha passado o mês inteiro no trabalho, correndo atrás de tudo relacionado à minha irmã, pressionando os investigadores e a delegada do caso, nem dormia, parecia um cadáver, sabe? Ela ficou tão magra que de camiseta dava para ver os ossos aqui do ombro. E aí no Natal eu acho que já tinha perdido as esperanças e pirou. Ficou dois dias trancada no banheiro com a arma de serviço. Não saiu nem para comer... o tempo todo a gente só ficou com medo de ouvir o disparo, eu nem... eu não quero lembrar disso.

— Que merda, Ric. Eu gosto demais da tua mãe, mas sei lá... dá para ver alguma coisa funcionando atrás dos olhos dela, como se ela estivesse sempre calculando alguma coisa, sempre alerta... Desculpa tocar no assunto.

Ricardo virou-se para Alícia.

— Sabe, o que acaba com a minha mãe é que o que fizeram com a minha irmã não tem sentido nenhum. Não teve motivo, não teve nada. Um dia ela simplesmente não voltou da escola para casa. Ela vinha a pé porque era perto de casa, na época, a gente morava em Interlagos. E ela não voltou. Ninguém prestou atenção porque todo mundo deduziu que ela tinha ido para a casa de uma amiga. Quando a minha mãe chegou e perguntou dela, meu pai falou "eu achei que você soubesse", e eu também tinha achado... e eu lembro de como a gente foi entrando em pânico. Caralho, lembro daquele dia como se fosse ontem.

Alícia se arrependeu de ter despertado aquelas lembranças, mas achava saudável que Ricardo estivesse falando sobre aquilo – um assunto que ele evitava há dois anos, desde que começaram a namorar.

— E aí, depois de mil telefonemas, minha mãe começou a ligar para as delegacias, hospitais, tudo. E nada. Naquela noite, ficamos todos na sala, acordados, chorando. E era muito louco, porque uma hora a gente achava que era um mal-entendido e que tudo ia dar certo, mas depois a gente sabia que não. No dia seguinte, à tarde, uma mulher achou o corpo da Luísa e ligou para a polícia, mas foi embora antes que eles pudessem chegar. Quando a PM chegou, vasculharam a área e não acharam nada. Mas o boato correu entre eles e um policial avisou o amigo da minha mãe, o Caio. Eles da Civil foram todos, já era de noite. Levaram os cachorros. E aí encontraram ela.

Alícia apertou a mão dele. Estava suada.

— E aí, tipo... Ninguém sabe o que aconteceu. Não houve roubo, a mochila dela estava lá perto, com tudo dentro, fora o celular, que nunca encontraram, deve ter sido destruído... Ela tava usando o uniforme, não teve nenhum tipo de...

— Violência sexual?

— É. Não teve nada disso. Alguém só deu dois tiros na minha irmã e foi embora. Eles investigaram, mas nunca descobriram o que houve. A única pista que tiveram é que o caixa da padaria que ficava no caminho viu minha irmã entrando num carro. Ele lembrava que era um carro popular, cor prata, e só isso. E nem pôde confirmar que foi minha irmã, só disse que era uma menina usando o uniforme da escola dela, com a mesma cor de cabelo, mas, como foi do outro lado da rua, ele não podia dar certeza. E não viu o motorista porque o sol estava batendo contra o vidro.

— Ric... nossa, que merda.

— Minha irmã não era burra. Ela nunca teria entrado no carro de uma pessoa que não conhecesse. É isso que quase deixou a minha mãe maluca. Sabe, as pessoas querem que ela simplesmente volte ao normal, mas acho isso uma puta sacanagem. Ela nunca vai voltar ao normal. Porque ficou essa coisa sem resposta, essa coisa aberta, sem sossego... ela não consegue descansar. E eu entendo. Sabe?

— Sim, claro.

Plec.

Alícia e Ricardo pularam no sofá e olharam para trás. O filme passou de uma tomada escura para uma clara, iluminando o rosto de Karina. Ela estava de pijama de seda e acordara para pegar água, um copo na mão.

— Desculpa, eu só vim ver... se vocês... Desculpa, gente.

Houve um silêncio, então ela falou:

— Boa noite.

Quando Karina foi embora, Ricardo baixou a cabeça.

— Acho que ela ouviu tudo — Alícia sussurrou.

— É bom mesmo.

Walter Kister morava num bairro de classe média baixa, numa rua de sobrados simples. Caio precisou estacionar com metade do Fiestinha na calçada. Ele desembrulhou o sanduíche e as fritas, abriu a latinha de guaraná e começou a jantar lá mesmo. Verena havia insistido que ele ficasse, mas naquela sala, trocando um olhar com a mulher que folheava uma revista com as pernas brilhando de creme em cima da mesa de centro, ele sentiu que recusar seria uma boa ideia – Karina definitivamente não estava gostando do envolvimento de Verena com sua vida passada.

Na rua, um cachorro latiu. O som fez a pele dele esticar, pelos dos braços despertarem. Cachorros o arrastavam para a noite na mata, para uma Luísa imóvel, jogada como um trapo na grama. Ele ergueu o corpo, sentiu dores na lombar e tentou não ser puxado para as lembranças daquela noite, do cadáver daquela adolescente tão boazinha que era a vida inteira para a sua melhor amiga.

Mas é tão bom estar perto dela de novo. Nenhuma amante, irmã ou amiga chegou aos pés da Verena. O quanto ele devia a ela? Por nunca ter encontrado a pessoa que matou a Luísa? Como era possível que havia falhado daquele jeito quando ela mais precisou?

Ele lembrou-se de um caso de infanticídio no segundo ano na DHPP. Família pobre, com dois filhos, um era bebê. O pai deu uma surra no mais velho, um menino de sete anos, porque cismou que a criança estava agindo como "viadinho". O pequeno Davidson chegou a ser socorrido, mas morreu a caminho do hospital. O pai ficou foragido, mas Verena conseguiu localizá-lo. Caio nunca se esqueceria daquele dia, do rosto dela, segurando-se para não matar o desgraçado ao algemá-lo. O semblante tranquilo, com ar de deboche, do homem quase havia feito Caio parar a viatura e enchê-lo de porrada, mas os dois permaneceram quietos durante o trajeto, emocionados. Ao sair da delegacia naquela madrugada, Caio levara Verena para casa dela. Dentro do carro, sem trocar uma palavra, algo se solidificara entre os dois – esperança, talvez, de que pudessem realmente fazer a diferença. Quando tempo aquele merda ficaria preso? Não sabiam, não era mais problema deles, infelizmente. Mas alguma coisa havia sido feita para o bem.

Ele lembrou-se de ter ligado o rádio e da música do Beastie Boys, *Sabotage*, começar a tocar. Para sua surpresa, Verena havia aumentado o volume e começado a cantar. Ele acompanhou. Sorrindo um para o outro e berrando a letra da música num hino de vitória – um hino besta, um hino frágil como a justiça brasileira, ele e Verena haviam cantado a plenos pulmões, fazendo cabeças em outros veículos virarem, até a música terminar. Nasceu naquela noite uma parceria tácita e orgulhosa entre Maverick e Mahoney, dois otários que um dia tinham sonhado em fazer a diferença.

Nos velhos tempos, Verena era a pessoa mais interessante em qualquer lugar. As pessoas sentiam-se naturalmente atraídas por ela, e ela acabava servindo de mãezona para os mais chegados. Era a pessoa que chegava na delegacia e trocava palavras com todo mundo, soltava algumas indiretas para os desafetos e bebia café com as faxineiras. Era a mulher que ouvia e ajudava qualquer escrivã ou agente que vinha até ela. E embora não estivesse ciente de sua beleza, ela chamava a atenção – tinha cabelos bonitos, peitos cheios e quadris de mãe,

Quando os Mortos Falam

71

e um jeito um pouco masculinizado de se mexer, de levantar o queixo para encarar as pessoas, de caminhar. Mais de uma vez, Caio havia percebido trocas de olhares entre outros homens quando ela entrava num ambiente. Ela era uma enciclopédia para todo mundo e adorava contar histórias sobre crimes antigos, bizarros e sem solução. Era uma piada de mau gosto que aquilo tivesse que acontecer justamente com ela. Foi tortura para Caio vê-la definhar, azedar e envelhecer anos naquelas semanas após o crime.

O celular dele vibrou. Vigiou o portão da casa de Kister. Voltou os olhos para a mensagem. *Puta merda*. Ele espiou em volta, como se alguém pudesse ver o conteúdo do vídeo. Era dela. Com o coração acelerado, ele deu *play*. Isabela havia colocado o celular a uns trinta centímetros da belíssima fenda rosada, que acariciava como se fosse um casaco de peles. O vídeo só tinha uns cinco segundos. Logo depois, o recado dela:

"Te esperando."

Caio olhou para a porta do sobrado simples de Kister. Ele mordeu outro pedaço do hambúrguer. Precisava esperar o pau amolecer para se concentrar, para ter coragem de falar para ela que não iria rolar. Naquele instante, o portão abriu e um homem idoso, com os cabelos brancos, saiu e parou na calçada. Caio encolheu-se um pouco no banco. Estava a duas casas de distância, numa fileira de carros, mas era cuidadoso. Um homem negro, com tufos de pelos brancos saindo do peito por cima de uma regata escura, parou e cumprimentou Walter. Eles conversaram como velhos conversam, na calçada, braços cruzados, gesticulando e rindo.

Esse cara não parece um criminoso. Mas ele já tinha visto pessoas de rostos inocentes confessarem crimes odiosos. *Mesmo assim, Caio, o jeito dele não é o jeito de um golpista.* Ele comeu o último pedaço do hambúrguer e amassou o papel de embrulho. O celular de novo. Isabela não estava acostumada a esperar.

"Cadê você, porra?"

Seja homem, ué. Ele digitou, os olhos em Walter: "Não posso."

O outro homem coçou o peito, fez uma piada e despediu-se de Walter, descendo a rua. Caio esperou. *Vai lá, vê a reação desse cara, dá uma arrochada nele.*

Ele deixou o celular no banco e saiu do carro. Não empunhou a arma, não queria levar as coisas para um nível violento. Atravessou a rua com as mãos nos bolsos e fechou a cara quando Walter olhou em sua direção.

— Boa noite, seu Kister.

Ao se aproximar, conseguiu perceber que Walter devia estar chegando aos

70 anos, usava roupas formais, só que gastas, e tinha uma barriguinha saliente, embora os braços murchos fossem finos. Ele estendeu a mão, o que Caio achou curioso e não aceitou.

— Boa noite, rapaz. Posso te ajudar?

— Eu espero que sim. O senhor entrou em contato com uma grande amiga minha, e ela ficou um pouco perturbada. Verena Castro.

O que foi isso? O rosto de Walter não era o de um homem intimidado, nem surpreso. Ele parecia quase entretido, como se tivesse apostado com alguém que Caio apareceria.

— Sim, eu entrei em contato com a senhora Verena.

— E onde o senhor encontrou o telefone dela?

— Na internet.

Caio deu um passo para a frente, chegando tão perto dele que conseguiu sentir o cheiro – talco de pé, sabonete barato.

— Onde na internet?

— Foi a minha neta que encontrou. A dona Verena colocou um apartamento para alugar uns anos atrás e o anúncio ainda está no *site*.

— E por que o senhor ligou para ela?

Algo estava trabalhando atrás dos olhos de Walter. Ele parecia estar fazendo cálculos. *Ou inventando mentiras.*

— Veja bem, a verdade não vai agradar o senhor, seu...?

— Meu nome não interessa.

Walter fez um gesto com as mãos, do tipo *paciência*. E continuou:

— A verdade é que eu administro um centro espírita, onde eu e outros fazemos reuniões mediúnicas. Alguns dias atrás, recebemos um desencarnado muito atormentado, que alegou ser um homem chamado Nicolas Guedes e que sofreu uma grave violência no parque Alfredo Volpi.

— E por que o senhor não fez uma denúncia anônima?

— Eu não queria me envolver com a polícia. Além do mais, eu tinha informações que achava pertinente passar para a senhora Castro.

— E foi uma alma penada que te deu o nome dela?

Walter pensou antes de responder, como se a pergunta tivesse sido séria. Então sorriu, e foi um sorriso de que Caio não gostou.

— Eu não posso fazê-lo compartilhar a minha fé, meu novo amigo. Mas não é porque você não está disposto a acreditar na minha história que vou deixar de contá-la. Me diga uma coisa... como está o seu pai?

A pergunta pareceu tão deslocada na boca daquele homem que Caio perdeu o foco por um segundo e quando o recobrou, percebeu que estava pressionando Kister contra o muro de sua própria casa. Ele falou baixo, entredentes:

— Você acha que eu tenho medo de dar porrada em idoso?

Walter levantou as mãos num gesto defensivo.

— Seu pai vai desencarnar logo. Tente perdoá-lo antes de sua partida. Eu gostaria que minha filha e minha esposa tivessem me perdoado antes de desencarnarem.

— Com quem você anda conversando? Tá me espionando, filho da puta? Faz ideia do que eu posso fazer com você?

— Não faço, seu Caio, eu só conheci você agora. Mas a desencarnada atrás do senhor parece ser sua avó e ela quer muito que você diga adeus ao seu pai.

Caio deu dois passos para trás. Por que ameaçá-lo se nunca seria capaz de machucar uma pessoa daquela idade? Por que continuar aquela conversa de louco? Walter mantinha os olhos escuros nos dele, e não havia medo do outro lado. O senhor falou baixo:

— Essas coisas existem quer você acredite nelas ou não. Se eu puder te ajudar a acreditar, será uma grande honra para mim. Sua avó, Angélica, está me dizendo que você é uma boa pessoa e só está aqui para proteger alguém que ama muito. Então eu vou ignorar suas ameaças, *Cuca*. Venha ao centro depois de amanhã. Venha ver o meu trabalho com seus próprios olhos e talvez eu lhe conte uma coisa que vai te trazer grande paz.

— Vô? Tá tudo bem?

Uma adolescente magricela e com cabelos cacheados estava no portão, preocupada. Walter estendeu uma mão como se para protegê-la, pela primeira vez alterado, alarmado.

— Volta para casa, Zulma, está tudo bem, só estou conversando com um amigo.

Ela olhou Caio com desconfiança, olhos grandes moldurados por cílios de um comprimento impressionante, cabelos cacheados em tons desbotados de azul claro e lilás. Zulma voltou para dentro da casa estalando os chinelos.

Caio sentiu a necessidade de distanciar-se daquele homem. Ele continuou afastando-se, não vendo nada ao seu redor, os ouvidos zumbindo. A respiração veio com dificuldade, e uma buzina cortou seu corpo, fazendo-o dar um salto. Um carro passou a centímetros dele, quente, o motorista proferindo xingamentos íntimos, e ele engoliu em seco, caminhando até seu carro. Quando fechou a porta e deu algumas profundas inaladas, conseguiu olhar em direção à calçada. Walter acabara de fechar o portão, e Caio chegou a se perguntar se ele algum dia estivera naquela calçada.

Embora não estivesse gostando do filme, Judite não queria ser inconveniente. Além do mais, não era o pior encontro da sua vida. Ele era simpático, calmo, culto e tinha grana. A forma como a tratou na academia, desde o primeiro dia, mostrava o quanto era diferente dos outros.

Ela já estava acostumada com piadinhas e flertes sem noção, tanto dos frequentadores assíduos da Boom Fitness – os que passavam horas admirando-se no espelho e tirando *selfies*, com músculos exagerados e que chegavam dirigindo SUVs brancas – quanto os turistas, aqueles caras que, ao preencher a ficha de matrícula, ela já sabia que não veria depois da terceira semana. Judite era bonita, malhada, loira – aprendera a lidar com a babaquice dos homens. Este homem, no entanto, este sentado em seu sofá, comendo pipoca, era especial.

"Seu nome é lindo", ele dissera na primeira vez em que seus olhos encontraram-se. Ela estava atrás do balcão; ele, comprando barras de *Whey* e pagando a anuidade de 2018. Ela olhou para o crachá e depois sorriu, mais por obrigação do que por simpatia. "Obrigada."

Ele nunca mais prestou atenção nela, até mês passado. Judite passou a observá-lo, e embora não fosse especialmente bonito, era bem apessoado, alto, forte. Ela passou a antecipar o carro enorme parando no estacionamento, o sorriso cortês que ele lhe dava e as poucas palavras que trocavam quando ele saía depois do treino. Semana passada, ele apoiou as mãos no balcão – grossas, fortes – e perguntou se ela gostaria de sair no próximo sábado. Judite, surpresa, respondeu por instinto que sim, adoraria.

O homem a buscou em casa. Judite morava sozinha na casa dos pais, desde que haviam se mudado para Portugal – ela contou quando ele comentou que era uma boa casa para uma mulher tão jovem. *E não sou tão jovem*, acrescentou, colocando o cinto de segurança e gostando do cheiro de limpeza do carro, *já tenho 26*.

Ele a levou a uma casa de massas elegante nos Jardins. Judite gostou daquilo. Gostou de como ele mostrava interesse em tudo o que ela dizia. Na segunda taça de vinho, pediu para que ele contasse mais sobre si. Ele disse que não era uma pessoa tão interessante assim, que trabalhava com TI numa empresa de telecomunicações e era solteiro. *Mas fora malhar, o que você gosta de fazer?*, perguntara ela. *Para ser sincero*, ele havia sorrido, *eu adoro ver filmes de terror*.

Sentada ao lado dele, sentindo seu calor e observando sua expressão de contentamento, banhada pelas luzes da TV no escuro, Judite se perguntou se havia feito a coisa certa ao trazê-lo para casa. Ela virou a cabeça para a tela, onde uma moça magricela de cabelos cor de mel olhava para fora da janela da sua escola e via um homem mascarado a observá-la.

Não bastasse o senso de humor estranho de ter escolhido um filme – Judite ficou surpresa ao ver que trouxera o DVD com ele – que abria com uma criança esfaqueando a própria irmã enquanto esta, nua, penteava os cabelos depois de transar com o namorado, ela sentiu repulsa quando notou que o nome da menina assassinada era parecido com o seu.

— Não estou curtindo muito o filme. — Judite falou de maneira suave, um pouco manhosa, para ver se ele prestava atenção nela. — Não quer fazer outra coisa?

Ele virou o rosto para encará-la.

— Tive uma ideia. Mas não sei se você gosta desse tipo de brincadeira. — A voz dele era tão suave que ela o imaginou como médico, reconfortando as pessoas em momentos delicados. — Exige um pouco de coragem.

— Ei! — Ela abriu um sorriso. — Eu sou corajosa!

— É mesmo?

— Sou, eu já fiz escalada, já saltei de paraquedas... — Em sua cabeça, ela complementou *eu volto para casa sozinha à noite em São Paulo, meu filho, abro o portão com o cu na mão e tenho três trancas na porta.*

— É... então talvez você goste.

Judite entrelaçou os dedos nos dele. Às vezes ele parecia assexuado, quase infantil. Ela nunca o flagrara olhando para seu decote ou bunda, por exemplo. Mas era perspicaz demais para que não notasse que ela tinha interesse.

— Que tal você ir para o quarto e ficar sem roupa?

Finalmente! Ela lambeu os lábios.

— ... Tá. E você vai fazer o quê?

— Eu vou entrar atrás de você e fingir te surpreender. Aí você solta um grito.

— Ah, entendi... — Judite assentiu. — Você quer brincar de filme de terror.

Ele riu um pouco.

— Eu acho que o medo é um bom tempero.

Ela levantou-se. Caminhou devagar, rebolando e olhando para ele por cima do ombro. Ele deu um tchauzinho. Rindo, ela desceu o corredor e foi até o seu quarto, que havia deixado arrumado para a ocasião. *Saquei, saquei, o filme foi uma sugestão, ele queria transar mesmo. Eu consigo brincar disso.* Judite desarrumou a cama para replicar a cena de abertura de *Halloween* e arrancou os *jeans* e a blusa branca, deixando a calcinha. Não tinha uma penteadeira, mas puxou um pufe do canto do quarto, onde costumava jogar suas roupas, e posicionou-o de frente para o espelho. Passou a pentear os cabelos, sentindo uma vibração de antecipação na barriga que, assim que reconhecida, desceu e alojou-se entre suas pernas. Gostou de ver seu corpo no espelho. Então subiu o olhar e levou um susto. Abriu a boca para se manifestar, mas enquanto girava o torso para encará-lo, sentiu o rasgo na própria carne e uma dor cauterizante.

Judite, por impulso, ergueu os braços para se proteger, sem conseguir formular um pensamento antes do próximo golpe. Ela abriu a boca para gritar, enquanto a mente saía do estado de entorpecimento e formulava comandos para que ela fugisse porque ele estava ali para matá-la. As pernas obedeceram e conseguiram erguer seu corpo, mas a ardência, a sensação de que seus músculos estavam dilacerados, fez com que ela se desequilibrasse e tropeçasse nos próprios pés. Judite não sentiu dor quando o corpo beijou o piso, só frio. As lágrimas vieram de uma vez, como resposta à dor e à consciência de que sua vida acabara tão cedo, tão rápido.

— Shh... — A voz dele não mudou de tom. Algo foi colocado gentilmente em sua boca, algo com a textura de tecido e o cheiro de roupa guardada. Aquilo empurrava a língua dela para trás, impossibilitando-a de gritar. Quando as mãos dele, quentes e fortes, rolaram o corpo dela para que suas costas abertas ficassem contra o piso de porcelanato, Judite sentiu a primeira onda de tontura. Os olhos viajaram pelo teto do quarto e descansaram na máscara grotescamente branca que ele usava. Ele falou:

— Sabe qual é um dos meus tropos preferidos de filmes de terror? Se chama *Dark Lord on Life Support*. É quando você tem aquele vilão que é muito malvado, mas ele está debilitado por algum motivo. O maior exemplo infelizmente não vem do terror, que é o Darth Vader, mas *Planeta Terror* tem um vilão desse tipo, o *Lieutenant Muldoon*. E claro, em *Hannibal* temos o Mason Verger, excelente vilão. Uma vez, num fórum na internet, um rapaz citou como exemplo o *Freddy Krueger* e o *Pinhead*. Dá para imaginar a audácia de um pirralho que acredita que as queimaduras de *Freddy* são algum tipo de debilitação? Ou pior ainda, que os pregos na cabeça do *Hell Priest* sejam um problema para ele...tsc, tsc.

Judite puxava o ar ao seu redor e tentava pensar no que poderia dizer para que ele fosse embora e a deixasse em paz. Talvez, se conseguisse chamar uma ambulância, eles ainda pudessem cuidar dela e essa noite não passaria de um terrível trauma, um susto... Ela percebeu que estava projetando um futuro que não viria e suas lágrimas continuaram vazando, o corpo soluçando em espasmos.

— Será que o mundo vai me enxergar assim? Um vilão debilitado?

Do que ele está falando? Judite queria falar. Queria conversar com ele e convencê-lo a deixá-la em paz.

— Porque é só questão de tempo até me encontrarem. — Ele levantou-se.

Isso, isso, ele vai embora... Ela engasgou, sentindo o vinho voltar para a garganta, trazendo com ele suco gástrico que queimou seu esôfago e nariz com tanta intensidade que ela chorou mais. *Ele vai embora.*

— Eu espero que não demore muito. — Ele suspirou.

Através das lágrimas, Judite viu a máscara, mais longe. Ele estava em pé, olhando para ela, imóvel. Ela sentia o sangue nas costas, escorregadio, esfriando. Então a máscara cresceu, aproximando-se, enquanto ele se curvava até ela.

15 de dezembro de 2019

Domingo

"Dois crimes hediondos em dois dias. Nessa última sexta-feira, São Paulo teve dois homicídios com requintes de crueldade, ambos na Zona Sul. As vítimas são Alexandre Languin, de 45 anos, barbeiro e pai de um filho, e Nicolas Guedes, empresário, de 38 anos. Estamos com a delegada Isabela Brassard, da DHPP, delegacia especial que está investigando o caso Languin." A jornalista virou-se para Isabela. "Delegada, o que já sabemos sobre o homicídio?"

Verena aumentou o volume. Karina bebia café ao seu lado, silenciosa como havia estado nos últimos dias. Na tela, Isabela parecia tensa, mas apenas para quem a conhecia. Ainda era linda, o sonho molhado de metade da delegacia. Dava para entender a cara de bobo do Caio ao falar dela.

"Por enquanto, sabemos que alguém teve acesso à residência do senhor Languin durante a noite. Não houve sinais de entrada forçada, então achamos que a vítima conhecia seu agressor, ou confiou o suficiente para deixá-lo entrar."

"É verdade que a vítima foi encontrada esfolada?"

"Sim, podemos confirmar que o senhor Languin foi torturado antes de ir a óbito. Estamos no aguardo dos laudos que vão esclarecer a mecânica do homicídio."

"A polícia já tem suspeitos?"

"A polícia está entrevistando todas as pessoas próximas à vítima e seguindo as metodologias de investigação adequadas para encontrar o autor do crime. Não podemos dar mais detalhes neste momento, mas a família do sr. Languin tem nossos sentimentos e total dedicação, obrigada."

A câmera fechou no rosto da jornalista:

"Nós falamos também com o delegado da 89ª DP, a delegacia da região do Morumbi, onde o corpo do empresário Nicolas Guedes foi encontrado, brutalmente mutilado, na tarde de sexta. Seu delegado, o que pode nos falar sobre o crime?"

— Vê, por favor, desliga isso.

— Mais um segundo.

"...trabalhando com a hipótese de que o autor do crime tenha entrado no parque junto com o senhor Guedes durante o horário normal de atividades e tenham se escondido durante a última ronda da segurança quando o parque fechou. Alguma desinteligência aconteceu entre eles e o crime hediondo foi cometido na parte mais densa da mata do parque. É altamente provável que o assassino tenha saído normalmente durante o horário de funcionamento do dia seguinte. Se for o caso, ele pode ter se despido para cometer o crime, ou trocado de roupas com a vítima, uma vez que já entrevistamos alguns funcionários do parque e ninguém foi visto com sangue nas roupas."

— Porque ele levou a arma do crime, cordas e uma roupa extra na mochila. — Verena desligou a televisão quando as entrevistas com a população indignada começaram. — Tudo planejado. Mas como conseguiu convencer o Guedes a passar a noite no parque?

— Encontro romântico, talvez. — Karina suspirou.

Ela sorriu. *Exatamente.*

— Ele é *gay,* ou soube fingir bem.

— Vê... a gente precisa conversar.

Verena finalmente olhou para ela. Ricardo e Alícia dormiam no quarto de hóspedes. A manhã estava nublada e Karina, tipicamente tão radiante, parecia murcha.

— Pode falar.

— Eu vou passar alguns dias na casa dos meus pais na praia.

Verena abriu os lábios para protestar, mas refreou-se. *O que eu fiz? Ela vai embora, ela está se preparando para me deixar.* Permaneceu em silêncio.

— O clima tá estranho, Vê. A gente nem conversa, parece que nem moramos na mesma casa. Você passa todo o seu tempo trancada no escritório com seu filho e com o Caio-

— O Caio era um problema no meu casamento com o Daniel também. Por favor, não cometa os mesmos erros que ele cometeu.

Karina levou um tempo para digerir aquilo. Verena não queria magoá-la, só estava cansada de ter que se explicar sabendo que não tinha feito nada de errado. Ela tentou consertar as coisas:

— Eu só queria que você fosse um pouco mais tolerante comigo nesta época do ano, só isso. Não é a primeira vez que enfrentamos um Natal juntas. Você sabe que não é fácil.

Karina pegou na mão dela.

— Eu sei. Eu sei. Eu não quero ser insensível ao que você está passando. Eu só não entendo essa coisa de você um dia não querer ver as notícias e no outro ficar vendo filme de terror e tomando nota. Você se recusou a ver as notícias por mais de um ano, mas agora, toda vez que eu ligo a TV na academia, está num canal que tem as piores! Eu não entendo e você não conversa mais comigo...

Verena respirou fundo. Ela tomou outro gole do café, desejando que fosse algo mais forte.

— Tá. Você lembra daquele telefonema? Do médium?

Karina encolheu na cadeira.

Eu acabei de falar para ela o que ela não queria ouvir.

— Ele me telefonou de novo e me falou o nome desse cara que você acabou de ver na televisão, o homem que foi partido ao meio. Eu dei a pista para a polícia, sem me identificar, porque eu não queria me meter nisso.

Karina olhou para os lados, como se tivesse medo de alguém ouvir, ou como se procurasse alguém para concordar com ela que aquilo era absurdo.

— Esse homem, esse Walter, me envolveu nisso. O Caio só está me ajudando, para eu conseguir ficar protegida, para vocês conseguirem ficar protegidos.

— Então é por nós que você está caçando assassinos de novo?

— ... O que você quer de mim?

— Eu quero que você seja feliz, Verena.

— E se isso não for mais possível?

Karina olhou para baixo.

Verena sentiu uma fisgada quando ela fez o gesto. O olhar de Karina era perdido, a respiração rasa, como se algo estivesse entalado na garganta.

Ela vai te largar, Verena. E aí você morre de vez.

— Karina... Eu te amo. E eu juro que estou tentando.

— Você não está tentando. Você largou a terapia, tá caindo nos hábitos antigos de novo e eu não sei o que fazer. Você não consegue se enxergar, então eu acho que não está vendo o próprio olhar, esse brilho, essa *fome*... Essa caçada louca está te deixando mais feliz do que eu! Eu simplesmente não sei como agir. Sabe o que seu filho acha de mim? Que eu sou egoísta por querer que você fique bem, só para não ter mais o fardo de ter que lidar com uma pessoa que está sempre deprimida.

Quando os Mortos Falam

— O Ricardo falou isso para você?

— Não para mim, mas ele falou para a Alícia e eu ouvi.

— Eu falo com ele.

— Verena, estou tentando ser uma boa parceira. Eu juro.

— Sabe o que mais me assusta? Eu falei que te amo e você não respondeu.

Karina baixou a cabeça e esfregou a testa. Era um gesto de exaustão emocional que Verena já havia visto nela. Quando não houve resposta, Verena soube tudo o que precisava saber.

Dois casamentos fracassados.

— Eu não aguento mais. Eu preciso pensar um pouco. Vou passar uma semana na casa de praia, de *home office*, quando eu voltar a gente se fala com mais calma.

— Você vai embora? Como uma covarde?

— Talvez eu seja covarde, você já pensou que talvez eu prefira ser covarde e feliz?

Verena arregalou os olhos para não chorar e trincou o maxilar, mas imaginar-se sem Karina era brutal demais. Quando ela baixou o rosto, uma lágrima caiu no dorso da mão, que ela esfregou na calça.

— Eu faço o que você quiser para você ficar — sussurrou.

Karina já tinha se levantado. Com uma mão na ilha, ela encarou Verena. Não estava chorando.

— Você faz ideia do quanto eu lutei? Eu finalmente posso ser feliz e não me acho egoísta por querer isso. Eu quero, sim, Verena, frequentar festas com as pessoas que eu amo. Eu quero, sim, comer bem em restaurantes caros, quero, sim, dar entrevistas e inspirar meninas como eu costumava ser e eu quero ser reconhecida pelo meu talento porque só eu sei como tive que lutar para chegar onde estou. E você, largada pelos cantos, incapaz de seguir em frente, faz eu me sentir um lixo por isso. Por querer ser feliz. Eu quero rir e dançar, Verena, sem me sentir culpada!

— Eu nunca quis que você se sentisse assim-

— Mas é como eu me sinto! O Daniel superou! O Ricardo superou! Eu não entendo por que você não consegue!

Verena só compreendeu que estava berrando quando era tarde demais.

— É claro que você não entende, porra! Você não sabe o que é sentir uma vida crescendo dentro de você, colocar essa vida no mundo, comemorar cada porra de palavra, cada passo, cada conquista, e um dia, de repente, essa criança não voltar para casa!

Karina respirava como alguém pronto para sair correndo, mas a voz saiu com calma e cheia de veneno.

— Você não vai poder se esconder atrás da Luísa para sempre.

E com essa despedida, ela saiu da cozinha.

Isabela entrou no apartamento pingando suor, mas pulsando de energia. Depois de uma noite de insônia, decidiu que a melhor estratégia era se levantar e ir para a academia do condomínio. Correr a ajudava a pensar melhor. Ela acabou fazendo mais – pulou corda, levantou pesos e alongou os músculos. Duas horas depois, só queria tomar um banho, tomar um café da manhã farto e esquecer o trabalho.

Ela arrancou as roupas e entrou no chuveiro, pensando no fora que tomara de Caio na noite anterior. Nunca havia sido desprezada antes e estranhou a sensação. Sempre imaginou que, caso acontecesse, ela superaria a rejeição rápido, mas encontrava-se voltando para ele em seus pensamentos, como uma mulher tola, deslumbrada.

Enquanto comia, ficou surpresa com o nome chamando na tela do celular. Não era de fazer jogos, então, quando atendeu, foi direta:

— Tá arrependido? Gozei sozinha.

Caio demorou para responder. Isabela deu um gole no suco de laranja.

— *Desculpa por ontem, foi uma noite estranha, eu realmente não podia. Isa, eu não sei se deveria estar ligando quando você está de folga para falar de trabalho...*

— Só fala, Caio.

Ele falou por quatro minutos enquanto ela comia sua torrada. Aos poucos, foi enrijecendo os músculos e deixando de se mexer. Quando Caio terminou, Isabela levou alguns minutos para decidir o que responder. Concentrou-se nas informações, mas o olhar treinado já encontrava as falhas. A teoria de Caio era um passo definitivo, algo com o que podiam alinhar a investigação, mas havia problemas.

— Me escuta, agora — ela falou, devagar. — Eu concordo com você que eu estava enxergando o caso como um homicídio corriqueiro, e que usar o M.U.M.A foi errado, porque estamos no ponto fora da curva, naquela área cinzenta onde o "motivo" pouco importa, já que esses loucos não têm motivo fora a merda que acontece na cabeça deles. Mas olha só, para eu conversar com o delegado da 89ª, preciso ter mais do que sua tese, Caio, preciso de alguma coisa mais real.

— *Eu sei, é só nisso que eu e a Vê-*

— Para aí. — Isabela levantou a mão. — A Verena tá metida nisso?

Caio fez um silêncio que ela leu direitinho: falei demais. Aquilo era o quê? Um sinal de que ele ficava confuso quando falava com ela? De que não conseguia manter-se frio? Ou de que Caio não era um mentiroso por natureza, que mentir exigia demais dele e ele dava suas vaciladas? *Conta para ele o que você descobriu esta manhã, Isabela.* Ela bebeu outro gole do suco para aliviar a garganta seca. Falou:

— Olha só... a Verena tem um faro do caralho. E ela é safa, ela sempre foi. Mas você não pode contar nada sobre um inquérito policial para quem não é policial. Ela não é mais uma de nós. E tem sangue nos olhos, Caio. Ela quer porque quer encontrar um culpado.

— *... Eu sei disso.*

— Me consegue alguma coisa que eu levo isso para o nível que você quer, envolvo a outra delegacia e posso criar um inquérito sólido com base na sua teoria. Mas você tem que preencher esses furos.

— *Conseguimos alguma coisa na câmera da Rua Tapes?*

Ela balançou a cabeça.

— A câmera foi instalada dois dias antes do crime, como iniciativa de videomonitoramento da prefeitura de colocar mais 60 câmeras na cidade, mas nenhuma delas está operando ainda.

Ele murmurou um palavrão entredentes, e ela aguardou. Aquilo não era incomum em São Paulo. A prefeitura instalava as câmeras, quase sempre nos bairros ricos, mas por cagadas burocráticas, elas ficavam meses – ou mais – sem funcionar. Suprimiu o que estava sentindo por ele. Tentou pensar nele como só mais um investigador.

— Me consegue essas caixas do filme para comparação que eu mando para a Científica e converso com o pessoal de lá. Mas foca em me trazer um suspeito. E não esquece que você tem um monte de diligências, de outros casos, para cumprir. Esse não é o único que importa, não é a única vítima com família.

Ele só disse:

— *Obrigado por confiar em mim.* — E desligou.

Isabela recostou-se na cadeira. Um caso serial em São Paulo não era inédito, mas era uma dor de cabeça do caralho, que podia virar um problema na carreira dela, ou uma boa chance de se destacar. O que ela precisava era de um perfil psicológico para ajudar a peneirar testemunhas. Precisaria convidar algum especialista para auxiliá-la, o que sempre acarretava incômodos com os investigadores. Ou... esquecer a burocracia e conversar com um velho amigo.

Brassard não gostou de onde seus pensamentos estavam indo, mas já sabia que, na sua profissão, ela tinha que dançar a valsa com o diabo de vez em quando. Antes que pudesse mudar de ideia, procurou o contato no celular.

Odeio escritores, ela pensou com um suspiro, enquanto digitava a mensagem, *principalmente escritores arrogantes cujos corações eu parti*. Thierry visualizou, mas não respondeu. O velho joguinho de quem é mais importante que quem. *Ele não resiste a um desafio, vai responder.*

Thierry era o que ela poderia chamar de *perfilador* amador, e como acontece no Brasil, muito melhor do que qualquer profissional que ela conhecera ao longo dos anos. Na época em que estavam juntos, ele a ajudara com os piores becos sem saída de sua carreira, apenas formando novas teses que direcionassem os inquéritos. Era a pessoa mais inteligente que ela conhecia, mas, justamente por isso, era difícil de lidar, um ególatra da pior espécie. *Você precisa dele agora*. Ela teria que engolir seu orgulho se fosse bater na porta dele de novo. *Este caso vale a pena?*

As batidas na porta do banheiro despertaram Verena de um estado de semiconsciência que, caso permitido seguir seu fluxo, a teria levado a uma soneca leve, alguns minutos de paz. A água da banheira ainda estava quente e o banheiro cheirava a velas aromáticas de lavanda, que Verena havia acendido mais para gastar os mimos de Karina do que para relaxar.

— Entra — enquanto falava, lembrou-se de que não podia ser Karina.

Ele colocou a cabeça para dentro do banheiro e sorriu.

Verena fez uma careta.

— O Daniel, aquele filho da puta, ligou para você.

Caio entrou e sentou-se no chão ao lado da banheira.

— É. Ele me ligou e contou tudo o que você escondeu de mim; que está tendo crises de pânico, que não sai de casa há meses e que a Karina deu no pé. Te dedurou legal.

Verena temia que se olhasse para Caio, veria pena em seus olhos. Ele encontrou a mão dela, molhada, e a segurou.

— Você não precisa disso comigo — ele falou, devagar — Não precisa esconder essas fraquezas de mim. Você sabe que é *meu herói*, Vê.

Ela sentiu ódio de Daniel e sua condescendência, mas admirou sua maturidade ao passar por cima do próprio orgulho para fazer o que era melhor para ela.

— Ela cansou. E eu entendo. Até eu tô cansada de mim, Caio.

— Eu não estou. Sabia que enquanto você fica aqui, cozinhando nessa banheira que custa mais do que meu carro, tem coisa acontecendo lá fora?

— Que coisa? Um sádico que não foi amamentado pela mãe assassinando gente para brincar de Hitchcock?

— Mais do que isso. Eu vou te contar as coisas estranhas, depois a boa notícia.

— Hmm, pavão misterioso.

Ele riu. Verena relaxou os músculos e finalmente olhou para Caio. Na iluminação fraca do banheiro, viu as chamas das velas refletidas nos olhos escuros dele.

— Eu tive uma noite meio louca ontem, Vê.

— A Brassard colocou uma coleira em você?

— Na verdade... é o oposto. Mas não é dela que eu quero falar. Eu fui dar aquela pressionada no nosso médium preferido, Walter Kister.

Verena endireitou as costas, alerta.

— Vê... Eu sei que você já não acredita mais nessas coisas, mas aquele cara não me pareceu um golpista. Eu acho que ele realmente é médium.

— Caio, puta que pariu-

— Por favor — ele apertou a mão dela —, escuta. Eu não vou dizer que tive uma experiência sobrenatural, primeiro porque você não acreditaria, e segundo porque eu não sei se foi isso. Mas eu olhei nos olhos dele, como já fiz com centenas de inocentes e centenas de culpados, e sei o que vi. Tem coisa que ele está escondendo, mas eu não acho que tenha algo a ver com esses crimes, e não acho que ele esteja mentindo. Ele me falou coisas que não tinha como saber.

— Ele usou suas fraquezas contra você e te induziu, é isso o que eles são treinados para fazer.

— Ele sabe que meu pai tá morrendo.

Verena mordeu o lábio.

— Então ele é mais sofisticado do que parece. Encontrou alguma coisa sobre seu pai, talvez um raio-X, sei lá. Precisamos mudar o foco, procurar alguém que trabalhe num hospital que o seu velho frequentou.

— Não, Vê. Você não estava lá. Ele sabia o nome da minha avó e me chamou de Cuca, meu apelido de quando eu era criancinha e morria de medo da porra da música da *Cuca vem pegar* e chorava "Cuca não, Cuca não!". É real.

A raiva de Verena expandiu-se no peito. Até conseguiria perdoar aquele imbecil ligando para ela no meio da noite, mas não mexendo com Caio, não brincando com os sentimentos dele. Ela guardou para si o que pensava, mas decidiu fazer Walter pagar caro pela ousadia. Para não denunciar suas intenções, jogou a isca para mudar de assunto:

— Você disse que tinha notícias.

— É, eu falei com a Brassard, contei da nossa tese, e ela acreditou na gente, embora tenha ficado um pouco puta que eu envolvi você nessa parada. Ela vai direcionar o inquérito para procurar pontos em comum com o outro crime, mas para levar a tese para o outro delegado, quer alguma evidência.

Verena dobrou os joelhos e apoiou os cotovelos neles, inclinando-se para a frente, ouvindo o som suave da água, tão contrastante com o assunto.

— Conseguiu uma resposta do carinha do Mercado Livre?

— Ainda não, e sim, estou aflito com isso, mas tenho que esperar, talvez amanhã, que é segunda-feira. E pior, a câmera da Rua Tapes ainda não está operacional.

Ela deixou escapar um suspiro de frustração.

— Posso te contar a boa notícia agora?

— Pode.

Caio sorria como se fosse impossível não o fazer. Seu rosto era uma represa prestes a ser demolida.

— O seu ex-marido me deu uma notícia e a honra de fazer o anúncio, porque o Ricardo tá lá jantando com ele e acabou de contar.

— Meu filho arranjou um emprego?

Caio riu, e Verena franziu a testa. Não era do feitio de Daniel fazer aquilo. Ela pensou em que tipo de notícia poderia...

— A Alícia. Consulta. Não estava bebendo cerveja na sexta. Tá grávida.

— Não tem graça com você. — Caio esfregou a mão dela, estudando seu rosto. — Vai ser vovó.

Ela cobriu o rosto com as mãos. *Puta merda, Verena! Por que estou sorrindo? É cedo demais, o que esses dois merdinhas fizeram?* E mesmo enquanto pensava em gritar com Ricardo, ela percebeu que espelhava o mesmo sorriso bobo de Caio. Precisou extravasar aquela sensação com palavras:

— Meu Deus! Você tá brincando...

— Eu juro que não. Você vai mudar de categoria no X-vídeos agora.

Ela riu, surpresa e tomada por uma felicidade que não sentia há anos.

— Saí do *lesbian cop* e vou para...

— *GILF, grandma I'd like to fuck*, é isso mesmo.

— Ah, eu vou ter que ligar para ele e dar aquele superesporro!

— Vai, claro. Mas e aí... tá feliz?

Ela pensou. Um neto ou neta. Neste mundo.

— Eu vou usar a grana da Karina e tirar eles daqui.

— Como assim?

— Do Brasil.

— Verena...

— Eu não posso mais correr esse risco. Eu não posso deixar meu filho passar por nada parecido com o que eu passei.

Ele balançava a cabeça.

— Olha para mim, Mahoney.

Ela relutou, impaciente, sem a mínima vontade de estragar o momento com uma discussão, mas conhecia a expressão de frustração de Caio bem demais. Ele falou devagar, nervoso.

— Aí você vende apartamento, pega uma grana da esposa e manda seu neto para os Estados Unidos e um dia um adolescente com a AR-15 do pai entra na escola e mete chumbo nele. Me escuta. Não importa onde você mandar seu neto e seu filho, sempre vai ter um diabo na virada da esquina. Nem precisa ser um pedófilo ou um sequestrador, pode ser leucemia, câncer ou até um prego enferrujado. Estar vivo é estar quase morto, Vê.

Sim, eu sei disso. Estou quase morta há quatro anos. Ela não falou. Sabia quando parar de discutir. E além disso, Caio tinha razão. Filhos eram um erro. Era simplesmente um mundo predatório demais para uma criança. *E Alícia não sabe disso. Não como você. E a verdade é que você quer tanto segurar esse bebê nos braços que não vai ter coragem de falar para essa menina que a melhor coisa que ela poderia fazer é abortar. Não só por ela, mas pela criança.*

Ela sentiu o peito afundar com aquele pensamento. Caio ainda estava ali observando-a, aguardando que ela falasse alguma coisa.

— Eu tenho que pelo menos tentar — ela falou baixo. — Afastar eles das estatísticas, encontrar uma forma de mandar os três para sei lá, a Austrália ou algum lugar assim.

— Que tal viver isso? Beijar a barriga da sua nora, ver seu filho se transformar num dos poucos pais bons do mundo, pegar seu netinho no colo e curtir o cheirinho dele e ser o tipo de avó que dá os bons conselhos e os pirulitos? Viver cada minuto justamente por entender como tudo isso é frágil?

— Deve ser fácil falar, Caio.

Ele inclinou-se para trás.

— Não é fácil falar, Vê. Eu estava lá também.

Verena olhou para baixo. *Não pensa naquela noite, não pensa no corpo dela, este é um dia bom. Seu filho vai ter um filho!* O gosto na boca era amargo, a vontade de chorar – de felicidade e ódio – pulsava na garganta.

— Eu preciso ficar sozinha.

— Verena, isso é uma coisa boa! Pelo amor de Deus...

— Deus?! Que piada. — Ela engoliu a risada amarga e respirou fundo. — Por favor, me deixa em paz. Obrigada por ter vindo, mas eu não... eu não consigo ser a Verena que você conheceu, não agora. Não hoje.

Caio abriu os lábios, mas desistiu. Levantou-se e virou as costas para ela, saindo do banheiro e fechando a porta. O ódio dela transbordou, agora que não havia testemunha. Verena fechou os dedos na vela mais próxima e a atirou contra a porta. O som foi mais alto do que ela antecipou e a vela rolou, apagada, pelo piso frio. Gotículas solidificadas de cera criavam um padrão de explosão na madeira da porta.

Ela enxugou as mãos numa toalha macia e esticou o braço para pegar o celular que estava em cima da pia. Nenhum recado de Karina. Ela teclou 181, o número do Disque Denúncia. Quando uma mulher atendeu, Verena falou:

— Tenho informações sobre o homicídio de Nicolas Guedes. A polícia precisa interrogar um homem chamado Walter Kister.

Ela desligou, mordendo o lábio, uma fagulha de culpa ameaçando encontrar e incendiar o pouco de alegria que a notícia do neto conseguira gerar nela. *Ele me procurou*, ela mentiu para si mesma, *ele me forçou a isso*.

Walter entrou no boteco. Quando notou a expressão de surpresa no rosto de Caio, soube que o policial não havia esperado que ele aparecesse quando deixou o recado em sua caixa postal do celular. Era fim de tarde, e o lugar estava quase vazio, permitindo privacidade a eles. Walter puxou a cadeira dobrável de alumínio e sentou-se.

— Boa tarde, seu Caio.

— Obrigado por ter vindo, seu Walter. Me acompanha na cerveja?

— Eu tento não beber muito, mas aceito desta vez, sim, obrigado.

Caio serviu o resto da cerveja num copo. Walter inclinou o copo no ar para um brinde, mais uma vez surpreendendo o companheiro. Os dois beberam. Walter relaxou, observando-o.

— Eu sei admitir quando estou errado — Caio começou — E eu sei que passei dos limites quando ameacei o senhor. Por isso queria te pedir perdão.

Walter sentiu uma mistura de entretenimento e interesse. *Não, esse rapaz não é só um homem acostumado a resolver as coisas com violência.* Havia algo de vazio ali, atrás de seus olhos, algo carente, quase infantil, precisando de ajuda. Ele o lembrou de um velho amigo, um PM que frequentou o centro por alguns anos, que costumava fazer tricô nas horas de descanso. Quando Walter perguntara como era possível um homem violento ter um *hobby* como aqueles, o policial respondeu "Seu Walter, eu não posso me permitir virar uma pessoa endurecida, insensível. Eu preciso do meu tricô, do centro espírita, do trabalho voluntário em resgatar animais... sem essas coisas, eu sou um monstro."

— Já fui ameaçado por policiais antes, seu Caio — ele falou, sem ressentimento. — Eu nem sempre tive uma vida regrada e dedicada a Deus. Raramente um bom pastor nasce de um passado limpo. O senhor já está perdoado.

A expressão de Caio mostrava que ele relutava em aceitar um perdão tão fácil, tão automático, impessoal. Walter inclinou-se para a frente e falou devagar, porque ainda não sabia se podia confiar naquele homem.

— Seu Caio, o senhor quer acreditar em alguma coisa. E sua profissão já te provou que o mal existe, ao mesmo tempo em que te tirou a fé em Deus. Eu compreendo isso. Eu posso te mostrar o que tem do outro lado, entende? Mas você é o único que pode abrir a porta.

— Eu preciso saber como soube do meu pai, da minha avó, do meu apelido de criança. Não estou falando que não acredito na sua fé, eu só não consigo crer que você viu ou conversou com alguém que já morreu.

— Estou velho demais para tentar te convencer, rapaz. Mas a verdade é que foi isso mesmo, sua avó ainda está por aí, apegada à vida terrena. Era uma mulher de vícios, não era?

Ele não ficou surpreso quando Caio desabafou, sem olhar para ele.

— Eu a amava demais quando era criança. A Angélica cumpria todas as funções de uma avó ideal; me mimava com presentes e doces, conspirava comigo contra os adultos, preparava gelatina e tornava a hora do banho uma aventura pirata e tal. Mas quando eu cresci, me contaram outras histórias dela. Ela tinha a reputação de vagabunda, fumava dois maços de cigarros por dia, secava uma garrava de vinho barato todas as noites antes de dormir e roubava pequenos objetos de amigos e vizinhos, que guardava numa valise antiga como se fossem troféus. Então... Sim, para responder sua pergunta... Ela era uma mulher de vícios, sim. — As últimas palavras saíram baixas, a voz dele áspera como cascalho. Era como se estivesse traindo a avó com aquela afirmação. — Mas era uma pessoa boa. Eu a amei muito.

Ele precisa de alento. Não posso negar isso a ele. Walter pensou na energia da mulher que vira com Caio. Falou a verdade:

— Ela continua te amando. Está sempre com você.

Caio lutou contra as lágrimas, era fácil de ver. *Você gosta dele, Walter, essa é verdade.* Não era a primeira vez que se afeiçoava a alguém pela energia que a pessoa emanava. O rapaz falou:

— Só preciso entender como você soube do senhor Guedes.

— Da mesma forma que sei que o seu pai está morrendo. Os mortos falam. Para você, para a polícia, eles falam por meio de seus cadáveres e dos vestígios que vocês encontram neles e nas cenas dos crimes. Eles contam as histórias de como morreram, quando, onde e quem os matou. Mas tudo isso é parcial, depende da interpretação que vocês fazem desses vestígios. Com um médium é diferente; os mortos compartilham seus sentimentos – medos, saudades, arrependimentos, dor, esperança... Podemos dizer que somos colegas de trabalho, Caio, cada um atuando num plano. Você no material, para punir. Eu no espiritual, para libertar.

Walter sentiu o impulso de falar de Luísa, mas teve cautela e deu um gole na cerveja para permanecer quieto.

— Se somos colegas, me ajude a resolver esse crime. — Caio estava exausto.

— Lamento, mas não posso fazer isso. Eu não sei nada sobre quem matou o senhor Guedes ou o motivo. Sei apenas o que ele escolheu compartilhar – sua dor, seu desespero e a localização do invólucro, seu corpo.

Caio bebeu o resto da cerveja. Walter continuou:

— Entendo como isso pode ser frustrante. Vamos fazer o seguinte, seu Caio... venha até o centro. Conheça o trabalho espiritual. E eu faço uma promessa: se você der uma chance, se você der esse pequeno salto de fé, eu recompensarei o senhor com uma informação que pode ajudá-lo a chegar a uma resposta à pergunta que o assombra. Combinados?

Caio estudou o rosto dele. Walter sabia o que ele via; pele rachada, queimada do sol, sobrancelhas que lembraram aranhas albinas e lábios arroxeados.

— Combinado.

Quando Caio caminhou até o balcão para pegar outra garrafa de cerveja, Walter pensou em Luísa. Ele a conheceu recém-desencarnada, confusa, longe do centro espírita. Uma moça nova demais, carregando aquele tipo de dor atormentada, indignada, dos mais jovens. Ela tinha ferimentos de bala. Walter a conheceu num lugar imundo, que ele costumava frequentar por falta de opção. Bastou olhar para ela para perceber o que havia acontecido, era outra vítima do homem que também tinha controle sobre a vida de Walter. Ele fez uma prece por ela quando voltou para casa, mas apagou Luísa de sua mente por completo, como fazia, na época, com cada vez mais frequência. Por cima de Luísa estavam seus problemas com sua mulher, sua culpa, seus medos, sua

Quando os Mortos Falam

repulsa, seu ódio, as contas para pagar. Luísa, assim como outras almas perdidas, teriam que habitar o porão de sua alma por um tempo. Ele não estava em condições de ajudá-la.

O destino, no entanto, sempre tem truques na manga. Uma semana atrás, Zulma estivera fazendo o pôster dela. Estava sentada na mesa redonda de vidro, recortando revistas. Walter sentou-se de frente com a neta: "O que é isso?"

"Isso, vovô, é um pôster de projeção." E quando ele mostrou-se confuso, exatamente o que Zulma queria, ela explicou: "a gente coloca tudo o que quer num cartaz que podemos ver com frequência – essa belezinha eu vou pendurar no meu quarto – e toda vez que olharmos para as imagens, temos que mentalizar tudo aquilo que a gente quer. É uma parada chamada Lei da Atração."

Walter escondeu de Zulma, enquanto ela contornava o cartaz com cola e purpurina, que ela chamava de *glitter*, o quanto a situação o pegara desprevenido. *O que eu tenho feito?*, ele pensou, quase sem ar, *eu não tenho prestado atenção na Zulma, não tenho dado a ela a chance de ser quem ela é*. Estudar aquele cartaz foi como ter um vislumbre da alma da neta. Lá estavam, desnudados, desvelados, todos os desejos dela – quem ela realmente era.

Ela havia recortado fotos de algumas mulheres que ele não conhecia – bonitas, negras como Vitória, a mãe de Zulma. Havia uma imagem de uma casa grande, aconchegante. Um carro do tipo sedã. Uma mulher de aparência genérica, usando um terno executivo, a palavra "publicidade" impressa em rosa-escuro em cima da foto. Havia também imagens que representavam outros países; uma torre Eiffel, o Big Ben, as pirâmides de Gizé. Naquele instante, Zulma havia se levantado num pulo: "Ah, meu pão de mel!" e correra para tirar os doces do forno. Walter olhara o pôster com decepção por si mesmo. Sim, Zulma teria o futuro que merecia. Ele sabia que precisava dar-lhe espaço. *Mas ela não está pronta para se afastar da espiritualidade*, ele havia pensado.

Foi quando os olhos, talvez cansados de encarar seu próprio fracasso como avô, pousaram na revista que ela estivera prestes a recortar. Walter girou a página para ler, de maneira automática, curioso sobre a lindíssima mulher da foto que sua neta admirava, em quem – provavelmente – se espelhava. O título da matéria era *Mulheres Brasileiras que Agitam o Mercado Tech*. Walter não fazia a mínima ideia o que era o mercado *tech*. Desistiu de ler o texto e estava prestes a afastar a revista, apreciando o cheiro de pão de mel que uma lufada de vento trouxera da cozinha, quando o nome chamou sua atenção.

Luísa.

Ele correu os olhos pelo texto. Verena Castro. DHPP. Homicídio por arma de fogo. Caso arquivado em 2015. Luísa Castro. O entendimento não aconteceu como um clique de peças, foi mais parecido com uma lembrança de infância, algo que seu subconsciente havia guardado para depois, algo que se dissipara em névoa. Walter lembrou-se da menina que havia visto naquela noite de novembro em 2015. E ele soube que precisava entrar em contato com Verena Castro, seja lá quem ela fosse. Ele vivia a espiritualidade há tempo demais para acreditar em coincidências – era missão dele ajudá-la. Nicolas Guedes era para ter sido apenas um quebra-gelo, uma prova de confiança, para conseguir a abertura que precisava para contar a verdade simples a Verena: Walter sabia quem tinha matado Luísa e o porquê.

Caio voltou.

— Desculpa, posso te pagar uma janta, um salgado?

Walter balançou a cabeça.

— Não se preocupe comigo, filho, eu preciso mesmo ir embora.

— Então tá tudo *ok* entre a gente, seu Walter?

— Sim, está tudo bem. Você estava protegendo sua amiga. Essa mulher, a Verena... ela é sua amiga, é isso mesmo?

Caio era fácil de ler. Walter compreendeu. *Deus trabalha de forma misteriosa*, ele sorriu. Ele levantou-se, estendeu a mão para Caio, que a apertou com vigor.

— Venha ao centro, seu Caio. A experiência vai mudar muita coisa para você.

— Pode deixar, seu Walter.

Isabela tocou a campainha do apartamento. *Não acredito que estou aqui de novo.* Depois do que descobrira pela manhã, ela tinha coisas para fazer, mas o instinto insistia que falasse com ele antes. Thierry abriu a porta – cabelos negros bagunçados, barba por fazer, calça jeans e camiseta do filme Laranja Mecânica.

— Boa tarde, Isabela.

— Oi.

Ele fez um gesto teatral para que ela entrasse. O apartamento ainda era como ela se lembrava – livros empilhados por todos os cantos, anotações feitas a lápis e caneta direto na pintura branca da parede, de tamanhos e cores diferentes. A sala estava bem iluminada, luzes brancas, porém quentes, refletidas no piso de madeira polido, embora antigo e arranhado. O cheiro no ar era de cigarro e café. Era difícil não lembrar dos momentos que havia

Quando os Mortos Falam

passado ali com ele, e eram sempre os mais intensos que vinham à mente – a humilhação à qual ela permitia submeter-se no sexo – Thierry a enforcava, cuspia na cara dela, enfiava a calcinha na sua boca. A brincadeira mais pesada deles era quando ela berrava "não, não, não!" durante a transa – sempre enlouquecia Thierry.

Ela procurou lugar para se sentar. Ele, num momento raro de gentileza, afastou alguns livros e apostilas para o lado num minúsculo sofá vermelho.

— Quer uma água?

— Não, obrigada.

Ele acomodou-se na cadeira de escritório – tudo no apartamento de Thierry era seu escritório, havia livros e anotações e *post-its* na cozinha, no banheiro e no único quarto.

— Tem acompanhado as notícias? — Ela perguntou.

— Não, você sabe que eu nem tenho televisão e não estou em nenhuma rede social, então me conta o que está acontecendo.

— Acho que temos um caso serial em São Paulo.

— Temos dezenas de casos seriais em São Paulo, dos quais a polícia nem suspeita e não se importa. Por que o seu deveria me interessar?

Você já esperava por isso, Isabela, não reaja. Entra na dele. Topping from the bottom, uma expressão do mundo do BDSM, em que a pessoa *sub* acaba dominando o *dom* pela conquista, por subterfúgios, por estratégia.

— Eu acho que esse é completamente atípico. Para ser sincera, nem sei se acredito que se trata de um caso serial, mas um dos meus investigadores está se inclinando nessa tese.

Thierry rodopiou algumas vezes na cadeira. Isabela esperou, correndo os olhos pelos livros que serviam como os móveis e pela decoração daquele lugar. Havia volumes em capas duras de couro e páginas manchadas, exemplares novíssimos de editoras modernas em capas coloridas e ousadas, e *paperbacks* estrangeiros caindo aos pedaços, alguns colados com *Durex* tão antigo que já estava marrom.

— Vítimas do sexo feminino?

— Não, dois homens.

Isso chamou a atenção dele, que parou de rodopiar.

— Dois homens... *m.o?*

— Aí está o problema. Não encontramos nenhuma conexão entre as vítimas e a forma como foram mortos... uma bem diferente da outra.

— E a tese do seu investigador é baseada no que, então?

Isabela tentou não sorrir. Thierry já estava fisgado. Ela começou com a caixa, falou do corpo semelhante ao filme *Hellraiser* e depois falou do nome da segunda vítima e da dinâmica do crime. A cada palavra, Thierry sorria mais, mostrando os dentes branquinhos e alinhados que ela sempre admirou nele. Ele acariciou o queixo.

— Eu nunca vi nada assim. A gente associa filme de horror a adolescentes, mas isso é um erro. E muitas vezes criamos preconceitos idiotas sobre o nível intelectual de quem consome arte de horror, o que, neste caso, seria um erro gravíssimo. Já dá para notar que ao mesmo tempo em que ele é inteligente, faz questão de deixar rastros. Para montar um perfil, eu vou precisar de coisas que você não tem permissão para me dar, delegada.

Ela assentiu.

— Eu sei. Não posso te mostrar as fotos dos corpos e nem vazá-las na internet porque vilipêndio de cadáver é um crime sério no Brasil, mas posso te fazer esboços.

— As vítimas, preciso de tudo o que você sabe sobre elas, e fotos dos lugares onde foram encontradas, mesmo sem os corpos. A perícia ainda não te entregou nada?

— Não. Vamos ter que trabalhar com o que temos.

— E me diz uma coisa... Quanto tempo se passou entre uma vítima e a outra?

— Um dia.

Thierry riu.

— Não, isso tá errado, não é assim que funciona na vida real.

— Se eu quisesse um *profiler* meia-boca, eu teria encontrado um dentro da polícia. Por que acha que te procurei?

— *Touché.* — Ele inclinou-se e pegou um *kit* câncer do chão: cinzeiro, isqueiro e maço de cigarros. Acendeu um e perdeu-se nos próprios pensamentos, antes de dizer:

— Essas não foram as primeiras vítimas. Ninguém mata assim na primeira vez. Teve alguém antes, talvez mais de uma. Mas esse cara tá fora de controle, isso você pode anotar. Está passando por um conflito interno intenso, um turbilhão emocional que foi acionado por algum acontecimento recente em sua vida. Quando seus investigadores forem fazer mais entrevistas, eles precisam ficar de olho nesse fator: mudanças bruscas, de um, dois meses atrás, na vida do seu suspeito – nascimento de uma criança, divórcio, morte de algum ente querido bem próximo, ou desligamento do emprego.

— Onde eu procuro, Thierry? Se ele é um maníaco, é provável que não o encontre no círculo social das vítimas.

Quando os Mortos Falam

— Provavelmente não vai encontrar, mas vale a pena checar. Não é impossível. Ele se interessou por elas por causa do nome. Lembre-se sempre disso. Eu preciso estudar o local dos crimes também. Ele escolheu aqueles lugares por um motivo.

— Então você não está ocupado demais para me ajudar?

Thierry deu de ombros.

— Estou ocupado, claro. Com livros, pesquisas, roteiros e teses para entregar. Mas você veio até aqui porque sabe que eu não resisto a um assassino em série. Pede para o seu pessoal dar uma fuçada no *Reddit* e fóruns sobre filmes de horror. O assunto deve estar correndo solto por esses lugares e seu cara definitivamente está nessas conversas. Tudo o que saltar aos olhos, mande para mim, meu bem.

Ela sabia que envolvê-lo seria assim. Thierry não pediria nada em troca, mas ele trataria ela e a polícia em geral como completos imbecis. Não era pessoal, isso ela aprendera durante o namoro que tiveram três anos antes. Thierry era brilhante, mas infelizmente sabia disso e fazia questão de mostrar. Tinha duas faculdades – jornalismo e psicologia – e mais mestrados e doutorados do que ela se lembrava – semiótica, ciências criminológico-forenses, psicopatologia, entre outros. Era declaradamente obcecado com *serial killers* e em perfilar homicidas e criminosos violentos. Já havia recolhido mais grana no Programa Estadual de Recompensas do que Brassard ganhava em um ano, mas isso era outro segredo que ela nunca contaria aos seus colegas. Thierry insistia em permanecer oculto, trabalhando nas sombras.

Quando o silêncio já havia se esticado por alguns minutos, ele sorriu para ela.

— É só isso. Pode ir. Eu vou te avisando o que preciso. Ou... você veio aqui para mais alguma coisa?

Isabela levantou-se e olhou para ele por um tempo. Estar na presença de alguém tão dominante costumava mexer com ela e havia tido algumas recaídas com Thierry justamente por causa disso. No entanto, agora, ao olhar para ele, só enxergava um homem beligerante, incapaz de usar sua inteligência de forma magnânima.

— Não, Thierry, é só isso mesmo. A outra coisa eu ando conseguindo com alguém melhor.

16 de dezembro de 2019

Segunda-feira

Zulma fechou a apostila. *Minha cabeça vai explodir.* Ao conferir o relógio, ficou surpresa: estava estudando há cinco horas. Merecia um descanso. Ela levantou-se, sentindo a bunda dormente, e esticou-se. Na cozinha, passou um café enquanto cobria um bocejo com a mão. Um som atrás de si a fez pular, mas sorriu quando viu o avô entrar.

— Conseguiu cochilar um pouco?

Ele sentou-se à mesa.

— Consegui, amor. E você?

— Estudei pra caramba, agora preciso de um intervalo para não pirar.

Era dia de reunião mediúnica no centro. Zulma não queria ir e não sabia como dizer aquilo ao avô. Ela serviu café para os dois e sentou-se de frente para ele. Sempre sentia a presença da avó na cozinha, mesmo quando ela não estava lá. Era o lugar onde costumava passar seu tempo em vida, assando bolos e biscoitos amanteigados, jogando paciência, fazendo as unhas. Zulma conhecia os tabus daquela casa, sabia que perguntar da avó entristecia seu avô. Mesmo assim, precisou arriscar.

— Vô... por que a vó não segue em frente? Quer dizer, por que ela fica por aqui, como se estivesse presa? Eu sei que... você não quer falar sobre isso, mas acho que chegou a hora de me contar.

Walter mexeu o açúcar no café e tomou um gole raso. Hesitava, mas Zulma aguardou em silêncio, sentindo que ele lhe daria uma resposta, mesmo que parcial.

— Eu e a sua avó nem sempre fomos como você nos conheceu, Zulma. Tínhamos uma vida desregrada quando éramos jovens. Fizemos as nossas besteiras. Sua mãe... pagou por isso, teve uma infância difícil e a culpa foi nossa. Sua avó, mesmo que tenha mudado por sua causa, para ser uma mãe melhor para você do que foi para a Vitória, sempre se culpou pelo alcoolismo da nossa filha. Sempre se culpou por Vitória ter vivido de maneira tão louca, ter sofrido tanto nas mãos dos homens, ter...

— Morrido como um cachorro numa estrada?

— Isso, filha, e ter abandonado você.

Zulma bebeu café também. Não doía tanto falar da mãe. Era difícil apegar-se a algum tipo de rancor quando não tinha nenhuma recordação dela, nem uma única foto na qual depositar suas fantasias de como teria sido se a mãe não tivesse ido embora. Ela colocou a mão na dele.

— Tive uma infância muito boa, vô. Vocês fizeram tudo certo.

— Eu acho que a culpa segura sua avó aqui. A única coisa que podemos fazer por ela é continuar orando. — Ele estava transtornado o suficiente para forçar uma mudança no assunto. — Filha, preciso ir ao mercado fazer umas compras para o centro, água, bolachas, pó de café, papel higiênico. Me acompanha?

— Não, eu vou estudar mais.

Ele parou na porta.

— Eu não vou ficar chateado se você não for ao centro hoje. Estuda, descansa, faz pensamento positivo para seu cartaz.

Zulma sorriu.

— Obrigada, vô.

Batidas na porta.

Ela levantou-se e correu até lá, mais para fazer o sangue circular depois de tanto tempo parada do que por empolgação para ver quem era. Deduziu ser um vizinho ou uma das mulheres da rua que vendiam maquiagem por catálogo. Bem que podia ser mais gente querendo pão de mel. Ela parou no corredor lateral do sobrado quando viu que além do portão havia dois homens com distintivos pendurados no pescoço.

O coração de Zulma disparou. O sangue correu como se fosse água gelada. Um dos homens acenou, o outro tirou os óculos escuros e guardou no bolso.

— Boa tarde!

Ela caminhou até lá devagar. Não abriu o portão.

— Oi, posso ajudar?

Um deles, o mais alto e com uma mancha de vitiligo no pescoço, disse:

— Precisamos falar com o senhor Walter Kister.

— Mas por quê?

Ela ouviu passos. O avô aproximou-se, bem-humorado e tranquilo como sempre.

— Boa tarde, são policiais civis?

— Walter Kister? Recebemos informações de que o senhor pode saber alguma coisa sobre um homicídio e viemos te acompanhar até a 89ª DP para depor.

Zulma virou-se para o avô. Ele a acalmou com um gesto de mão.

— Claro, eu posso depor mais tarde ou precisa ser agora?

— Precisa ser agora, senhor.

Walter assentiu.

— Posso colocar uma roupa um pouco melhor?

— Pode, sim, senhor.

Ele acenou para os dois e, com uma mão nas costas de Zulma, voltou para dentro da casa.

— Meu Deus, vô, isso tem a ver com o cara que morreu no mato?

Ele colocou as duas mãos nos ombros dela.

— Me escuta. Você não precisa ficar tão preocupada, é só um depoimento com um escrivão, na pior das hipóteses, com esses dois senhores. Devo voltar antes de anoitecer, mas se demorar, vou direto ao centro.

— Mas por que você está envolvido nisso? E se eles te prenderem?

— Ninguém vai me prender, Zuza. — Walter riu. — Olha, eu corri um risco quando liguei para uma ex-policial, eu imaginei que ela poderia me denunciar. Ela acha que fez a coisa certa e não a julgo.

— Mas deveria! Todas as vezes que a gente tenta ajudar alguém—

— Zulma. — Ele estava sério de repente. — Eu tenho meus motivos para fazer o que faço. Liberta seu coração dessa raiva, você sabe o que isso atrai. Vou trocar de camisa, acompanhar os policiais até a delegacia, explicar que não sei de nada e que estava no centro quando esse pobre homem foi morto e eles vão me liberar.

Ela abriu a boca para protestar, mas ele deu um beijo em sua testa e colocou um dedo nos lábios dela num comando gentil para que calasse a boca. Zulma engoliu a raiva e fez uma prece silenciosa por ele.

Quando Ricardo entrou na academia, Verena já tinha acabado o alongamento. Ele deu aquele sorriso de quem sabe que fez merda e ela o chamou com um gesto, tentando manter a objetividade em vez de berrar. Ricardo estendeu uma toalha, que ela pegou para secar o rosto.

— Eu deveria te encher de porrada.

— Eu sei — ele continuava sorrindo —, mas você me ama e ama a Alícia e vai dar uma força porque já engravidou sem querer também?

Verena deitou-se no chão e Ricardo fez o mesmo. Era o lance deles. Perceberam, um tempo depois que Luísa se fora, que era mais fácil conversar sobre coisas delicadas e desconfortáveis quando não precisavam se olhar. Quando Ricardo começou a namorar, ele contava para a mãe sobre as garotas usando aquela tática – os dois se deitavam lado a lado, geralmente no chão da sala, e conversavam. Quando Ricardo perdeu a virgindade, chegou em casa tarde, acordou a mãe e os dois foram para o chão do quarto dele. *E aí, foi legal?*, ela perguntara. Ricardo respondeu que *sim, foi massa para os dois*. Ela sempre tivera orgulho de ser uma mãe mais amiga do que autoritária, mas agora perguntava-se se havia agido corretamente. Deitados lado a lado, ela começou:

— Como a Alícia está?

— Ela tá feliz. Ela sempre curtiu criança e bebê e essas coisas.

— Ric, é tão mais complicado do que isso. Vocês não fazem a mínima ideia de como vai ser difícil.

— Mãe, eu não sou idiota. Eu sei que vai ser foda, mas a gente tá empolgado.

— E o seu pai?

— Nossa, ele falou um monte.

Verena sorriu. *Ah, a hipocrisia.* Ela e Daniel tinham planejado a gravidez de Ricardo, mas Luísa foi uma surpresa das mais inoportunas. O casal já estava desgastado, pareciam mais amigos do que marido e mulher e transavam tão pouco que Verena se perguntara por meses como foi possível ter engravidado. As contas estavam atrasadas e Daniel já estava com o nome no Serasa, de forma que Verena havia encarado a gravidez quase como uma punição – até o primeiro ultrassom, é claro. No primeiro ultrassom, ela se apaixonou. Estava sozinha, tinha marcado a consulta sem avisar Daniel, e quando chegou em casa, já tinha até decidido o nome da filha, porque mesmo sendo cedo demais para que o técnico confirmasse, Verena sabia que estava esperando uma menina.

O sogro ajudou com um empréstimo, que Verena levou anos para pagar. Mas assim que Luísa nasceu, Daniel conseguiu mais trabalhos e a vida foi se ajeitando. Até 2015.

— Ai, filho, eu queria que vocês tivessem esperado um pouco. Esperado a faculdade acabar, as coisas estarem mais estáveis...

— Mas aconteceu, mãe. Fica feliz, vai.

Ela tateou o chão até esbarrar na mão dele, que agarrou.

Pensou em tudo o que havia dito para Caio, mas guardou. Não era hora de propor que o filho tentasse a vida em outro lugar. Não era hora de lembrá-lo que o mundo era um inferno incompatível com uma criança.

Ricardo sentou-se, o que indicava que o momento de desabafos havia chegado ao fim. Ela também levantou-se e estendeu a mão para ajudá-lo.

— O que está acontecendo entre você e a Karina?

— Nada. Ela ficou bisbilhotando uma conversa minha com a Alícia e foi só isso, e eu nem falei mal dela. Eu só falei-

— Ric, você está na casa dela.

— Não, eu tô na casa da minha mãe.

Verena cruzou os braços.

— ...Estamos na casa dela, Ricardo.

— Você sustentou a Karina por anos enquanto ela estudava e investia todo o dinheiro que ganhava na empresa. Por que agora, só porque ela ficou rica, tudo é dela? Se ela fosse homem, você ia falar que ele conseguiu tudo com sua ajuda e tudo é seu também.

— De onde está vindo toda essa sua raiva?

Ele encolheu os ombros.

— Eu só tô de saco cheio de ver que ela não respeita sua dor.

— Ela respeita minha dor, sim. Você não sabe tudo sobre meu casamento e quantas noites ela ficou acordada me ouvindo chorar. Eu preciso que você mostre respeito por ela. Agradeço sua preocupação comigo, mas a única coisa que a gente não precisa agora é de atrito entre vocês. Ela foi passar uns dias com os pais, mas vai voltar, e quando voltar, preciso me resolver com ela.

A resposta dele foi o silêncio, o que significava que não queria discutir, mas achava que estava certo.

Sentindo o corpo vazio, ela deu um beijo na cabeça dele e subiu as escadas. Ouviu Ricardo falar que ia pedir um almoço e caminhou até o escritório. Queria ligar para Caio e pedir desculpas, mas, em vez disso, ligou o computador, estranhamente magnético naquela tarde, sedutor. O corpo implorava por uma ducha para eliminar o suor. Ela ignorou a vontade de descansar e digitou: *Filmes de terror mais famosos de todos os tempos.* Leu algumas listas em *blogs* e *sites* dedicados ao assunto. Depois buscou por filmes de horror mais icônicos. Leu seis listas. Os filmes se repetiam; *Psicose, Halloween, O Bebê de Rosemary, O Exorcista, A Profecia.* Verena fez uma lista com 15, como ponto de partida, e fez uma busca para cada um deles, anotando os nomes dos quatro personagens principais de cada um. Poucos eram nomes comuns no Brasil, ou com versões em português.

Ela só notou que mais de uma hora havia se passado quando o filho bateu na porta.

— Sanduba chegou, vem comer.

— Ric, qual é o seu filme de terror preferido?

O filho sorriu e repetiu o que ela disse, num inglês ruim, com uma voz rouca.

— *What's your favorite scary movie, Sidney?*

— Para com essa babaquice e responde.

Ele pensou antes de dizer:

— Muito difícil, mas eu diria o *Evil Dead* original ou *O Iluminado*. Em terceiro lugar, *Midsommar*.

Três que apareciam frequentemente nas listas. Ela sabia que precisava aprender a pensar como alguém obcecado por filmes do tipo, mas eram filmes demais. *Ele chegou ao Alexandre pelo nome da ex-esposa. Ele chegou a Nicolas Guedes pelo nome dele.*

— Mãe, dá um descanso, você tá meio obcecada. Vem comer.

— Eu já desço.

Mas ela não desceu. Depois de uma hora, Ricardo gentilmente colocou o sanduíche e um refrigerante na mesa enquanto ela pesquisava e saiu de fininho. Uns dez minutos depois disso, Verena notou o lanche aguardando por ela, lembrando-se vagamente da presença de Ricardo no escritório.

Era quatro da tarde quando a pesquisa de Verena chegou a um filme inspirado por fatos, que ganhara livros e *remakes. Horror em Amityville.* Entediada, ela seguiu o mesmo procedimento dos outros, lembrando-se constantemente que o trabalho na Civil costumava ser exatamente daquele tipo, explorar todas as hipóteses até sentir o faro que às vezes – bem menos do que ela gostava de lembrar – levava à solução. Ela interessou-se pela história de Amityville por se tratar de um crime real. Pressionou a caneta azul contra o caderno e copiou os nomes dos membros da família DeFeo. E naquele instante, Verena precisou largar a caneta e tapar a própria boca para não vomitar.

O coração falhou, batendo num ritmo descompassado, errático. *Não, tá acontecendo!* Ela reconheceu os sinais da crise. Correu até o canto do quarto e foi ali que se encolheu, pois era ali que se sentiria mais segura. A sensação de medo, no entanto, desabou sobre ela de uma vez. A respiração estava fora de controle – rasa e rápida. A náusea era o suficiente para fazê-la precisar engolir a saliva repetidamente, mas não forte para provocar um vômito real. A barriga doía, e ela sentiu pavor do próprio ar, como se a qualquer momento ele fosse materializar-se e atacá-la.

Ela queria poder desligar a tela do computador. A tela a observava, ria dela enquanto ela se encolhia ali como um bicho apavorado. Ali estavam os nomes da mãe da família DeFeo e o nome do meio da filha: Louise DeFeo, Allison Louise DeFeo. Ambas assassinadas a tiros.

A falta de ar fez com que Verena se desconectasse do agora. *Eu vou apagar,* ela constatou, sabendo que sua pressão sanguínea havia despencado. Os contornos da visão escureceram. Ela encostou a cabeça no piso e puxou ar. Por mais que enchesse os pulmões, sentia a necessidade de mais. Ela sabia que deveria fazer a técnica da borboleta, respirar devagar, mas o corpo não obedecia aos seus comandos. Antes de desmaiar, Verena abraçou os fatos: *foi ele. Ele levou a minha menina.*

Brassard desligou o telefone. O delegado da 89ª DP, Valmir Alcântara, só não havia sido mais desrespeitoso por falta de colhões. "Esquece essa babaquice de maníaco", ele falou antes de um arroto interno, "isso é coisa de vagabundo de *Facebook*, o que você deveria estar fazendo é seguir a metodologia tradicional para encontrar o autor do teu crime, delegada. E eu aqui estou fazendo o mesmo, ué."

Isabela havia gentilmente perguntado como ele estava se saindo. Puto, ele respondeu "Isso é problema meu, não é, querida?" e desligou.

Ela pensou em tudo o que havia passado para Thierry – esboços das cenas de crime, todos os detalhes que os PMs haviam relatado sobre a chamada e as primeiras conversas com Julia Languin, e um resumo de todas as entrevistas e declarações dos familiares, amigos, chefe, vizinhos e colegas de trabalho da vítima. Ela havia fotografado documentos bancários, entre outras coisas, e enviado, sabendo que era contra as regras. Para quem já havia filmado as transas do casal, não parecia tão perigoso confiar em Thierry.

E Caio, Isabela? Por que você não conta logo para ele e descobre se essa coisa entre vocês é de verdade? O que ela diria? Que sim, que naquela primeira noite ela só precisava transar, mas que depois começou a gostar dele? Pensou na primeira noite. Caio havia ficado intimidado naquele apartamento, como se fosse indigno dele. Como ela queria explicar que grana não importava, que teve grana a vida inteira e isso nunca a impediu de ser infeliz, de se sentir solitária, de se sentir um lixo diante das cobranças dos pais? Dinheiro nunca havia impedido que ela tivesse seu coração partido, que tivesse medo de dirigir naquela cidade. E sabia o que ele diria: mas você teve acesso ao que quis, estudou o que escolheu estudar, teve comida, teve conforto, acesso a bons médicos. Ela sabia que Caio, como a maior parte dos policiais, não havia prestado concurso porque sonhava em ser herói, e sim porque era um trabalho que pagava o mínimo para ele ter uma vida relativamente confortável.

Ela lembrou-se da surpresa dele quando ela ofereceu um baseado, de como ele negou e ficou intrigado enquanto ela fumava. Lembrou-se da expressão no seu rosto quando ela colocou *funk* para tocar no som. Mas funcionou. Caio baixou a guarda e quando ela tirou a roupa, qualquer traço de timidez ou sensação de inferioridade havia desaparecido. Não foi a melhor trepada da vida dela, mas foi o suficiente para que ela desejasse mais.

E agora ele conseguiu acabar com a sua vida e nem sabe. Ele conseguiu te colocar naquela situação em que, não importa o que escolher, você vai se arrepender. Era o destino de toda mulher? Se foder só porque se apaixonou?

Os olhos dela moveram-se para o arquivo em cima da mesa. *Por que eu mexi nisso? Por que solicitei essa ficha?* Ela sabia a resposta. Pela primeira vez, compreendia Verena, sentia empatia por ela. Pela primeira vez, conseguia ter um vislumbre de como seria perder um filho.

Ela deu umas respiradas fundas para se preparar e abriu o caderno do caso arquivado. 3.501/2015 – Luísa Castro Villas-boas. Ela sabia que havia feito tudo o que pôde, em 2015, para que esse caso fosse resolvido e o autor, encontrado. Ainda não conhecia Thierry na época – teria pedido para que ele olhasse a ficha. Mesmo assim, lembrando do quanto era distanciada de Verena, mais por ciúmes de Caio do que por qualquer motivo, ela se perguntava se havia deixado passar alguma coisa sem querer. Reconheceu os relatórios – havia lido cada um dezenas de vezes.

Ela cerrou as pálpebras e concentrou-se. Sem testemunhas, fora o atendente da padaria. Algumas impressões de sapatos na terra, nada conclusivo. A trajetória dos disparos, o calibre da arma. Nada de sangue, pele ou sêmen no corpo ou nas roupas de Luísa. Alta probabilidade de ela ter conhecido a pessoa que parou o carro e pediu que ela entrasse, mas é claro que sempre havia a possibilidade de ter sido ameaçada com uma arma. *Você não é mais a mesma delegada que presidiu esse inquérito na época. Agora você mudou. Agora você entende o desespero da Verena. Leia os depoimentos de novo. Todos eles. Alguma coisa sempre incomodou você nesse inquérito. O autor desse crime está próximo da família. Você sempre soube disso.* Ignorando pilhas de documentos que precisavam de sua atenção, Isabela debruçou-se sobre os papéis.

aio ficou surpreso com a quantidade de pessoas entrando na casa térrea, cuja placa dizia: Centro Espírita Casa da Luz. Enquanto estava trocando de roupa, depois da ducha que tomou em casa, a mãe perguntou aonde ele ia. Ele contou, explicando que tinha a ver com o trabalho. A mãe pediu que ele fosse com roupas claras. "Espíritas não gostam de roupas muito escuras, dizem que atraem espíritos de vibração mais baixa." Ele trocou a camiseta azul marinho por uma cor-de-areia. Encontrou Walter Kister logo na recepção, em pé, atrás de uma mulher sentada, que pedia para que os visitantes anotassem seus nomes numa lista e cumprimentava todos de maneira calorosa.

Walter sorria, com os cabelos penteados para trás com gel. Esticou a mão grande, enrugada:

— Seu Caio, como está?

— Interessado e com a cabeça aberta, seu Walter.

— Sua vibração está melhor. Espero que se sinta bem aqui dentro.

A mulher, uma pessoa bonita e de olhos claros, sem maquiagem no rosto, estendeu a caneta. Caio anotou o nome, tomando seu tempo, correndo os olhos pela lista para ver se algo chamava sua atenção.

Lá dentro, algumas pessoas dirigiram-se para uma sala ampla, repleta de cadeiras, onde sentavam-se. Um ventilador movia-se para levantar alguns papéis num quadro de cortiça, e algumas mulheres abanavam-se com as mãos. Algumas pessoas seguiam para os fundos da casa.

Caio decidiu ficar na entrada até ter que decidir por qual caminho seguir.

Num canto, uma mesa com toalhinha de crochê oferecia café, chá e biscoitos. Pessoas de idades variadas, todas vestidas em cores claras, conversavam animadamente. Ele serviu-se de café e olhou em volta, analisando-as. Algumas pareciam ter mais dinheiro – coroas com camisas Lacoste e calças de pregas, bons relógios nos pulsos. Outras tinham aspectos mais simples – sandálias de plástico feias, bolsas surradas, dentes faltando quando sorriam.

Ele caminhou até um quadro de cortiça e leu os avisos. Cachorro desaparecido, aulas de violão, venda de *brownies*. Encontrou a programação do centro: palestras, passe, reuniões mediúnicas.

— Primeira vez?

Ele virou-se. Era um rapaz de uns vinte anos, sorridente.

— É, sim.

— Veio para a palestra?

— ... Isso aí.

— Eu trouxe meu pai para o trabalho de cura. É o seu Walter que faz esse serviço tão bonito.

— O que o seu pai tem?

— Câncer no pâncreas.

Caio não soube como reagir. Mas o rapaz sorriu.

— Não precisa ficar assim, ele tá feliz. Tá lutando como um brasileiro. — Ele ergueu um punho.

— Eu sinto muito.

— Ele vai ficar bem.

Meu Deus, ele não vai ficar bem. Caio umedeceu os lábios.

— Ele está sendo tratado num hospital?

— Está, claro. Não somos o tipo de pessoa que substitui uma cura por outra, isso é besteira. Minha mãe diz que precisamos curar o corpo, mas também o espírito, para vencer uma doença tão...

— Filha da puta?

Ele riu.

— Não usamos essa palavra aqui. Prefiro desafiadora.

— Bom... — Sem graça, Caio esfregou as mãos na calça. — Boa sorte.

— Já ganhamos um ano a mais do que os médicos previam. Então, somos muito gratos. — Ele estendeu a mão, talvez pressentindo que Caio queria fugir. — Sou o Robson.

— Caio.

— Prazer e seja bem-vindo. Sabe, este lugar realmente acolhe as pessoas. Não somos estritamente kardecistas, aqui tem um pouco de *reiki*, muita gente traz Jesus para o centro, e outras até um pouco de Umbanda. Espero que você encontre o que veio procurar. Vou lá agora, boa palestra para você.

Ele entrou, seguindo duas pessoas até os fundos.

Quando Caio acomodou-se numa cadeira de plástico nos fundos, arrependeu-se de estar ali, apesar do discurso *good vibes* do rapaz. A palestra começou às 19h30. Uma senhora arredondada sorriu e deu boa noite para todos. Então disse, numa voz pausada e doce:

— Muitos de vocês já me conhecem. Meu nome é Carmem Siqueira, sou autora do livro *A Despedida*, em sua segunda edição pela editora Mystica. O assunto da palestra de hoje é a ação dos espíritos sobre a matéria.

Poucos minutos depois, ele sentiu-se inquieto. Esperando que a palestrante não notasse, tirou o celular do bolso. Brassard: "Quando você estiver tranquilo, queria bater um papo. Nada relacionado a trabalho. Beijo."

Caio desligou a tela. *Por que a relutância, porra? Ela é linda, ela é intensa, ela é inteligente.* Mas Isabela era intimidante. Nunca falava mais que metade do que sabia, era desconfiada de tudo e de todos e era sua superior. Não havia nem motivo para tentar. Se eles engatassem um romance e desse errado, ele teria que aprender a trabalhar com ela ou pedir transferência, depois de todos os sacrifícios que fizera para conseguir trabalhar no DHPP. Havia boatos de que, para entrar, um policial tinha que pagar uma taxa "por fora". Caio achava que era até possível que o esquema existisse, mas sabia que ele e Verena haviam entrado depois de anos de trabalho exemplar e persistência. O corpo dele reagiu ao recado de Isabela. Pensou nela, no furacão que ela era, no cheiro do cabelo dela e nas promessas que ela fazia na cama, que variavam entre "eu vou esguichar na sua cara, tá ouvindo?" e "eu vou deixar seu pau em carne viva."

Caio percebeu que ria. Situou-se no agora, olhando para a palestrante que, sim, estava incomodada com ele. Algumas pessoas olhavam em sua direção. Ele sentiu-se enrubescer e guardou o celular.

Pelos próximos vinte minutos, concentrou todo o seu esforço em não dormir. Então, quando já estava decidido a ir embora, notou Walter Kister na porta, chamando-o com a mão. Caio levantou-se, pediu licença para passar por alguns joelhos e acompanhou o coroa até o corredor.

— Nós vamos fazer uma pequena reunião mediúnica agora, eu e alguns colegas. Pensei que, já que foi uma reunião dessas que nos colocou um no caminho do outro, seria interessante se você observasse, caso se sinta confortável com isso. Isso não é prática comum aqui, mas temos a tendência de deixar nossos corações nos guiarem. Isso se estiver disposto a perder o resto da palestra, é claro.

Caio sorriu.

— Tá, eu topo, sim.

Eles caminharam por dentro de uma casa com poucos móveis e paredes pintadas de azul-claro.

— Você me parecia um pouco entediado lá dentro.

Estranhamente leve e tímido, Caio assentiu.

— Desculpa, seu Walter, eu não ando dormindo bem esses dias.

Era uma salinha simples, sem móveis fora uma mesa redonda no centro, cercada por oito cadeiras. Havia alguns copos com água. Numa parede, uma tela com uma pintura de Jesus Cristo, a versão Jared Leto.

— Vou puxar uma cadeira para você, aí você fica no canto, e não como parte da mesa. — Quando Walter tentou arrastar uma das cadeiras, Caio notou que ela era mais pesada do que parecia e gentilmente afastou o homem e a puxou ele mesmo, encostando-a no canto da salinha.

— Por favor, tente manter seus pensamentos positivos, limpos, otimistas.

Ótimo, pensou Caio, *pensamentos puros quando eu não consigo tirar a Isabela da cabeça*. Se seus pensamentos influenciassem o tipo de aparição que eles veriam, Caio temia que a Mesa Branca iria virar uma roda de Pombas-Gira. Aos poucos, outras pessoas foram entrando. Caio forçou sorrisos quando eles o cumprimentaram e se sentaram.

Uma mulher de cerca de 50 anos, usando uma camisa branca esticada nos seios e cheirando a óleo de rosas, acendeu uma vela branca colada a um pires e a colocou no centro da mesa.

— Vamos iniciar a prece de hoje — Walter começou, tomou um gole d'água e prosseguiu. — Começaremos com a leitura do Evangelho, depois vibrar pelos desencarnados cujos nomes foram colocados no nosso caderno esta semana. Se houver manifestação, daremos atenção a ela, interrompendo essa ordem de trabalhos.

Caio observou os integrantes do grupo: a senhora da vela; uma jovem de pele clarinha e cabelos pretos; um homem alto e sério de meia idade; e um rapaz negro de uns vinte e seis anos. Walter abriu um livro, a tempo de Caio ler o título na capa: O Evangelho Segundo o Espiritismo. Tentou deixar seu ceticismo de lado, mas no momento parecia-lhe uma parede sólida, tão alta quanto grossa, que ele não conseguiria atravessar.

Walter lia uma página no meio do livro. As outras pessoas ouviam com serenidade, às vezes bebiam um pouco d'água, às vezes fechavam os olhos.

— "...Crede-me, a morte é preferível, numa encarnação de vinte anos, a esses vergonhosos desregramentos que pungem famílias respeitáveis, dilaceram corações de mães e fazem que antes do tempo embranqueçam os cabelos dos pais. Frequentemente, a morte prematura é um grande benefício que Deus concede àquele que se vai e que assim se preserva das misérias da vida, ou das seduções que talvez lhe acarretassem a perda. Não é vítima da fatalidade aquele que morre na flor dos anos; é que Deus julga não convir que ele permaneça por mais tempo na Terra."

Caio não conseguiu deixar de sentir um pouco de raiva. Não entendeu por que Walter escolhera aquele trecho, que tornava impossível que ele não pensasse em Luísa. Era um deboche? Uma forma de jogar na cara de Caio o investigador de merda que ele era, por ter falhado na única vez em que realmente não podia falhar? *Mas ele nem conhece essa história.*

O calor de uma mão na dele o despertou desses pensamentos. Alarmado, olhou para a mulher jovem, de cabelos escuros, que o tocava. Ela sorria. Sem saber o motivo, Caio sentiu-se amparado. Os olhos dele, secos desde a noite em que encontrara o corpo de Luísa, arderam com lágrimas. A moça sorriu ainda mais e balançou a cabeça como se dissesse: isso, chora.

Ele não ia se entregar assim. Caio piscou algumas vezes, empurrando a desolação e a culpa para dentro do peito, até que conseguiu se controlar. A menina já não prestava mais atenção nele e voltava os olhos e ouvidos para Walter.

— "Em vez de vos queixardes, regozijai-vos quando apraz a Deus retirar deste vale de misérias um de seus filhos. Não será egoístico desejardes que ele aí continuasse para sofrer convosco? Ah! essa dor se concebe naquele que carece de fé e que vê na morte uma separação eterna. Vós, espíritas, porém, sabeis que a alma vive melhor quando desembaraçada do seu invólucro corpóreo. Mães, sabei que vossos filhos bem-amados estão perto de vós; sim, estão muito perto; seus corpos fluídicos vos envolvem, seus pensamentos vos protegem, a lembrança que deles guardais os transporta de alegria, mas também as vossas dores desarrazoadas os afligem, porque denotam falta de fé e exprimem uma revolta contra a vontade de Deus."

Então Walter parou de falar e bebeu mais um gole.

Só então Caio compreendeu o quanto havia sido egoísta. *Esse cara também perdeu a filha. E a esposa.* Não era uma provocação, era uma tentativa de se autoconfortar. *Eu preciso sair daqui. Isso não vai ajudar minha investigação.*

Ele tentava decidir se iria embora ou não quando a mulher que acendera a vela falou:

— Walter...

— Sim, estou sentindo também.

Algo passou entre as pessoas na mesa, e Caio percebeu seu corpo feito de chumbo. Não seria capaz de se levantar, mesmo se tivesse coragem.

A moça mais jovem, que havia pegado na sua mão, soltou um gemido baixo. O rapaz negro colocou a mão no ombro dela. A mulher da vela murmurou uma prece, também inclinando-se para ela e tocando-a no braço. Ela passou a chorar, baixo.

Parte de Caio quis manter o ceticismo. Por outro lado, ele sentira a bondade daquela menina e não conseguia imaginá-la como uma charlatã, uma atriz ali para enganar os outros. *E qual seria o propósito?* Aquilo obviamente não estava dando dinheiro a ninguém. A tinta das paredes estava descascando e manchada, o ventilador na sala da palestra era a mais pura definição da palavra guerreiro, e ele mesmo estivera na casa de Walter e visto a falta de conforto e sofisticação do lugar. *Pode ser que realmente acreditem nisso tudo, porque oferece conforto, e por acreditarem com tanta resiliência, realmente sintam manifestações como essas, guiadas pelas próprias mentes.*

Caio reconhecia os furos daquele raciocínio, claro, mas estava acostumado a trabalhar com teorias sem evidências.

A moça interrompeu o choro. Os outros dois médiuns seguravam suas mãos, atentos a ela. Caio olhou para Walter, que em vez de observá-la, mantinha os olhos no homem ao seu lado, o sério e alto que até então havia permanecido em silêncio. Foi esse homem que, de olhos fechados, disse:

— Ele é um senhor. Peço que orem pela nossa amiga Lígia, que está sofrendo com sua proximidade.

De imediato todos começaram um Pai-nosso. Caio abriu a boca para rezar e viu-se murmurando as palavras, não por acreditar no poder delas, mas por pura preocupação com Lígia, cuja respiração ofegava e cujo rosto estava molhado por lágrimas de angústia. Enquanto oravam, o homem continuou, calmo:

— Esse senhor se chama José Álvaro Rodrigues. Ele diz que sofreu muito em vida e ainda está sofrendo.

A mulher da vela olhou o caderno a sua frente e acenou para Walter, como se confirmando que o nome estava lá. Caio sentiu um arrepio, mas tentou não se deixar impressionar. *Pode ser só teatro*, ele lembrou a si mesmo, embora seu corpo estivesse reagindo, dedos formigando, frio.

— Ele veio com uma mensagem — o homem continuou. Então hesitou, a boca aberta, mas o silêncio a povoar a mesa. Fez uma expressão de dor ao falar: — O homem policial que está aqui conosco corre risco de morte. A morte está no seu ombro.

Caio estava chumbado à cadeira, incapaz de movimentar-se. Como se estivesse respondendo, a moça chamada Lígia soltou um lamento profundo e agudo, o rosto pendendo para o lado, coberto por uma cortina de cabelos.

O homem continuou:

— E a menina também, a menina que senta com a gente e não está conosco nesta mesa hoje. A menina está nos braços da morte.

Walter fez um movimento brusco, afastando-se da mesa. Os médiuns o olhavam com espanto, pálpebras retraídas, lábios abertos. Lígia soluçou.

— E ele, o Perverso, também. Ele carrega a morte em suas células, mas vai levar mais gente antes de terminar sua missão. Rosângela, eu sinto sua falta. Rosângela, eles me mataram por dinheiro, minha irmã. Tava frio naquela rua, eu morri sentindo muito frio. Tá frio aqui agora onde eu estou.

A mulher da vela começou a orar, sem nenhum traço do controle que havia exibido anteriormente.

— Pai-nosso que estais no céu...

Mas Caio não ouviu. O rosto de Walter havia se transformado numa máscara de medo. O idoso levantou-se, a cadeira tombando com um som estrondoso. O rapaz que havia consolado Lígia a abandonou, mas em vez de socorrer Walter, pegou nas mãos da mulher da vela. Juntos, passaram a orar com mais intensidade. Quando Walter espalmou o peito, Caio pulou da sua cadeira e foi até ele. O rosto do homem era de pavor.

— Seu Walter, o senhor tá bem?

— Meu braço, meu peito... Zulma... seu Caio, a minha neta...

— Shh... merda. — Ele virou-se para a mesa. — Alguém chama uma ambulância! Perguntem na outra sala se alguém é médico!

A reza foi interrompida. Lígia foi abandonada, o corpo todo mole aos prantos, enquanto a mulher da vela sussurrava no ouvido do homem que havia passado a mensagem. O outro correu para a sala ao lado.

Walter foi deslizando ao chão, Caio incapaz de segurar seu peso.

Ele procurou ao seu redor, mas não encontrou apoio para a cabeça dele. Arrancou a camiseta, dobrou-a e fez dela um travesseiro improvisado. Walter mantinha os olhos abertos, parecia lúcido, mas não falava mais.

Lígia saiu do seu estupor e inclinou-se sobre ele, fazendo uma prece baixinho, encostando a testa na dele. Ela interrompeu-se e sussurrou:

Quando os Mortos Falam

— Seu Walter, eu não sou nada sem o senhor. Obrigada por tudo o que fez por mim, obrigada por tudo, o senhor é um pai para nós...

Caio precisou fechar os olhos para se concentrar. Ouviu a comoção do lado de fora, as pessoas falando que já haviam chamado o Samu, ninguém era médico, o que aconteceu lá dentro, meu Deus, o seu Walter...

Walter apertou a mão dele.

— Eles já vão chegar e o senhor vai ficar bem. Fica tranquilo.

— Caio... a Zulma-

— Nada vai acontecer com a Zulma, eu te prometo.

— A Verena... Eu liguei porque...

— O senhor está piorando sua situação. Tá tudo bem, a Verena vai entender, ela só está mal...

— ...Luísa.

Caio franziu a testa.

— O quê?

Walter olhou para o teto, mas parecia não ver mais nada.

— *Leva ela para o sofá, pai.*

— *Eu não tenho sua idade, Ric, acha que eu consigo levantar a sua mãe?*

Verena abriu os olhos. Estava no chão do escritório e era noite. Daniel e Ricardo estavam agachados próximos a ela.

— Mãe, você teve uma crise.

Ela notou os olhos injetados do filho, as bordas avermelhadas, a pele lívida.

— Não, não tenta se levantar. — Daniel pousou uma mão no ombro dela. — Vê, calma. Olha para mim. O que aconteceu?

Ela sabia que narrar o episódio poderia desencadear outra crise. Precisava ter foco. *Se você contar para eles, vão achar que é paranoia. Não é hora ainda.* Ela lembrou dos exercícios que aprendeu na terapia. Puxou ar, segurou nos pulmões, e soltou pela boca. Fez aquilo algumas vezes, ganhando tempo e relaxando os músculos, enquanto eles esperavam com paciência. Ricardo deveria ter chamado o pai quando não conseguiu despertá-la. Poucas pessoas sabiam o quanto uma crise de pânico cansava o corpo. Ao notar um copo de água na mão de Ricardo, ela o pegou e bebeu um gole.

— Veio do nada — ela falou. — Eu nem consegui gritar, parecia que eu não conseguia nem me mexer. Tá tudo bem agora. — Enquanto se levantava, olhou para a tela do computador, que já havia ido dormir.

— Vamos lá fora, vamos tomar um ar — Daniel falou, gentilmente tocando o braço dela. Verena não gostava de ser tratada como coitada, e os dois homens sabiam daquilo melhor do que ninguém. — Ric, vai colocar aquela louça na máquina, preciso conversar com a sua mãe.

Lá fora, Daniel e Verena sentaram-se numa espreguiçadeira de plástico branca, sentindo a brisa no rosto. Ela ficou surpresa que Ricardo havia lembrado de acender as luzes do exterior da casa.

— Tá melhor?

— Estou bem. Quando chegou?

— Ele me ligou há uns quarenta minutos, peguei um pouco de trânsito no caminho. Ele tava bem assustado.

Merda, eu não posso deixar meu filho passar por isso. O rosto de Daniel estava banhado pela luz azulada da piscina. Fazia uma brisa suave que balançava as palmeiras da propriedade. Ele falou:

— Eu tô meio puto com ele, Vê.

— Ah, Daniel, quem somos nós para ficarmos putos? A Lu...

Ela respirou fundo e forçou-se a continuar.

— A Luísa também foi sem querer. Esses dois pelo menos tentaram evitar, a gente foi na sorte mesmo.

— Ele é muito... ele não é imaturo, Vê, mas não sabe o que quer da vida, não estuda, não trabalha.

— Isso vai mudar. Isso é exatamente o que a minha mãe pensava de você quando a gente se casou, que músico é vagabundo.

Ele deu uma risada rasa.

— E como tá a dona Alzira Batista?

Verena sentiu-se grata por ele estar querendo falar de amenidades, tirar a cabeça dela do que acabara de acontecer.

— Tá bem, daquele jeito, reclamando, diz que tem saudades do Jorge, não gosta da namorada do Samuel... aquelas coisas.

— O Jorge ainda tá na Espanha?

— Tá... Não muda de assunto, Dan.

Ele estava mais abalado com a gravidez de Alícia do que ela havia imaginado. Daniel sofreu mais do que Verena com a falta de grana, com a vontade de dar aos filhos o que queriam, sem poder. Ela entendeu. Ele queria uma vida mais tranquila para Ricardo, como todos os pais. Daniel umedeceu os lábios.

— Eu não queria que ele passasse por isso agora, com a vida inteira pela frente.

Quando os Mortos Falam

Isso não existe, Verena pensou. *"A vida inteira pela frente" é uma ilusão*. Ela sabia bem disso.

— Nós vamos ajudar. É para isso que servimos.

— Sabe, eu pensei que você fosse ficar mais puta do que isso.

— Parte de mim está, mas do que vai adiantar? Já vai ser difícil o suficiente sem a gente para piorar a situação. Eles não imaginam como vai ser. E eu quero que você converse com o Ric, sério. Eu não criei esse moleque para ser um pai babaca que acha que cuidar de filho é coisa de mulher.

— Não agora, eu preciso de um tempo. Onde eles vão morar?

— No meu apartamento antigo. O contrato de aluguel vence agora na virada do ano. Eu notifico os inquilinos e dou alguns meses para eles encontrarem um lugar novo. Deixa que eu cuido disso.

— Você está facilitando demais para eles...

— O que eu deveria fazer? Por sinal, a gente precisa ir conhecer os pais da Alícia lá em São José dos Campos. Vamos tentar marcar para depois do seu casamento, tá certo?

Daniel baixou a voz.

— E eles vão casar?

— Pra quê?

— Sei lá... acho que eu sou das antigas mesmo.

Verena olhou para ele, então deu um beijo na sua face gelada pela brisa, áspera com a barba por fazer.

— Você foi um pai maravilhoso. Não deixa essa surpresa te azedar. Desequilibrada já basta eu.

— Vê, a Karina falou que você tá aprontando alguma coisa. Cochichando pelos cantos com o Caio, de olho nas notícias, olhando mapas e pesquisando coisas na internet. Não esconde nada de mim... O que é?

— Eu tô ajudando o Caio com um caso, só isso.

E eu acho que esse assassino matou nossa filha.

— Esse caso tem a ver com o quê?

Ela esfregou uma mão na calça *jeans*. Mentir para Daniel era ainda pior do que mentir para Karina.

— É só um caso de homicídio que o pessoal quer arquivar. E ele quer resolver, por motivos que só ele sabe. Ele tá trabalhando em casos demais, eu tô dando uma ajuda porque me mantém ocupada.

— ...Vê, esquece essa vida. Eu entendo você ter saudades-

— Não é saudades, estou ajudando um amigo.

Foi ele que tirou a Luísa da gente. Foi ele!

Ela precisou apertar a mandíbula para não gritar.

Daniel fechou a boca, obviamente para evitar um conflito. Em décadas, ele nunca havia ganhado uma discussão com Verena e já devia saber que não valia a pena tentar.

— Não estraga isso que você tem com a Karina. O Ric me contou que ela foi passar uns dias lá na Riviera. Eu sei melhor do que ninguém o rombo que ficou no seu coração por causa da Lu. Eu sei o quanto a vida te tirou. Mas hoje eu sinto que olhar para o que eu ainda tenho, de alguma forma, deixa a Lu feliz, entende? Que é possível ser grato por todo o resto – pelo Ric, pela nossa família, por ter saúde e o que comer, tudo isso. Vê, não faz essa cara. Olha para mim. Isso tudo é verdade. Nós temos muito mais do que nos foi tirado. Eu sofro de saudades-

Os olhos dele brilharam e ele precisou respirar fundo antes de continuar.

— Todos os dias, lembrar dela é como se... uma espada atravessasse meu peito, eu juro. Mas escolho ser grato pelo tempo que tivemos juntos, cada minuto da vida dela e tudo o que ela deu para a gente e ensinou. Entende? Porque senão, não dá para continuar.

Verena desviou o olhar dele e limpou as lágrimas com a mão. Sentiu a dele no seu ombro, pesada, quente e reconfortante. Queria perguntar-lhe o que ele faria com o homem que matou Luísa, queria permissão dele para matá-lo.

— Vê, você precisa continuar vivendo. Agora a gente vai ter um netinho. Tá na hora de fazer as pazes com a morte dela. Tá na hora de aceitar que você nunca vai saber o que aconteceu, como tantas mães neste país.

Ele não entende que essas mães também nunca têm paz. Ela torceu os dedos e segurou tudo o que queria gritar. A angústia era um peso no peito, um gosto ácido que nunca saía da garganta. *Eu só quero saber quem foi, porra!*

Caso arquivado.

— Vê, eu te amo — ele falou, por fim —, e a Karina te ama. A Lu iria querer que você fosse feliz, então, se não por você, por ela, seja feliz.

Argumentos vieram como uma onda, porém Verena segurou-os, apertando o maxilar. O celular estava no bolso e vibrou. A tela mostrou uma ligação. Caio.

— Oi. — Como pedir desculpas por ter sido uma imbecil com ele na noite anterior?

— Vê... Meu Deus, eu preciso de você.

Ela levantou-se, tentando compreender os sons de fundo. Caio estava num lugar onde pessoas conversavam.

— *O Walter, Vê... Ele infartou... Eu não estou conseguindo lidar com isso. Estamos no Saboya.*

— Eu tô indo praí.

Daniel não soube esconder a perplexidade.

Verena olhava o próprio corpo, para checar se estava calçada e vestida.

— Ir aonde? — Ele levantou-se, a voz mais fina, desconcertada.

— Tenho que ir para o Saboya... O Caio precisa de mim. Será que o carro está abastecido?

Daniel soltou uma risada nervosa.

— Você não sai de casa há meses! Vai dirigir sozinha até o Saboya nesse horário?!

Verena assentiu, procurando lembrar-se dos documentos que precisava levar e onde estavam guardados. *Carteira de motorista, cartão de crédito...* Ela fechou os olhos. *Celular tá no bolso. Os documentos devem estar na sua gaveta, no quarto.* Daniel correu atrás dela quando ela subiu as escadas. Parte dela escutava ele falar, cada vez mais nervoso – "Vê! Você enlouqueceu? Acabou de ter uma crise!" –, mas ela não tinha tempo para o drama dele. Encontrou os documentos na gaveta, os enfiou no bolso da calça *jeans* e desceu. Ricardo saiu do caminho dela, enxugando as mãos, confuso, enquanto ela vasculhava a cozinha atrás das chaves. Não dirigia seu presente do Natal passado, um Jeep Compass Longitude, desde agosto.

— Mãe, quer que eu vá com você?

— Não, isso é problema meu. Volto mais tarde. — Ela fechou os dedos em volta das chaves quando as avistou no lugar mais óbvio – penduradas no gancho na parede da cozinha.

Verena beijou o rosto de Ricardo, murmurou uma despedida que nem ouviu e correu até a garagem. Ao fechar a porta e ser envolvida pelo silêncio do interior do veículo, ela inspirou o cheiro de carro lavado. Karina certamente o tirara da garagem para mantê-lo. *Quantas coisas ela não tem feita sozinha, Vê, quantas coisas pelas quais você nunca agradeceu?*

Carro. Ela não tinha esquecido como dirigir, mas a possibilidade de fazer alguma cagada trazia de volta o fluxo gelado do pânico, que estava, ela agora sabia, sempre à espreita. Os espasmos musculares nas mãos eram imperceptíveis ao olhar, mas ela os sentia como eletricidade correndo nas veias. Ligou o carro, afivelou o cinto e colocou em R. Foi só quando soltou o freio devagar que percebeu que se esquecera de abrir o portão da garagem. *Merda, merda.* Verena encontrou o controle. Ao apertar o botão, o motor do portão soltou um zumbido diligente, orgulhoso. Com a sensação de que todos os seus nervos estavam expostos, Verena deu ré e saiu da garagem.

Zulma já estava ofegante quando viu Caio no corredor do pronto-socorro. Ela estava dormindo quando o telefonema de Valmira a despertou. "Seu avô passou mal na sessão mediúnica, minha querida. Um amigo dele, seu Caio, o levou para o Saboya, corre para lá." Levou um tempo para Zulma compreender aquilo. O avô não tinha um amigo chamado Caio.

Agora, juntando as peças, ela entendeu. Caio era o homem que ela viu conversando de um jeito meio hostil, meio íntimo com o avô algumas noites atrás. O olhar dele era de desolação, de pena. *Não pode ser, isso não aconteceu.* Enquanto ele caminhava até ela, Zulma teve o impulso de correr dali para não ouvir as palavras que agora tinha certeza de que ele diria.

— Oi, Zulma, meu nome é Caio... Eu estava com o Walter.

Ela cobriu a boca com a mão. O peito encheu de esperança. *Me fala que ele está bem, que o perigo passou e que vai-*

— Eu sinto muito, muito.

Ai, não.

Caio colocou uma mão no ombro dela. Os olhos cintilaram. Ele estava abalado também.

— Seu avô não resistiu. O médico acabou de contar para a gente... Ele vai querer falar com você, que é família... Eu realmente sinto muito.

Ela moveu o ombro para livrar-se do toque dele. Era um estranho, não era justo que tivesse que ouvir aquelas palavras de um estranho. Zulma tentou dimensionar o que aquilo significava. Não era possível que a vida do avô chegara ao fim, assim, do nada. Que ela não conversaria mais com ele. Que ele simplesmente não estaria mais lá. Nunca mais.

Zulma levou as mãos à cabeça e apertou os lábios. *Não. Isso não está certo, a gente tinha acabado de se falar.* O tal do Caio ficou ali, parado, observando-a, sem fazer nada. *Eu estou sozinha no mundo agora. Todos me abandonaram. Deus tirou todos eles de mim. Mas o médico não veio falar comigo ainda, então talvez tudo isso seja um mal- entendido. Sim, ele deve estar bem, esse idiota não sabe do que está falando, meu avô é forte. Ele faz o bem.*

Atrás de Caio, ela viu uma mulher praticamente arrastar um cirurgião até eles. Bonitona, com idade para ser mãe de Zulma, usando calças *jeans*, camiseta e uma jaqueta de couro cor de caramelo. Instintivamente, Zulma soube

Quando os Mortos Falam

quem aquela mulher era. A forma como falava com o médico, o ar autoritário lembravam os policiais que haviam batido em sua porta.

O cirurgião tinha a mesma expressão de tristeza que Caio, mas Zulma sentiu que a dele era um pouco mais forçada, mais mecânica do que sentimental.

— Você é a Zulma Kister? — Ele perguntou. — Neta do senhor Walter Kister?

Ela engoliu e confirmou com um aceno. *Ele está se recuperando... fala!*

— Seu avô deu entrada no PS com o infarto bem extenso, logo depois entrou em arritmia e não conseguimos reverter, mas eu garanto que fizemos o que foi possível. Leva um tempinho, beba uma água, em breve uma pessoa da administração vem conversar com você. Alguém da família, maior de idade, precisa pegar o atestado de óbito, assinar uns documentos... mas tem um tempo, calma. Eu realmente sinto muito.

Assim que disse aquilo, ele afastou-se, trocando um olhar com Verena, que obviamente o havia arrastado até ali para comunicar a notícia a Zulma.

Verena a encarava com a mesma expressão de pena.

Zulma tentou pensar no que dizer, mas por um segundo teve a certeza de estar num pesadelo. *Eu vou acordar e conversar com ele sobre isso e vai ficar tudo bem.* Quando a puta da Verena encostou nela, ela deu um tapa em sua mão, a cabeça borbulhando de ódio.

— Você é a Verena, né? Você fez isso com ele.

A mulher não pareceu intimidada, o que só fez Zulma odiá-la ainda mais. Ela a observava com certa condescendência. Zulma percebeu que estava chorando há um tempo e que exibia os dentes para Verena como um bicho.

— Você denunciou meu avô para a polícia! Ele foi levado para uma delegacia como um bandido!

Ela notou, pela visão periférica, que as pessoas encaravam. Verena manteve a mandíbula tensa, mas recebeu as acusações como se soubesse que as merecia.

— Ele infartou! Isso é culpa sua!

Verena não fez questão de defender-se.

Caio falou, baixo:

— Zulma, seu avô, suas últimas palavras foram sobre você. Ele me pediu para cuidar de você.

A garota deu uma risada desolada. *Estou sozinha.*

— Eu nem sei quem você é!

— Entendo... Mas ele me ajudou e eu preciso cumprir o que prometi.

Ela olhou em volta. Não havia ninguém ali para oferecer um abraço, nenhum rosto familiar, ninguém que conhecesse sua história de vida... Sua família estava morta. Ela abraçou-se. Ninguém naquele lugar existia fora ela. Zulma encostou a testa na parede e soluçou, desejando poder morrer também.

Sentiu braços puxando-a, abraçando-a. *Não, essa desgraçada não teve a audácia.* Zulma debateu-se, desejando machucá-la, mas a mulher era forte mais, rápida demais, enquanto segurava seus braços e os forçava para baixo. Apertou Zulma e encostou o rosto contra o dela. A mulher tinha cheiro de xampu de frutas. Zulma perdeu as forças e entregou-se ao pranto.

— Chora bastante, anjo. Isso dói, mas você vai sobreviver.

Zulma soluçou, as mãos agarradas na jaqueta de Verena contra sua vontade. Ela precisava de outra pessoa. A voz de Verena era firme:

— Seu avô não volta mais. Mas ele tá bem, para ele tudo de ruim já passou, tá ouvindo? Você é forte pra caralho. O Caio me contou que você fala com os mortos, porra, quem pode dizer isso? Agora chora, e quando você disser que tudo bem, a gente vai lá ver seu avô. E você aproveita e fala para ele tudo o que precisa dizer. E depois você vem para a minha casa, e eu e o Caio vamos cuidar de você. Eu sei que, se você pudesse, daria um soco na minha cara. Mas infelizmente sou eu quem tá aqui com você agora.

Zulma abraçou-a de volta. Sentiu Verena acariciar os cabelos dela. Há quanto tempo não abraçava uma mulher? Há quanto tempo vivia sem aquele tipo de carinho?

"Você está mais segura com eles."

Zulma não quis abrir os olhos, porque a voz que dissera aquelas palavras pertencia a sua avó e não estava pronta para vê-la. Pela primeira vez, no entanto, a voz não transmitia medo ou raiva, apenas uma sensação estranhamente parecida com paz.

17 de dezembro de 2019

Terça-feira

Verena acordou com uma mão nas suas costas, chacoalhando-a gentilmente. Já era dia, mas ela teve a sensação de que não dormira por mais de duas horas. Era Caio, sorrindo para ela, chamando-a com a mão. Ao levantar-se da poltrona onde havia pegado no sono, sentiu dores em tantos músculos que soltou um gemido baixo. Zulma dormia na cama de hóspedes.

Ela e Caio saíram com cautela para não a despertar e só conversaram quando chegaram à cozinha.

— Que horas você chegou? — Ela perguntou, abafando um bocejo com a mão e indo direto para a cafeteira. — Eu deixei avisado na portaria que você pode sair e entrar a hora que quiser, eles não encheram o saco não, né?

— Não, foi de boa. Então, depois que vocês saíram, ainda levou duas horas para liberarem o corpo. A tal da Valmira, prima do Walter, só chegou lá depois da meia-noite. Ela cuidou do resto, comprou o caixão, já fez todos os acertos.

— Você não pode nunca contar para a Zulma que eu paguei por tudo isso. — Olhou-o por cima do ombro. — Ela precisa de um vilão e, se ajudar, eu faço esse papel numa boa.

— Vê, olha pra mim.

Ela só virou um pouco.

— Nós conversamos com o médico. Ele foi bem explícito quando disse que o coração do Walter era uma bomba-relógio e que ninguém morre por uma grande emoção. Você não teve nada a ver com isso.

Verena não respondeu. Era difícil acreditar que não havia sido cúmplice, mas não tinha a mínima vontade de ter aquela conversa com Caio.

— Ela precisa de alguém que cuide dela agora, e vai ter que ser a gente.

— Eu tô assustado com o que eu vi lá.

Ela estendeu a caneca para ele.

— Você está impressionado. Não é hora para pensar demais, para achar significado para tudo isso, você tem é que dormir, Caio.

— Vê, eu tenho que passar em casa, ver minha mãe... A noite foi louca demais. E hoje à tarde ainda tem o velório dele. Eu tô... te juro que não consigo nem pensar direito. Não vou para a delegacia hoje.

— Fica aqui, me ajuda a segurar essa barra com essa garota.

— Você foi incrível no hospital... eu sei que você não acredita em muita coisa do que disse a ela, mas... Acho que ela precisava de uma mãe naquela hora, e você fez isso. Obrigado.

Ela desviou o olhar. Caio não tinha como saber que aquelas palavras mexiam com ela. Verena apenas meneou a cabeça para mostrar que havia ouvido. Ele continuou:

— Tá tudo bem com você? Desculpa pelo jeito que eu-

— Caio... — *Tem que ser agora*. Ela sentou-se de frente para ele. — Eu acho que descobri uma coisa... que muda tudo.

Ele franziu a testa. Verena bebeu um gole de café. *Você esperou anos por este momento, por uma dica, por uma coisa real, e finalmente está aqui*. Ela mal conseguia acreditar.

— Você já ouviu falar nos assassinatos de Amityville?

— O nome não é estranho — Caio murmurou antes de virar a caneca.

— Foi um caso real, de um rapaz de matou os pais e os irmãos. Ele disse que as vozes da casa mandavam ele matar. Isso inspirou livro e alguns filmes.

— ...Aonde você quer chegar? Você tá branca, Vê...

— O nome da mulher que morreu, a mãe do menino, era Louise. Ela morreu baleada...

Ele a observava, a expressão vazia.

— Caio. É o mesmo nome da minha Luísa. É a mesma forma de morrer. Eu acho que esse assassino está atuando há muito mais tempo do que imaginamos. E acho que ele-

Caio abriu a boca. Verena não gostou do que viu em seus olhos. Ele segurou ambas as mãos dela e estudou seu rosto, trancando o olhar nela.

— Vê... isso é loucura, amor. Me escuta... Muitas Louises e muitas Luísas morreram baleadas no mundo. É uma morte genérica demais, infelizmente, comum demais. Esse assassino não mata desse jeito, ele gosta de coisas mais específicas.

— Você acredita em espíritos que falam e não acredita numa coisa tão óbvia quanto essa?

— Vê, você quer tanto que seja verdade que está dobrando os fatos para se encaixarem na sua narrativa. Essa mulher chamada Louise morreu numa casa, certo? A nossa Lu, não. Eu sei que a pior coisa do mundo é não saber. Que isso faz tudo parecer pior do que é, mas você vai ter que separar esta investigação da sua história pessoal.

— Eu não acredito nisso...

Ela virou o corpo para não ter que olhar para ele. Se Caio não acreditasse nela, estaria sozinha, era simples assim.

— Desculpa, eu queria que tivesse razão só para ter uma resposta, mas eu não acho que seja, Vê... Eu acho que estamos esticando a verdade.

A presença de Zulma mudou o ar ao redor deles, e os dois pararam para olhar para a menina que havia acabado de se levantar e estava parada na entrada da cozinha com os olhos inchados.

— Bom dia, Zulma — Caio foi cauteloso. — Por favor, vem comer.

O olhar dela era desconfiado, mas não foi bem-sucedida ao tentar esconder a fome. Devagar, Zulma movimentou-se em direção à ilha.

— O que você come? — Verena colocava pratos, copos e talheres novos na bancada. — Tem presunto, queijo, ovos mexidos, café, leite e suco.

A voz da menina saiu fraca e craquelada:

— Pão com manteiga e café com leite, por favor.

Verena sorriu de alívio por não ter sido mandada à merda ainda e passou a preparar o pedido. *Ela me lembra a Karina, podia facilmente ser nossa filha com essa pele negra clara, esses cabelos cacheados...* Ouviu Zulma sentar-se num banco.

— Do que estavam falando?

Caio mentiu, dizendo a verdade:

— O caso que estamos tentando resolver. Do homem que... que contatou seu avô, e outra vítima.

— Foi muito horrível o que aconteceu com ele.

Caio ficou quieto por um segundo, depois murmurou:

— Foi, sim.

Verena serviu Zulma e a estudou quando a menina mordeu o pão com um som crocante. Mastigando e com a voz enrolada, Zulma prosseguiu:

— Ele passou uns momentos de muito medo, achava que era uma brincadeira, tipo uma aventura. Ele tava bem excitado quando o cara mandou ele tirar a roupa. Mas aí a coisa desandou. Ele morreu rápido, mas sentiu muita, muita dor.

Caio e Verena trocaram um olhar. Ela sentiu uma onda de raiva por ele, mas o que Zulma falava era forte demais para ignorar. A garota engoliu e bebeu um pouco de café.

— Eu não sei o que fazer agora. Ele sempre cuidou de tudo, sabe?

Perturbada pelo que ela tinha falado sobre Nicolas Guedes, Verena esforçou-se para pensar em seus sentimentos.

— Zulma, você não está sozinha. Eu e o Caio vamos fazer tudo o que pudermos para te ajudar. O Caio ligou para a funerária hoje pela manhã e eles estão preparando o corpo. Uma colega de vocês-

— A Valmira.

— Isso, ela é prima distante do seu avô, né?

— É, ela estava na mesa quando ele passou mal, mas precisou ficar no centro para cuidar de tudo e acabou não indo ao hospital... como ele já tinha passado mal antes, ela não achou que fosse tão sério.

Caio não conseguiu esconder o pesar em sua voz:

— Então, ela está lá agora, preparando tudo, o velório vai começar à tarde, lá pelas 14h. Pediu para você ficar tranquila, que ela está informando todo mundo, com a ajuda do pessoal do centro.

— Mas não tem que pagar algumas coisas? Sempre dizem que é caro morrer.

Verena colocou a mão no braço de Caio para que ele a deixasse responder.

— Sim, seu avô tinha deixado um dinheiro separado para tudo isso — Verena mentiu sem medo —, ela já pagou tudo, o caixão, as coroas, o preparo do corpo para o velório, a maquiagem, todas as taxas... não pensa em mais nada.

Zulma continuou comendo, o corpo curvado, o rosto tenso.

Caio não resistiu:

— Zulma, você pode me falar sobre o que mencionou antes... do Guedes e a maneira como ele morreu?

Ela fez que sim, balançando a cabeça. Verena conhecia a sensação – Zulma queria lutar, queria xingá-los e sair dali, mas não tinha mais forças. A complacência dela não era de caráter, nem de fraqueza; a menina estava em modo sobrevivência, com a alma tão vazia que o cérebro estava funcionando num motor só e prestes a dar pane. Conversar sobre outras coisas era uma forma de evitar pensar no abismo em seu peito.

Quando os Mortos Falam

— Foi ele que entrou em mim na reunião mediúnica. Eu senti tudo o que ele sentiu. Quase... não é como um filme, é mais como uma colagem de sensações sobrepostas. O cheiro do mato, a risada do homem ruim, a mistura do medo com dor, tudo isso.

Antes que Caio pudesse responder, Zulma encontrou os olhos dos dois.

— Eu não tô nem aí se vocês acreditam em mim ou não, não sou como o meu avô e não vou ficar dançando essa dança ridícula de tentar converter ninguém. — E voltou a comer.

Verena sentou-se ao lado dela.

— Zulma... você tem certeza de que era o Nicolas Guedes?

— Tenho, ué, foi o que ele falou.

— ... Por que ele daria meu nome? O que eu tenho a ver com isso?

Zulma encolheu os ombros.

— Eu não me lembro disso, foi meu avô que me falou o que o desencarnado disse. Ele que fez as anotações.

Verena notou o olhar de Caio nela. Ele havia sido fisgado pelo papo espírita nos últimos dias. Não encontrou um traço de incredulidade no rosto dele. Aquilo era perigoso e afetaria a objetividade dele como investigador. *O Caio tá apaixonado pela delegada e encontrou no Walter algum tipo de esperança, ele não está pensando como policial. Você tá sozinha, Verena.*

Zulma terminou o pão.

— Posso comer outro?

— Claro — Verena saiu do seu estupor. — Quer com ovo? Come um pouco de proteína.

De novo, Zulma deu de ombros. Olhava para o vazio, meio morta.

— E ele não disse nada sobre a pessoa que levou ele para o mato? — Caio aproximou-se. — Ou o veículo que levou os dois para lá? Nada que pudesse identificar esse assassino?

— Não foi muito "dizer", sabe? Não ouvi nada porque eu estava incorporada. Só soube do que ele disse porque contaram para mim depois, como já expliquei. Fora o nome da Verena e onde o corpo dele estava, não tinha mais nada.

Conveniente, Verena pensou, entregando outro pão para Zulma.

— Caio, você tem que perguntar para a Valmira. Se eu fosse um espírito, eu ia querer identificar meu assassino e me parece estranho que o tal do Guedes não tenha feito isso.

Zulma soltou uma risada pelo nariz, balançando a cabeça.

— Mas é aí que vocês erram — ela falou de boca cheia. — Vocês estão deduzindo umas coisas sobre os desencarnados, pensando como encarnados. Para esse cara, acabou, sabe? Ele não está nem aí se quem matou ele vai ser preso ou não. Ele só queria estabelecer contato, achar um pouco de luz. Para um espírito atormentado, um centro espírita é como um foco de luz. Eles procuram consolo com a gente.

— E encontram? — Caio tocou a mão dela.

Verena enrugou os lábios, incomodada. Zulma olhou direto para ele.

— Muitas vezes, encontram sim. Nós rezamos por eles.

— Caio, você precisa descansar, então pode dar uma carona para a Zulma, ela precisa passar na casa dela e tomar um banho antes do velório.

— Você não é minha mãe.

Verena sentiu um impacto no estômago. Não havia raiva na voz da menina, só aquele timbre zumbítico. *Ela tem razão, ela nem conhece você.* Engoliu em seco.

— Eu sei disso, só quis ajudar.

Houve uma troca de olhares entre Verena e Caio. Com ódio da expressão de desalento dele, ela recostou-se contra a bancada e tirou o celular do bolso, agradecendo por aquela perfeita e socialmente aceitável forma de fuga. Ela viu três alertas Google para a palavra *homicídio*. Ignorou dois, porém o mais recente, de apenas quatro minutos atrás, fez o corpo de Verena reagir.

— Caio...

— Fala.

— Liga a TV agora, qualquer canal de notícias.

Caio obedeceu, mas levou alguns minutos zapeando entre canais para encontrar uma reportagem e aumentar o volume.

"... ainda mais um homicídio na Zona Sul de São Paulo."

Atrás da repórter, dava para ver uma rua interditada pela PM e uma casa térrea, onde policiais e agentes civis, assim como agentes da polícia científica, transitavam sem dar bola para as câmeras.

"A vítima está morta há dois dias. Judite Souza foi vista saindo da academia Boom Fitness, onde trabalhava como recepcionista, no sábado por volta das 21 horas. Como ela não trabalha no domingo e nem na segunda-feira, sua falta só foi sentida quando não apareceu no trabalho ontem. Hoje pela manhã, uma amiga da vítima achou estranho que ela não respondia aos seus recados e acionou a PM. Os policiais, ao verem pegadas escuras, que poderiam ser sangue, no piso da garagem da vítima, conseguiram permissão para entrar na residência, encontrando o corpo da moça, de apenas 26 anos, nua e esfaquea-da. Franklin."

Franklin apareceu de terno e gravara num estúdio, a repórter ficando numa tela menor a sua esquerda.

"Mais um crime hediondo que assombra o cidadão paulista, e ainda não temos uma declaração do prefeito, nem do Ministério Público. Você conseguiu conversar com a polícia, Juliana?"

"Conseguimos conversar com o delegado do 43ª DP, Raul Vilhosa, que nos informou apenas que descarta a hipótese de latrocínio, uma vez que os pertences de valor da vítima não foram levados. Ainda não há confirmação se houve abuso sexual."

Quando o Franklin mudou de assunto, Verena desligou a TV.

Caio estava tão eufórico quanto ela.

— Será? — Foi a única coisa que disse.

Verena ligou para Ricardo, que não atendeu.

— Esse merdinha vai dormir até às três da tarde. Vamos lá. — Ela soltou uma respiração profunda e digitou no Google: *Judite + filme de terror.*

— Tá falando sobre um filme chamado *O Misterioso Caso de Judith Winstead.* — Ela organizou seus pensamentos por um segundo, então estudou Caio e Zulma. Não era certo aquela menina estar ali.

— Faz assim... contata a Brassard e explica a possível ligação desse caso com os nossos, depois leva a Zulma para a casa dela e vai para a sua casa, fala com a sua mãe, toma um banho. Enquanto isso, eu assisto esse filme. Nos falamos daqui a duas horas, tá certo?

Caio concordou, o rosto endurecido, a preocupação visível.

— É, vamos fazer isso. Porque eu não quero outra vítima, Vê. A gente vai ter que pegar essa cara antes. Já chega, isso foi longe demais.

— Eu sei.

Zulma limpou o canto da boca e encarou Caio.

— Vamos?

Zulma distanciou-se da multidão. Receber abraços durante um velório era pior do que ela havia imaginado. As pessoas preocupavam-se com ela, ela acreditava mesmo nisso, mas, a cada abraço, era como se quisessem vê-la chorar e sofrer quando a única coisa que queria era poder despedir-se do avô em paz.

Não tinha cabeça para ouvir "Ele era um homem tão bom", "Ele está num lugar melhor agora" e "Foi a vontade de Deus". Só queria poder olhar para ele, no caixão, sem ninguém por perto, e conversar com ele.

Fazia sol, mas naquele lugar, com árvores e construções em concreto e pedras, a temperatura estava amena. Numa salinha, o caixão do avô havia sido colocado num suporte. Havia muitas coroas, e Zulma ficou surpresa com a quantidade de pessoas, quase todas frequentadoras do centro espírita, que haviam aparecido para se despedir. Ela caminhou até o pequeno balcão, do outro lado do estacionamento, que vendia salgados e refrigerante. Ficou aliviada de ver que o homem sentado num banquinho, de costas para ela, era Caio.

— Quanto tá a coxinha? — perguntou ao vendedor, inclinando-se no balcão. Percebeu com a visão periférica que Caio já se levantava e tirava a carteira do bolso. — Seu Caio, eu tenho dinheiro aqui.

— Não, por favor, me deixa te pagar um lanche. Por favor?

Zulma assentiu, mais porque sabia que sua grana estava contada e que não era hora para ser orgulhosa. Depois de pedir um refrigerante também, ela sentou-se ao lado dele e deu uma mordida.

Caio sorria.

— Sabe como eu sei que você é uma pessoa do bem?

Zulma o encarou com desconfiança.

— Você começa pela parte de baixo da coxinha, não pela ponta.

— É claro, ué, a ponta tem mais massinha e é a melhor parte, ela tem que ficar por último.

— Mas você já deve ter ouvido falar dos bárbaros que começam pela pontinha...

— Deviam ser presos... O que a polícia tá fazendo para ajudar?

Ele sorriu.

Zulma imaginou o avô ali, sentado com eles, contando causos. A sensação era a de um trem atingindo-a no peito.

— Eu não sei o que te dizer, Zulma... — Ele baixou a voz. — Nem imagino o que deve estar sentindo. Eu só queria que você soubesse que passei pouco tempo na companhia do seu avô, mas gostei dele mais do que gostei de quase todo mundo que já conheci. E que, não importa o que seja, você pode contar comigo.

Ela sabia que não podia confiar em ninguém. Estranhamente, sentia-se bem perto de Caio. Perto de Verena também, por mais que ainda procurasse uma forma de magoá-la.

Quando os Mortos Falam

— Você se aproximou do meu avô por causa desse caso desse homem que morreu, certo?

— Sim, é isso.

— Então por que você estava no centro?

— Porque seu avô me falou algumas coisas importantes sobre a minha vida pessoal, e eu senti que ele poderia me ajudar.

— Então me conta.

Quer que eu confie em você? Então vai ter que dar o primeiro passo.

Ele compreendeu. Limpou a boca com um guardanapo e tomou um gole de refrigerante. Como ela, ele deveria estar almoçando só agora.

— O meu pai é um babaca — ele começou, brincando com um canudo. — E ele tá morrendo e eu sei que é errado, mas quero que ele morra logo, porque ele é cruel com a minha mãe. E seu avô pediu para eu perdoar, mas não sei se consigo.

Zulma quis poder ajudá-lo, mas não sabia como. *Sim, isso é a cara do meu avô, pegar os problemas das pessoas como se fossem dele.*

— Eu acho que meu avô diria que ele não tinha como ajudar você, que só você pode se ajudar. E que é só tipo... um exercício, essa coisa de perdão.

Caio assentiu.

— Do que o seu pai tá morrendo?

— Meu pai tá morrendo por ter fumado pra caramba. Mas ele está acamado, o que complica tudo, porque viramos escravos dele e ele parece gostar disso. Ele faz a minha mãe ficar indo lá o dia inteiro, pedindo um monte de merda, para ela ajustar o travesseiro, levar água gelada, encontrar o controle remoto que ele escondeu debaixo das cobertas, essas coisas.

Havia coisas que ele não estava contando, e Zulma teve uma visão de um homem numa cama, levando a mão de uma mulher até o pau e pedindo para ela massagear um pouco para aliviá-lo. Ela não soube se era uma visão real ou sua imaginação, mas pouco importava. Nada daquele tipo seria dito.

— E ele foi parar na cama porque encheu a cara e atravessou a rua sem olhar. Foi atropelado e se quebrou inteiro.

Aí está. O elo invisível, Zulma. É por isso que meu avô gostava desse cara e convidou ele para a reunião mediúnica.

— Minha mãe morreu assim também, a Vitória. Desse jeito. Bebendo, sendo atropelada porque não conseguia nem atravessar a rua direito.

Caio pareceu triste ao ouvir aquilo. Ele estendeu a mão, que Zulma pegou sem reservas.

— Eu sinto muito — foi a única coisa que ele disse.

— Tá tudo bem.

Mas não está. Ele me deixou aqui, sozinha, antes de me ensinar a me fechar para os espíritos. Ele me deixou sem recursos, sem amigos, sem família fora a doida da Valmira e esses dois casca-grossa que querem me adotar. Ela deixou escapar um suspiro e, quando olhou para cima, viu uma senhora atrás de Caio. Abriu a boca para perguntar se ela era do centro, mas notou a intimidade estranha, a mão da idosa, com a pele flácida e manchas e unhas longas e vermelhas, no ombro dele. *É um deles, Zulma.* A senhora sorriu para ela de uma forma gentil, não ameaçadora, e acariciou os cabelos de Caio. Seus próprios cabelos eram branquíssimos e bem compridos, e ela usava roupas escuras e bordadas, que lembraram a Zulma uma cigana.

Caio estava distraído, olhando para o além, esfregando os braços fortes, cujos pelos estavam arrepiados. A mulher deu as costas para eles e então não estava mais lá. Zulma engoliu em seco e forçou um sorriso quando Caio voltou a encará-la.

Ela queria que o avô aparecesse e explicasse o que ela deveria fazer agora, mas Zulma soube que ele não apareceria. Ele estava, de fato, num lugar melhor, como todos aqueles pobres imbecis insistiam em falar.

Caio tirou o celular do bolso.

— É a Vê. — Colocou o aparelho contra a orelha. — Fala.

Zulma observou-o enquanto ele ouvia. O rosto dele mudou de jeito, denunciando surpresa.

— Tô indo pra delegacia agora e aviso a Isabela. Você é genial, já te falei isso hoje? ... Então agradece seu filho por mim. — Ele desligou.

Ela não queria que ele fosse embora. Mas sabia que era um pensamento infantil. Caio enfiou o celular no bolso do *jeans* e levantou-se.

— Era o filme errado, o crime é inspirado em *Halloween*. Desculpa... Mania minha de pensar em voz alta... Escuta, você vai ficar bem aqui? Tem com quem voltar para casa?

— Sim, eu vou com a Valmira.

Caio hesitou. Então voltou a olhar para ela.

— Zulma, por favor, toma cuidado. Se tranca em casa, não abre a porta para ninguém. E por favor, considere ir dormir lá na Verena. Lá você não precisa se preocupar com nada e vai conseguir se distrair. Promete que vai considerar?

Ela assentiu. Caio mexeu um pouco no celular, explicando:

— Eu tô mandando o seu endereço para a Verena. Se alguma coisa acontecer, se você quiser que alguém te busque e eu não puder sair da delegacia, por favor, chama ela. Mesmo se ela não puder ir, ela manda o Ricardo, tudo bem? É sério, conte com a gente.

Caio deu um beijo em sua bochecha e, tirando as chaves do bolso, correu para o carro. Zulma murmurou:

— Já entendi, vô. Você me deixou com uma babá armada.

Isabela falava ao telefone com o delegado Vilhosa, enquanto Caio aguardava. A conversa não parecia estar indo bem.

— Se a minha teoria é tão ridícula, então como eu sabia, sem ter acesso a laudo nenhum, que sua vítima não foi encontrada nua como vocês disseram para a mídia, e sim ainda usando a calcinha? No quarto dela? E que ela tinha sido esfaqueada exatamente nove vezes como na porra do filme? Sem violência sexual?

Brassard bateu o telefone.

— Puta merda, que ódio desses caras. Falou que deveria me interrogar porque eu devo ser uma suspeita.

Caio notou o rosto dela vermelho e uma veia grossa saltando no pescoço.

— Isa...

Ela ergueu os olhos.

— Você quer pegar essa cara tanto quanto eu?

— Que porra de pergunta é essa? É claro que eu quero.

— Eu e a Vê estamos perto... dá para sentir. Você topa ir conversar com ela?

Isabela bebeu um gole de chá gelado. Ela estava diferente – *jeans* e sapatos pretos baixos em vez dos saltos e calças de linho de sempre.

— Tá... mas eu quero que vocês conheçam uma pessoa também. Eu acho que ele pode ajudar a gente.

Caio sorriu.

— Bora, então, porra.

— Caio... senta um minuto.

Ele sentou-se. Isabela parecia envergonhada. Mas ajeitou-se na cadeira e finalmente olhou nos olhos dele.

— Eu gosto pra caralho de você. Eu sei que você sempre foi reticente e eu sempre dei a entender que a única coisa entre a gente era sexo. Mas só para eu me programar, só para eu saber o que fazer, seria bom se você fosse sincero comigo. Você acha que... rola alguma coisa entre a gente? Alguma coisa mais parecida com um namoro do que duas pessoas que se encontram uma vez por semana para transar vendo vídeos de *bukake* e orgias?

Caio sentiu-se num elevador descendo rápido demais. A declaração menos romântica possível, saindo dos lábios de uma mulher que ele ainda não conseguira decifrar. Ela estava bonita – cabelos soltos, incrivelmente brilhantes e lisos, com as sobrancelhas grossas e bem desenhadas, a boca tão pronta para ser beijada. Uma onda de calor subiu pela gola da camisa dele. Não importa o que falasse, se sentiria um imbecil.

— Eu não sabia que era isso que você queria.

— Não era. Mas talvez agora seja. E eu não quero que você se sinta pressionado por causa desse lance de trabalharmos juntos, eu só preciso saber.

— Eu curto ficar com você.

Não era a resposta que ela queria. Caio só não sabia o que estava sentindo. Nunca foi bom nisso. Conseguia sentar-se num bar e paquerar, era ligeiro para trocar mensagens tarde da noite e foi mais de uma vez que se pegou dirigindo até o outro lado da cidade para trepar com alguma garota após uma breve troca de *nudes* no *Whatsapp*. Mas não sabia lidar com a parte melosa, com o romance.

— Desculpa... Eu quero dizer que acho você fascinante.

O rosto dela iluminou um pouco e ela puxou ar pela boca.

— Tá. Acho que escolhi a pior hora, eu só queria saber.

— Não, eu não tô te dispensando. Eu acho você incrível. Só nunca pensei que realmente pudesse curtir um cara como eu.

Ele não soube traduzir a expressão dela. Então Isabela deixou o rosto mais sério e levantou-se.

— Não é hora para isso, né? Vamos ver a Verena, mas temos que parar num lugar antes, e você vai ter que ter muita, muita paciência com ele.

Caio chegou a movimentar-se para segurá-la pelo braço e dizer que sim, porra, claro que queria ficar com ela, que seria a droga do capacho dela, se ela quisesse, porque a achava a mulher mais incrível do mundo. Ele refreou-se, no entanto. Ela já estava na porta, bolsa no ombro, olhar impaciente, mas um sorriso exausto no rosto.

— Você quer resolver esse caso ou não?

V erena ficou surpresa ao abrir a porta e ver que Caio não estava sozinho. De repente, consciente da zona que a casa estava e de que usava calças de moletom e uma camiseta desbotada do Aerosmith, Verena cumprimentou a delegada.

— Doutora, o que te traz à minha humilde casa?

Isabela sorriu ao tirar os óculos escuros.

— Vontade de foder com esse assassino, Verena.

— Seja muito bem-vinda, então.

Ela observou Caio entrar atrás de Isabela, e um homem de uns 35 anos acompanhá-los, o rosto inquisitivo, queixo empinado. Precisava fazer a barba preta e cortar os cabelos, mas não era feio, só desgrenhado.

Na sala, os três estudaram a casa de Verena por alguns instantes. Caio apressou-se.

— Vê, esse é o Thierry Breda, ele é um amigo da Isabela. Tem investigado o caso por conta própria, como você.

Verena e Thierry apertaram as mãos, olho no olho, intrigados.

— Bom... — ela apoiou as mãos na cintura. — Eu acabei de assistir *Halloween*. Minha base de operações neste momento é a cozinha, então acho melhor vocês me acompanharem. Isabela, algum interesse das outras delegacias em unir forças e compartilhar informações?

Isabela seguia Verena até a cozinha.

— Não, eles só faltaram rir da minha cara.

Antes de acender a luz, Verena olhou para ela com um sorriso.

— Isso me dá uma motivação a mais, e para você?

Isabela tinha um brilho no olhar que alimentou alguma coisa entre elas.

— Você não faz ideia o quanto.

Verena gesticulou para que se sentassem em volta da ilha. Isabela e Thierry inclinaram-se sobre o mapa. Caio notou que Verena havia marcado os locais dos crimes e que havia um *X* na rua Palacete das Águias.

— Começa, USP.

Thierry percebeu que Verena falava com ele. Sorriu, com as mãos nos bolsos de uma calça *jeans* surrada.

— Vamos levar em consideração que ainda não temos laudos da perícia e só temos acesso às informações de um dos três casos. Com o pouco material que eu consegui juntar, fiz um perfil preliminar, que espero poder refinar com os dados do terceiro crime — ele falou como se estivesse fazendo um esforço para se expressar devagar, como alguém que realmente refletiu sobre o que dizia. — Agora que sabemos do caso de Judite Souza, podemos concluir que nosso autor conhecia a vítima. Existe uma ideia de que assassinos em série nunca conhecem suas vítimas, mas temos tantas exceções que é um absurdo cogitar que isso seja uma regra. Ed Gein conhecia suas vítimas – sua mãe, a amiga dela e possivelmente seu irmão. Kemper conhecia muitas de suas vítimas – sua mãe, seus avós. Arthur Shawcross também. Muitas vezes, as vítimas são pessoas que frequentavam os mesmos lugares que os assassinos. Minha tese é baseada no fato de que o fator principal de vitimologia em operação aqui são os nomes. Então, vamos supor que os nomes sejam gatilhos para esse cara. Ele é um fanático por filme de horror e deve ser uma enciclopédia deles. Vê um nome que o lembra um filme e *bum* – a vontade de matar se manifesta.

Verena empurrou o corpo para cima, sentando-se na bancada.

— Então, até aí tudo bem, Hermione, mas se fosse tão orgânico assim, se ele reagisse aos gatilhos à medida que fosse exposto a eles, esses crimes teriam um intervalo de meses entre um e outro. Eu entendo que são milhares de nomes, mas muitos quase impossíveis de encontrar no Brasil. Quais são as chances desse cara cruzar, em uma semana, com três pessoas no seu raio de circulação que tenham nomes de personagens principais de filmes de terror?

Caio e Isabela olharam para Thierry. Ele levantou a mão.

— Obrigado pelos dois apelidos, e você tem razão. E por isso eu apresento a terceira parte da minha tese. Ele já via essas pessoas, elas faziam parte da vida dele. Já tinha notado esses nomes e feito as conexões, mas só decidiu matar agora. Por isso o acesso a elas, de forma rápida, uma atrás de outra, num espaço de tempo absurdamente curto para um assassino em série.

Isabela limpou a garganta.

— Então o que mudou? Por que ele decidiu matar só agora?

— Algum fator estressor, uma mudança grande na vida dele. Alguma coisa que definitivamente o deixou furioso com o mundo. Mas esse cara não tem jeito de quem tem família, esposa, filhos, nada. Pela forma como mata, os horários... eu diria que tem emprego, mas não família.

— Esses crimes exigiram planejamento — Caio suspirou, visivelmente cansado. — Ele se enfureceu, planejou, e então começou a caçada. Ele malha, para conseguir ter matado no estilo *Rastro de Maldade*, e o melhor lugar para começar seria a academia Boom Fitness, eles devem ter todos os nomes dos clientes em fichas.

— Não é tão simples assim — Isabela interrompeu —, a academia está na mira do pessoal da DP responsável pelo caso, que deve estar entrevistando todo mundo, puxando vídeo, fichas, fornecedores, tudo. Não vamos ter acesso tão cedo, e eles não têm intenção de compartilhar informações ainda.

Verena pegou uma caneta, pulou no chão e olhou o mapa.

— Alguém dá um Google e vê onde fica essa academia.

Isabela fez isso. Depois de alguns segundos, respondeu:

— Itaim Bibi.

— Mostra as fotos, eu acho que deve ser uma academia cara. A *personal* morava num bairro rico, Vila Mascote, e esse cara deve ter dinheiro — disse Caio.

— É, você tem razão, é uma academia para um público bem riquinho.

— Se vocês pararem para pensar que o lugar onde um assassino mata tem significado para ele, esse cara mata na Zona Sul... o que a Zona Sul simboliza?

Caio levantou a mão como se estivesse na escola.

— Um bando de burguês safado?

— Então... — Isabela virou-se para Thierry — isso é raiva de rico?

— Não. Assassinos em série não matam assim.

— Claro que matam. — Caio cruzou os braços. — E aqueles caras como o louco do *Seven*? Matando para limpar o mundo e essas coisas? E o *Dexter*? Sei que estou falando de ficção, mas...

Thierry balançou a cabeça.

— Não, essa é a desculpa que eles encontraram para justificar a fome de matar deles, porque mesmo depois de toda a terapia e toda a análise, essa fome é inexplicável. Veja bem, a psicopatia existe. Mas nem todo assassino em série é psicopata, embora a maioria seja, e nem todo psicopata é um assassino em série, então... a receita para um maníaco desse tipo não é única. Os ingredientes são plurais e variam, mas, no final, ficar procurando a raiz, o motivo, por assim dizer, é só uma perda de tempo. O objetivo é encontrar o assassino e deixar a psicanálise para os psicanalistas.

Isabela apontou para o mapa.

— O que é isso aqui?

Caio seguiu o olhar dela.

— É uma locadora. Meu plano era fuçar as pouquíssimas locadoras de vídeos da Zona Sul. E acreditem, elas ainda existem.

— Isso faz sentido — Thierry assentiu. — Esse cara é nostálgico, daqueles que começaram a assistir a esses filmes bem antes da Netflix ou Torrent. Ele deve gostar de olhar as capas, pegá-las e ler as sinopses, ter esse contato físico com o universo que reflete suas fantasias. Faria sentido frequentar uma locadora, por mais raras que sejam – não, *exatamente* porque são raras. Eu só acho que preciso dizer uma coisa antes de continuarmos: vai ser uma coisa pequena e boba que vai resolver esse caso.

Isabela meneou a cabeça.

— Sempre é. Sempre acaba sendo uma pequena pista ou algo corriqueiro. Só que só vamos chegar nessa pista, nessa coisinha que vai destrinchar tudo, se cavarmos por todas as partes.

— Então, comece aqui — Verena apontou para um dos pontos feitos com a caneta vermelha —, entre o Parque do Ibirapuera e o Itaim. Esse é o foco por enquanto. Vamos deduzir que esse cara encontrou a Julia Languin no supermercado onde ela trabalha. Estava fazendo compras e viu o nome no crachá, por anos, talvez. Quando essa coisa aconteceu, esse surto, foi um alvo fácil. E ela trabalha no Itaim Bibi, então ele deve morar por lá.

— Podemos estar na locadora em vinte, vinte e cinco minutos. — Isabela pegou sua bolsa do gancho na parede. Ela estava olhando para Caio.

— Vão — Verena assentiu —, eu e o Sheroque ficamos por aqui trabalhando nesse mapa e tentando traçar um perfil geográfico.

Thierry soltou uma risada curta, puto com o apelido, e concordou com a cabeça.

— Vão, pombinhos.

Verena notou o incômodo no rosto de Isabela.

Antes de sair, Caio a encarou.

— Checa a Zulma de vez em quando, por mim?

— Pode deixar.

A locadora estava vazia de clientes. Um rapaz levantou-se, atrás do balcão, quando Isabela e Caio entraram. Era um lugar pequeno, fortemente iluminado, com uma árvore de Natal pequena e depenada num canto. Ela notou que, para sobreviver e pagar o aluguel caríssimo, a locadora também vendia toneladas de artigos *nerd*, como bonequinhos, além de doces e refrigerantes importados.

— Cheiro de pipoca — Caio comentou num murmúrio, olhando em volta. O atendente ouviu e sorriu.

— Sim, é um aromatizador que usamos. Para dar aquela sensação de cineminha, confere?

Isabela caminhou até ele.

— Tudo bem?

— Tudo, senhora. — Ele tinha uns 28 anos e olhava para Isabela com entusiasmo. As roupas curtas demais no corpo magro, a barba por fazer e tatuagens *zen* davam a impressão de que ele havia sido retirado de uma embalagem – Ken Vale do Silício.

Isabela girou o quadril, fazendo o distintivo captar a luz no exato momento em que ele parou de sorrir.

— Eu sou a delegada Isabela Brassard, esse é o investigador Caio Miranda. O senhor poderia consultar seu sistema para mim? Estou procurando alguém que tenha alugado um dos três filmes nos últimos três meses: *Halloween, Rastro de Maldade* ou *Hellraiser*.

— Qualquer versão e filme das franquias ou só os originais, senhora?

— Tenta só os originais por enquanto.

Sem questionar, talvez por medo ou simples tédio, ele passou a teclar no sistema. Caio passeou pela estante dos filmes de horror.

— Olha, *Rastro de Maldade* foi alugado duas vezes nos últimos três meses. *Halloween* de 1978 nenhuma, e *Hellraiser* de 1987 nenhuma. É o *streaming*, ele tá acabando com a gente.

— Preciso das fichas dessas pessoas.

— Já imprimo para você.

Ela inclinou-se sobre o balcão.

— Agora inclui todas as versões desses filmes na sua busca.

Ele teclava, empolgado.

— Incluindo todas as versões, *remakes* e filmes das franquias, temos seis aluguéis nos últimos três meses. Vou imprimir esses dados para vocês também.

Ele falava como se estivesse sendo consultado pelo Kremlin sobre um assunto de contraespionagem. Isabela precisava surfar nessa onda de cumplicidade entre eles.

— Você trabalha aqui sozinho? Não é solitário?

Ele continuou teclando, mas olhou para ela.

— Eu gosto, posso assistir filmes o dia inteiro sem ninguém encher meu saco. É claro que... vocês não incomodam. Mas tem outra funcionária que trabalha nos fins de semana, ela é sobrinha da dona.

— E que horas a locadora fecha?

— Às dez. Eu não sei quanto tempo vamos continuar funcionando. Somos uma das últimas, né? O que sustenta a gente agora é só *merchandising*, camisetas, bonecos de *Star Wars* e doces.

— Mas pessoas nostálgicas ainda existem.

— Ah, sim. São menos clientes, mas eles são fiéis.

— Você tem algum que vem sempre aqui, mas só aluga filmes de terror? Provavelmente um homem bem apessoado e forte.

Ele fez uma careta, mostrando os dentes com aparelho ortodôntico.

— Não. Mas eu só trabalho aqui há um ano. Se for cliente antigo, não posso te ajudar.

— Tem como você filtrar, no seu sistema, aluguéis por gênero?

— Tem sim, mas ele é burro, é excludente, tipo... se a pessoa alugou 20 filmes de terror e um documentário, aí ela já não passa no filtro. Mas eu posso selecionar mais de um gênero. Terror *e* documentário, por exemplo.

Ela coçou a testa, irritada.

— Tenta, por favor, só filmes de terror, nos últimos três anos.

— Não deve ser tanta gente assim — ele murmurou ao digitar. — Um segundo.

Caio aproximou-se do balcão.

— Pensa de outro jeito... Se esses são os filmes preferidos dele, ele vai ter cópias em casa, ou comprado *online* para assistir quando quiser. Não é garantia de que aluga. Até porque seria um risco desnecessário.

— Eu não estou pensando assim... Tô pensando no hábito, no prazer de ter o catálogo de terror, com todas essas capas, desse jeito bem palpável, à disposição... entende?

O celular de Caio vibrou. Ele conferiu a tela.

— Isa, o rapaz do Mercado Livre, o Lucas, acabou de me mandar um *e-mail*. Finalmente, puta merda...

Ela fechou os olhos e soltou uma respiração tão aliviada que Caio sorriu. Ele leu o texto em voz alta:

— "Oi, seu Caio, mil desculpas por não ter respondido antes, eu tava viajando. Vendi sete caixinhas nos últimos três meses, tô te passando o nome dos clientes, *ok*? Mas eu consultei minha prima aqui e ela falou que é melhor não te mandar o endereço para eu não me encrencar, ela falou que você precisa de uma ordem judicial para me obrigar. Eu quero te ajudar, mas não quero ser processado, *ok*? Por favor, não leve a mal."

— Ah, que ótimo — Isabela murmurou.

— Seus amigos advogados. — Caio riu. — Beleza, tô com os nomes aqui. Duas mulheres, cinco homens.

— Aqui estão. — O balconista oferecia alguns papéis de impressora para eles. Isabela correu os olhos por eles. Caio foi citando os nomes do *e-mail* do vendedor: Letícia Morrone, Victor Hugo Alencar, Patrícia Cheibub, Marcos Pavan, Douglas Alexandre, Jean Lucca Botteon e Paulo Leandro Macatrozzi.

Ela passou para outra folha.

— Nada bate.

— Merda.

Eles olharam-se por alguns instantes.

— Já temos um ponto de partida, vamos nome por nome, priorizando a lista da caixa — Caio falou. — É melhor que nada.

— Tá. — Ela encarou o balconista. — Valeu, cara.

Verena desligou o telefone. Thierry ergueu os olhos em expectativa.

— Eles conseguiram duas listas de nomes, uma de compradores da caixa de Lemarchand tupiniquim e outra com uma das locadoras.

— Faz sentido priorizar a lista das caixas, começando pelos endereços mais próximos da Zona Sul.

— Isso, e se dermos de cara com uma parede, ir atrás das outras locadoras também.

— Mas você está confiante de que se for uma locadora, vai ser essa.

— Tô sim. — Verena mordeu o lábio. — Perfis geográficos não mentem. Eles podem ser mal interpretados, mas não mentem. Essa é a área de caçada dele.

— Já trabalhou com perfis geográficos antes? Uma policial civil do DHPP?

Verena notou o desdém dele. Tirou um pote de sorvete de paçoca do *freezer* e gesticulou uma oferta, que ele recusou. Comendo diretamente do pote, ela falou:

— Eu sou curiosa, gosto de investigação. Então, por mais que não seja parte do nosso treinamento, sempre gostei de ler sobre essas coisas... Eu costumava ser vidrada no trabalho psicológico do FBI, mas confesso que levo mais fé no David Canter.

Thierry mexeu os quadris para balançar o banco e falou:

— Mas o perfil ideal é aquele que mistura as técnicas do Canter com a parte psicológica comportamental do FBI. Essas coisas devem caminhar de mãos dadas, a gente tem que ignorar essa competição entre os britânicos e os americanos. O Canter faz parecer que os americanos não ligam para o perfilamento geográfico, mas a polícia do Canadá e o FBI foram as primeiras agências a levar esse tipo de investigação a sério e desenvolver *softwares* para isso.

— Tá, eu aceito isso. Não tenho saco para concurso de quem tem o pau maior.

— Tá falando do Turvey e o Canter, ou de mim e de você?

Verena cerrou as pálpebras para ele.

— Você tá aqui para ajudar, então não vou mandar você à merda.

Ele riu. Verena quis quebrar a cara dele, mas ainda precisava dos seus *insights*.

— Então vamos lá: como essas teorias podem ajudar neste caso?

— Bom... — Thierry olhou o mapa. — Eu acho que você está certa em relação ao território de caça dele.

— E como podemos prever seu comportamento?

— De acordo com a teoria, há perfis de caça e perfis de ataque. Os perfis de caça são *Hunter, Poacher, Troller* e *Trapper*.

— Tá, então vamos chamá-los de Caçador, Larápio, Provocador e... sei lá, Armadilhador? — Ela balançou a cabeça para a palavra inventada.

— Na verdade, o *troll* em inglês, neste caso, não vem da forma como usamos em relação à internet. É no sentido de ser um cara que sai para passear. Não temos uma tradução perfeita para *Trapper*, então é melhor usar os termos originais, Verena.

— Tá, Dr. Spock, explica esses perfis, então.

— Bom, o *Hunter* sai de sua própria residência com o intuito de caçar a vítima. O *Poacher* também sai de casa com o mesmo motivo, mas baseia sua busca a partir de um determinado lugar que não seja sua residência. O *Troller* caça dentro da oportunidade, enquanto está fazendo outras coisas. Por exemplo, ele está-

— No supermercado, na academia ou algum outro lugar, vê uma possível vítima e abraça a oportunidade.

— Isso. E o *Trapper* cria uma armadilha. Por exemplo, ele trabalha com algo que o permite conhecer suas vítimas num ambiente que ele controla.

— Pediatras e professores pedófilos, por exemplo.

— Estrelinha de ouro para você, Verena.

— Tá... — Ela massageou o pescoço — então nosso cara é um *Troller*. E agora?

— Precisamos definir o método dele de ataque. Podem ser três: o *Raptor*, que ataca a vítima quando a encontra; o *Stalker*, que segue a vítima quando a encontra, para só depois atacar; e o *Ambusher,* que só ataca depois que encontrou um lugar que ele controla e a atrai para lá.

— Ele matou o Guedes por ardil. Judite obviamente o convidou para entrar em casa e o Languin... sei lá, ele abriu a porta para o cara, né?

E minha filha entrou no carro. Ela enfiou uma colherada de sorvete na boca para não verbalizar aquilo tão cedo. Eles precisavam achar que ela estava sob controle, embora, a cada segundo, se sentisse mais longe disso. Caio, Isabela e Thierry ainda achavam que Verena estava investigando para ajudá-los. Ainda não haviam compreendido que Verena tinha planos que não envolviam a polícia.

— Sim, ele se aproxima mais de um *Ambusher* — Thierry falou como que para si mesmo. — Vamos lá... os *Trollers* não saem de casa com o propósito de encontrarem vítimas, mas sabem reconhecê-las quando as encontram. No caso do nosso assassino, o que chamou a atenção dele foram os nomes, mas ele não matou essas vítimas quando as conheceu, ele esperou.

— Esperou ter uma razão para matar. — Ela suspirou.

— Uma motivação, um gatilho que ainda desconhecemos.

— É o que chamamos de oportunismo premeditado — Verena ofereceu. — Ele sabe onde a vítima vai estar, planeja o crime, fantasia com o crime e na hora certa... ataca.

— É. O Caio e a Isa passaram a lista?

— Passaram sim, dá uma olhada.

Thierry anotou os nomes de todas as listas em colunas separadas numa folha de caderno.

— Vale a pena dar uma olhada nas redes sociais.

— Tem razão. Vou começar pelo Facebook. Mas, antes, me dá um minuto, preciso ver se está tudo bem com a Zulma.

Thierry aguardou, braços cruzados e olhar analítico nos nomes, enquanto Verena fazia o telefonema.

— Oi, é a Verena — ela falou num tom cauteloso. — Só queria saber se você está bem, se precisa de alguma coisa. — Ela aguardou um tempo. — Tudo bem, é só ligar, se precisar.

— Por que todos são tão circunspectos com você, Verena?

Ela deixou o celular na bancada e estudou Thierry.

— Como assim?

— A forma como Caio e Isabela conversaram sobre você a caminho daqui, a maneira como parecem escolher as palavras quando você está por perto...

Verena deu as costas para Thierry e guardou o sorvete no *freezer*, tentando manter a voz estável.

— Eles se sentem mal porque minha filha foi assassinada e não conseguiram descobrir quem foi. É basicamente isso.

— Hm. Você também os culpa?

Não mata esse cara ainda.

— Não. Eu já tive centenas de casos arquivados, sei que, com os recursos que temos, muitas vezes é impossível chegar ao autor. Eles fizeram o que puderam. Você acha que esse cara matou antes, certo?

— Tenho certeza. Quer dizer, ninguém começa partindo uma pessoa ao meio. Mesmo que não tenha matado um humano, definitivamente matou animais.

— Mas você acha que ele pode ter matado uma pessoa anos atrás?

Thierry balançou a cabeça com uma certeza que a irritou.

— Não. O gatilho dele foi recente. Acho que pode ter matado alguém no máximo algumas semanas atrás e que agora está escalando, mas não anos.

— ... Mesmo se foi exatamente como num filme de terror?

— Você vai jogar limpo comigo ou vai me enrolar?

— Eu acho que...

O rosto de Thierry iluminou-se.

— Você acha que esse assassino teve alguma coisa a ver com a sua filha.

— O nome dela era Luísa. Ela foi baleada sem motivo algum. A família Defeo, que inspirou o filme *Horror em Amityville*, tinha duas mulheres, mãe e filha, chamadas Louise. Elas foram baleadas.

— Quantos anos atrás?

— Quatro.

Thierry fez uma careta.

— Eu duvido. Não estou falando que é impossível, estou falando que estamos seguindo teorias de investigação porque acreditamos nelas, e agora você quer ignorar as mesmas teorias para conseguir uma resposta satisfatória para o caso da sua filha. Eu não me importaria em investigar, mas seria para provar que está errada, Verena.

— E você acha que um leigo conseguiria encontrar alguma coisa com mais eficiência que uma mãe de luto?

— Precisamente. Como pode uma mãe de luto ser objetiva em relação à vítima? A todos os aspectos do crime? Como podem seus colegas de trabalho, amigos íntimos, no óbvio caso do Caio, serem objetivos? Se todos os detetives do mundo fossem psicopatas, capazes de deixar todas as emoções de lado e olhar cada inquérito com o desprendimento e a objetividade que essa tarefa demanda, teríamos uma taxa de elucidação digna da Scotland Yard.

Verena soube duas coisas naquele momento. A primeira é que ela odiava Thierry. A segunda é que sim, ela queria que ele olhasse o caso.

Caio e Isabela saíram da loja de artigos esportivos onde o primeiro nome masculino da lista de compradores das caixas de Lemarchand trabalhava. Victor Hugo Alencar não apenas não tinha o perfil de alguém capaz de cometer os crimes em questão, mas foi tão solícito e simpático que Isabela o desconsiderou na hora. Nas datas e horários dos crimes, estava em casa com os pais, que ficariam felizes em corroborar o álibi, e era um rapaz baixo e magro demais para dividir uma pessoa ao meio.

Isabela atravessou o cinto de segurança no peito com um clique e virou a chave: — Qual é o próximo?

— Marcos Pavan. — Ele olhou o Facebook e encontrou oito perfis com aquele nome. Nenhum tinha um perfil com conteúdo de filmes de terror. Ele tentou o Instagram e conseguiu menos ainda.

— Filtra por Zona Sul.

— Tá, um segundo. Vamos circulando, tem um cara querendo estacionar.

Isabela saiu da vaga enquanto ele perscrutava os perfis.

— Tem um que trabalha na Drogaria Totalfarma, no Itaim Bibi.

— Deixa eu ver.

Caio estendeu a tela, já explicando:

— Pode ser ele, Isa. Tudo bem, ele não tem o perfil, mas não podemos ignorar a intersecção: comprou a caixa e mora no bairro.

— Tá certo, coloca o endereço no GPS.

— Vai chamar alguém? Quer pedir um mandado?

Ela olhou o retrovisor, pressionando os lábios, incerta.

— Por enquanto, não. Vamos conversar com ele, ver como reage. Mas printa esse perfil e manda para a Verena.

Caio dedicou-se àquilo, reunindo o máximo de informações sobre o perfil do rapaz. Não o encontrou no LinkedIn, nem no Twitter. Enviou o que tinha.

No caminho, eles ficaram em silêncio, o ar tenso como uma corda de piano esticada. Caio sabia que a pista era quente. O trabalho de um investigador é ir seguindo um rastro, que na maioria das vezes leva a uma rua sem saída. Uma vez, assistindo a um jogo de futebol americano na televisão a cabo, sem nenhum motivo fora preguiça de encontrar o controle remoto, ele achara o jogo uma boa ilustração de como era trabalhar um caso – você vai para um lado e bate de frente num cara, vira para o outro e há mais cinco lá para te jogar no chão. De vez em quando, no entanto, você vê uma brecha, um espaço que esqueceram de bloquear. E você corre.

Ele pensou na declaração desajeitada dela. Será que ele conseguiria lidar com aquele tipo de relacionamento? Saber que sua namorada trabalhava com pessoas perigosas e corruptas numa das cidades mais violentas do mundo? *Você deu um discurso a lá Independence Day para a Verena, seu otário, sobre viver o dia de hoje, sobre encarar os medos, e agora está percebendo que é igualzinho.* Quando havia se tornado um hipócrita?

Ela estacionou o carro numa das seis vagas na frente da Drogaria Totalfarma. A luz de um poste, contrastando com a escuridão da noite, brilhava contra os vidros da fachada da farmácia. Eles saíram do carro, a arma dela escondida sob uma jaqueta leve, a dele, no coldre de tornozelo.

Ao entrarem, Caio sentiu o suor na testa congelar com o ar-condicionado. O balcão ficava nos fundos, perpendicular aos corredores de produtos. Uma mulher se pesava, reclamando com o marido que ela não entendia por que havia ganhado peso se estava fazendo *low-carb* há uma semana. Na fila, dois

Quando os Mortos Falam

homens e uma mulher com uma criança pequena. Nos corredores, mais três clientes. Caio parou ao ver um quadro na parede indicando os nomes dos farmacêuticos e os horários nos quais trabalhavam.

Marcos Pavan.

Ele estava na loja. Caio fez um sinal discreto para Isabela, que também leu o quadro. A lei obrigava as farmácias a exporem um quadro com o CNPJ da loja, razão social, nomes dos farmacêuticos, horários, números de CRF e outras informações, como licenças e telefones. Enquanto caminharam para os fundos, o coração de Caio martelou no peito.

Uma moça branquinha e de rosto quadrado, de jaleco, sorriu para eles.

— Boa tarde, posso ajudar?

Isabela tirou os óculos escuros e devolveu o sorriso.

— Tudo bem? O Marcos tá aí?

— Tá sim, lá dentro, vou chamar, só um minuto.

Quando ela sumiu, eles trocaram um olhar.

— Melhor você falar. Estou meio nervosa.

Caio estranhou a confissão, mas assentiu.

— Claro. — E acrescentou: — Eu também estou.

O rapaz que apareceu era o mesmo da foto do Facebook: negro, de estatura média, com um sorriso bonito e relativamente em forma. Não, não era o perfil. Mas perfis não são leis, apenas peneiras. E eles haviam elaborado o deles com pouquíssimas informações.

— Marcos, tudo bem? — Caio estendeu a mão.

O rapaz apertou, apreensivo, olhando de Caio para Isabela.

— Tudo bem?

— Prazer, meu nome é Caio, essa é a Isa. Queríamos bater um papo com você, somos da Polícia Civil.

Apresentar-se nem sempre era a melhor tática, mas, num caso como aqueles, era fundamental. Eles precisavam intimidá-lo, ver como reagiria e esperar que cometesse algum deslize. Deu certo. Marcos engoliu em seco e não escondeu seu pavor ao ver o distintivo que Caio tirou do bolso. Podia ser medo de ser mandado embora, ou algo mais.

A amiga dele distanciou-se e ficou olhando de soslaio.

— P-posso ajudar?

— Pode sim. Mês passado você comprou uma caixa artesanal, uma réplica da caixa de Lemarchand do filme *Hellraiser*. Correto?

O rapaz enrugou a testa.

— ... Sim, comprei.

— Sabia que essa caixa foi encontrada numa cena de crime? Anda vendo as notícias?

Ele arregalou os olhos. Caio esperou. Marcos passou a mão no cabelo.

— Olha, eu sei como isso parece. Eu juro, acompanho vocês até a delegacia, converso e explico tudo para o delegado, mas eu não tenho nada a ver com isso-

Isabela apoiou a mão no balcão.

— *Eu* sou a delegada. Pode explicar aqui mesmo.

— Tá, sim, senhora. Então... — ele suspirou. Caio viu uma gota de suor deslizar pelo pescoço dele. — Eu não pedi aquela caixa para mim. Na verdade, nem sei do que se trata, nunca nem vi esse filme. É um amigo meu... quer dizer... ele não é amigo, é mais um cliente. Mas ele vem sempre aqui, então a gente conversa. É só comigo que ele compra o remédio dele. Ele me passou o *site*, o *link*, sabe? E a grana. E pediu para eu fazer o favor de comprar para ele.

— E você simplesmente comprou?

— Não, eu perguntei o motivo, mas ele falou que era presente para a namorada, que usa o mesmo cartão e ele não queria que ela soubesse... po-porque ele tava preparando uma coisa especial.

Caio conteve a empolgação, o nervosismo.

— Se ele é cliente, tem nome, CPF e endereço no sistema.

— Sim, claro, ele compra sempre aqui.

— O que ele compra? — Brassard pressionou.

O rapaz mudou a feição ao falar.

— Ele era um cliente regular e comprava o de sempre, coisas normais, desodorante, algodão, antiácido, remédio para dor de cabeça... Mas, alguns meses atrás, ele começou a chegar com receitas para Riluzol.

— Isso trata o quê?

Marcos hesitou.

— ELA. Esclerose Lateral Amiotrófica.

Caio trocou um olhar com Isabela. Ele sabia muito pouco sobre ELA, mas lembrava-se da época em que a doença chamou a atenção nas redes sociais com o desafio do balde de gelo.

— Me dá um curso relâmpago sobre essa doença — Caio falou.

Mais relaxado, Marcos encontrou o remédio atrás do balcão e colocou a caixa no vidro.

— Esse custa R$ 900. Serve para retardar os sintomas da ELA. Nem preciso de cinco minutos, cara, essa merda é muito ruim e não tem cura. Basicamente, a doença mata os neurônios que controlam os músculos voluntários. Os músculos vão diminuindo de tamanho e a pessoa vai perdendo o controle, aos poucos começa a ter dificuldade para comer, falar e até respirar. Depois que é descoberta, a pessoa tem meses ou poucos anos de vida. A morte é garantida.

Isabela examinou a caixa. Caio precisou controlar-se. Era o cara deles. *Esse* era o incidente desencadeador de todo o ódio dele, exatamente como Thierry havia dito.

— Mas esse remédio é capaz de retardar os sintomas a ponto de a pessoa continuar tendo força muscular? Eu digo... força mesmo, talvez até para levantar um homem.

Marcos assentiu.

— Eu não sou médico, mas é o que dizem, sim. Dependendo da progressão da doença, a pessoa ainda tem alguns meses de vida normal.

— Chegou a hora de dar o nome do seu amigo, Marcos.

Ele olhou para Caio, assentiu e foi para o computador. Enquanto digitava, falou com a voz embargada.

— Ele sempre me tratou bem... Nem todo mundo trata bem a pessoa que está do outro lado do balcão, mesmo se a pessoa tem um diploma em farmácia. Nem acredito que isso está acontecendo.

Ele anotou o nome, CPF e endereço num pedaço de papel. Depois, estendeu-o para Caio.

— Ele não gostava do nome dele. Sempre pediu que eu o chamasse de *Loomis*.

Caio olhou a anotação.

Ulisses Rezende.

— Ele mora a algumas quadras daqui, Isa.

Isabela virou-se para Marcos:

— Vá para a DHPP e preste depoimento para um escrivão, avise que eu te mandei lá. Leve documento e fala tudo, cara. Mas antes, você vai me dar a descrição do carro dele, aparência, *tudo*.

No caminho, Isabela falava como se as cordas vocais estivessem com nós. Ao telefone, ela solicitava ao juiz um mandado de busca e apreensão, alegando que tinham *fumus boni iuris*. Ela e Caio conheciam as regras: os policiais não podem entrar no domicílio de alguém após as 21h, mesmo com mandado. Mas poderiam conduzir a busca se conseguissem entrar antes. Ela já organizava uma equipe, chamando Medina e o agente Romero. Eles ficariam responsáveis por levar o mandado até ela, assim que fosse decretado.

Ela estacionou ao meio-fio. Estavam na Rua Bandeira Paulista. Caio e Isabela inclinaram-se dentro do carro e olharam para cima. O prédio era novo, de alto padrão, em estilo clássico e repleto de portões negros de ferro. Edifício Dakota.

— O Thierry tinha razão. Ele tem grana.

— Esse cara tem uma doença terminal. — Caio balançou a cabeça. — Eu confesso que não sei o que esperar.

Ela permaneceu quieta. A perna balançava com impaciência enquanto esperavam o mandado chegar.

— Encontramos ele, Isa.

Quando ela o encarou, Caio sentiu-se impactado por sua beleza, apesar do rosto cansado, do desgaste da maquiagem. Ela engoliu e falou baixo:

— Você seria capaz de parar?

Caio observou o prédio, os músculos densos, a adrenalina correndo pelas veias.

— Não sei. E você?

— É isso que tenho tentado responder para mim mesma esses dias. Eu sinto que meu trabalho não faz mais diferença.

— Hoje vai, Isa.

— Eles chegaram. — Ela saiu do carro. Medina estacionou do outro lado da rua, e uma segunda viatura atrás deles.

Caio seguiu, abrindo o porta-malas e tirando os coletes marcados Polícia Civil de dentro dele.

Nos próximos minutos, Medina e Isabela encaminharam-se até a portaria do prédio com o mandado. Os outros agentes, assim como Caio, equipavam-se. Quando ele abordou a guarita, Isabela sorriu.

— Ele tá em casa. Apartamento 221. Já avisei o porteiro para não interfonar. Medina, Romero, vocês vão pelo elevador de serviço, eu e o Caio subimos pelo social.

Sem conversar, eles entraram no prédio. Caio checou o relógio de pulso: 20h42. *Conseguimos, porra. Se concentra.* Por algum motivo, ele pensou em Walter Kister e sentiu sua falta. *Por você também, velho*, pensou. *Tua neta vai ficar bem, nem que eu tenha que ser o guardião dela pelo resto da minha vida.*

O elevador chegou. Uma mulher com uma filha adolescente saiu, as duas surpresas e intimidadas pela presença deles. Isabela apertou o botão do 22º andar. Caio inclinou-se e tirou a arma de serviço do coldre.

O elevador parou. Uma voz feminina soou pelo seu interior:

"Vigésimo segundo andar."

As portas abriram-se para um *hall* que levava a quatro apartamentos.

Caio e Isabela caminharam devagar até a unidade 221. A porta era de madeira avermelhada, polida, com um olho mágico em seu centro. Ela respirou fundo e tocou a campainha.

Caio controlou a respiração. Sentiu o suor escorrer pela nuca e descansar na corrente do distintivo. Ouviram passos lá dentro. Pesados.

Uma chave foi virada.

A porta se abriu. Isabela deu um passo para trás.

Era um homem mais alto do que eles, mas não monstruoso. Com o maxilar quadrado e sobrancelhas pesadas, ele era normal o suficiente para ser ignorado num dia ruim, mas considerado bonito se estivesse arrumado. Comum, absurdamente comum.

— Senhor Ulisses Rezende?

Ele sorriu sem abrir os lábios, olhando de Isabela para Caio e medindo os dois.

— Eu mesmo, delegada.

Ela ergueu o mandado. Caio notou sua voz mais densa quando ela falou:

— Este mandado contém seu endereço e nome e nos dá permissão para entrar no seu apartamento e procurar armas ou ferramentas de corte que possam ter sido utilizadas no homicídio de Alexandre Languin. Este mandado também contempla, como objetos a serem apreendidos, facas de cozinha, material de informática, que inclui computadores, *tablets* e aparelho celular, assim como resquícios da pele do senhor Languin. Também temos um mandado para o senhor, para que nos acompanhe à delegacia para prestar depoimento quando nossa busca terminar.

Ele não deixou de sorrir. Deu um passo para trás.

— Sejam bem-vindos.

— Levante as mãos, por favor. — Caio manteve a arma apontada para baixo.

Ulisses ergueu os braços musculosos. Isabela entrou no apartamento e encaminhou-se até a porta dos fundos, na cozinha, deixando Medina e Romero entrarem.

— Esses agentes vão conduzir o senhor até a viatura. Fale onde podemos encontrar seus documentos.

— Na minha carteira, no meu bolso de trás.

Isabela entregou a carteira para Romero. Eles não tinham base para o uso de algemas, portanto, Medina puxou uma cadeira e forçou Ulisses a sentar. Ele fez isso calmamente, espalmando as mãos na mesa de jantar.

— Esses objetos se encontram nesta residência, seu Rezende?

Ele encarou Isabela. Estudou o rosto dela antes de falar:

— Não, senhora.

Ela e Caio trocaram um olhar.

— Romero, vem comigo. — Caio guardou a pistola. Tirou do bolso um par de luvas e vestiu-as. Romero fez o mesmo.

Isabela o estudou. Frio, calmo. Ela sentiu um desconforto no peito.

Ele falou, voz suave como *marshmallow*:

— Sabe o que eu andei me perguntando, delegada?

Ela sentiu uma náusea leve ao ouvi-lo.

Ulisses soltou uma respiração longa e moveu os olhos escuros para cima, até que encontrassem os dela.

— Por que vocês demoraram tanto?

A o despertar, Zulma percebeu que o cochilo de meia hora que havia se presenteado acabou transformando-se num sono de duas, talvez três horas – a casa estava em total escuridão. *Meu corpo tá querendo me proteger do sofrimento*, ela pensou, levantando-se do sofá e acendendo as luzes.

Olhando pela janela, observou a rua calma, o trânsito a distância nas avenidas de baixo. Nunca em sua vida sentira-se sozinha. Desde pequena, seus avós estiveram por perto, invariavelmente envolvidos em sua vida, seus estudos, suas amizades. Estar na casa deles, sabendo que os dois não passavam de lembranças agora, era como estar num lugar novo, um labirinto que a cada curva prometia alívio, mas apenas desdobrava-se para o nada.

Embora a visão ficasse turva com as lágrimas, ela tentou convocar as lições da doutrina espírita. *Seu avô está bem. Ele não é um cadáver frio debaixo da terra. Seu espírito está livre.*

Zulma desapegou-se dos seus pensamentos, deixando-os fluir para onde insistiam em levá-la; aquele momento em que fecharam o caixão, bloqueando eternamente a imagem de seu avô, selando o início de uma etapa da existência dela que ela nunca havia ousado contemplar, a solidão em sua forma mais destilada, concentrada. Quase foi capaz de ouvir a voz áspera do avô, pedindo para que ela não se entregasse a pensamentos e sentimentos desagradáveis. *Mas como é possível agora?*, ela trincou os dentes, *você ainda escolheu se mandar deste inferno antes de fechar minha mediunidade. Você me abandonou aqui com eles, como uma criança numa horda de mortos-vivos, como num filme.*

Pela primeira vez, ela teve medo de chorar. Era como se existissem demônios à espreita, entidades que se alimentariam do sofrimento dela. *Se eu começar a chorar, se o desespero bater, será que eu fico louca?*

"Ele mentiu para você."

Ah, não... Zulma abriu os olhos.

"Mediunidade não se fecha, garota."

Não era bom. Fosse o que fosse, a energia ali era nociva, carregada. Ela era incapaz de ver, mas sentia a presença na casa. Sentia olhos nela, uma força que a agrediria fisicamente, se pudesse. Ameaça, nojo, ódio, indivisíveis.

Zulma apertou as pálpebras novamente, colocando-se a rezar com a voz quebradiça:

— Pai nosso que estais no céu-

"Não vai te ajudar."

— Santificado seja vosso nome-

"Teu avô tá no inferno com a gente."

Ela soluçou. Ao interromper a prece, a energia queimou próxima às suas costas, apoiada em seus ombros, acariciando os cabelos da sua nuca.

Com a voz trêmula, Zulma continuou:

— ...venha a nós o vosso Reino,

"Teu velho chamou sua mãe de puta, fez sua avó pagar dívida dele com sexo e se meteu com agiota, com bandido."

Ela cobriu os ouvidos.

— Seja feita a Vossa vontade, assim na Terra como no Céu.

Ainda estava ali, mas agora estava quieto, rastejando em algum lugar, os olhos presos nela. *Engole teu orgulho, Zulma.* Ela fechou as janelas, calçou os tênis e enfiou os braços nas alças da mochila, em movimentos elétricos, quase como espasmos. *Corre para o único lugar onde você está segura.*

Caio passeou os olhos cansados pelo apartamento de Ulisses Rezende. Um típico *bachelor pad*, com televisão gigantesca, adega climatizada, adornos de vidro e metal, e estilo industrial leve. O que o atraía eram os pôsteres nas paredes – uma abundância deles –, enclausurados em molduras de vidro que fisgavam reflexos das luzes amareladas, como se quisessem prendê-las. Caio leu os nomes dos filmes: *A Mosca, Plano 9 do Espaço Sideral, O Iluminado, Um Drink no Inferno...* Caminhou da sala para o corredor. Nas paredes, mais cartazes: *Apocalipse Canibal, Peeping Tom, Bacurau...* Ele abriu uma porta com o pé. Um lavabo organizado, vazio na penumbra, estranhamente sem cheiro algum. Caio sempre esperava um tapa de odor quando abria a porta de um banheiro, um sachê de lavanda, a acidez de urina, mas o lavabo de Ulisses dava a impressão de nunca ter sido usado.

Romero caminhava atrás dele, aparentando estar igualmente assombrado pela quantidade de pôsteres. Chegaram ao quarto principal. Cama *king size* no centro, coberta por um edredom preto. Os pôsteres cobriam as paredes. Caio estimou uns vinte e cinco. Logo acima da cama, seis deles, em duas fileiras. O que os diferenciava era a cor da moldura. Os outros pôsteres pendiam em molduras pretas, estes, em douradas. Caio sentiu a boca seca, os intestinos pesados e movediços.

O Silêncio dos Inocentes, Psicose, Rastro de Maldade, Hellraiser, Halloween e O Massacre da Serra Elétrica.

Romero olhou debaixo da cama, depois passou a abrir armários e gavetas com mãos enluvadas. Caio só conseguia pensar na organização e limpeza do lugar. *Não vamos encontrar nada aqui.* Ele fitou os primeiros dois pôsteres. Dois crimes dos quais eles nunca nem desconfiaram e teriam que garimpar, vítimas que teriam que encontrar. Os olhos passearam até o último: um homem com rosto desfigurado, parecia, correndo com uma motosserra na mão. *Um crime que você não vai cometer, seu doente.*

Isabela manteve o rosto endurecido quando Ulisses e seu advogado entraram na sala. Ela sentia uma onda de náuseas e vontade de fazer xixi, ciente de que aquilo era só o começo – em breve seu corpo seria estranho a ela, alheio às suas tentativas de controlá-lo. Quando olhou para Caio, sentado obedientemente ao seu lado, teve vontade de xingá-lo, não apenas por não estar sendo punido pelas trepadas irresponsáveis dos dois, mas também por não notar que ela havia mudado.

Ulisses carregava uma expressão tão serena que ela chegou a duvidar, por um segundo, da culpa dele. Quando ele sentou-se, mudo, o advogado estendeu uma mão para ela.

— Meu nome é Filipe Argento, eu represento o senhor Ulisses Rezende.

Isabela não apertou a mão dele. Ele a encolheu.

— Bom, vamos começar. O senhor Ulisses é suspeito de homicídio qualificado no caso Alexandre Languin. Já estamos trabalhando com os delegados responsáveis pelos IPs dos casos Guedes e Souza para associá-lo a esses crimes também.

— Meu cliente não tem nada a declarar.

Isabela virou o rosto para Ulisses.

— Isso é um interrogatório e ele tem que responder minhas perguntas.

— Ele tem o direito de ficar em silêncio.

— Então nem faz questão de se defender?

— Nem de se incriminar, doutora.

Ela esforçou-se para conter o nervosismo, sentindo o sangue pulsar mais depressa, o ar tão quente dentro daquela sala.

— Onde o senhor estava na madrugada do dia 13 de dezembro, entre as 22h e as 5h?

Ulisses sorriu para ela. Isabela pensou naquelas crianças que a abordavam em feiras de rua, com poeminhas memorizados, recitando-os com vozes adocicadas, forçadas, por alguns trocados. Ulisses olhava para ela como Isabela tentava não olhar para aquelas pobres crianças; com pena, com ligeiro desdém pela situação.

Ela inclinou-se para a frente, unhas mergulhando nas palmas das mãos fechadas.

— É questão de tempo até a perícia comparar a caixa Lemarchand da cena com o tipo de caixa que o Marcos Pavan comprou para você no Mercado Livre. Provas contra você já existem, só não estão no papel ainda. Você *vai* ser condenado por esse crime.

Ele continuou sorrindo. Ela sentiu a cabeça quente. A bexiga reclamou.

— Que máscara você usou quando esfaqueou a Judite? A máscara carnavalesca da criança Michael Myers, porque você é um demente infantil com ódio de mulheres, ou a máscara do Capitão Kirk do Michael Myers mais velho, o monstro que não consegue formular uma porra de um pensamento fora matar?

Ele reagiu, puxando ar para os pulmões, inflando o peito, mas permanecendo imóvel. *É, seu merda, eu decifrei sua tara.* Ela olhou para as mãos dele.

— Seus músculos já estão falhando, Ulisses?

O advogado bufou:

— Minha querida, se não houver mais nada que o meu cliente possa fazer por você, nós vamos nos retirar. Ele não merece sofrer preconceito por estar doente.

— Ela não é sua querida, imbecil.

Isabela jogou um olhar para Caio. *Puta merda, se controla.*

O advogado riu e levantou-se, abotoando o terno Armani.

— Meu cliente não tem antecedentes, é rico e doente, e você alega ter provas, mas sabemos que só tem uma teoria da conspiração no mínimo desesperada e fantasiosa. Acho que minha conversa com o juiz será breve. E vai ser divertido ver você por lá, *delegata*.

Caio levantou-se e deu dois passos até o advogado, que deu um sorriso esnobe e aproximou-se dele também, sussurrando:

— Por favor, continue, investigador, eu adoraria colocar você na cadeia.

Isabela murmurou entredentes:

— Caio, senta.

Os músculos da mandíbula ondularam por baixo da pele. Em vez de sentar, ele saiu da sala. Filipe olhou para Ulisses por cima do ombro.

— Vamos.

Mas Ulisses permaneceu sentado, encarando Isabela.

— Tem alguma coisa para dizer em sua defesa? O juiz não vai gostar do seu silêncio, Ulisses. Um homem acusado injustamente geralmente faz um escândalo.

— Caio. Isabela — Ulisses falou, a voz suave e contemplativa. — Não vou esquecer.

Ele levantou-se e seguiu seu advogado.

Poucos segundos depois, Isabela entrou no banheiro, trancou a porta e respirou fundo. Ela já vira outro delegado da DHPP ter um piti e sair chutando cadeiras. Já testemunhara o delegado diretor berrando com um funcionário. Mas sabia que, se saísse da sua postura alinhada por um segundo que fosse, se gritasse como seus pulmões pediam, seus colegas de trabalho nunca mais a veriam da mesma maneira. Em segundos, estariam sussurrando que "a TPM tá forte hoje" e "a chefe tá precisando dar".

Ela prendeu o cabelo e lavou o rosto, borrando a maquiagem. Jogou um pouco de água na boca e cuspiu na pia. Aquele banheiro era usado pelo andar inteiro, e ela não podia demorar. Puxou algumas toalhas de papel e secou o rosto, tentando consertar as manchas de rímel e delineador.

Quando desceu o corredor, notou os olhares em sua direção. Uma agente levantou-se da cadeira e bateu palmas para ela.

— Pegou ele, Brassard!

Ela forçou um sorriso. *Peguei, mas e daí? Não acabou ainda.* Caio a encarava com aqueles olhos caídos, sempre tristes. Ela o chamou com a mão e caminhou até sua sala.

— E agora?

— Fecha a porta, Caio.

Ele fechou e sentou-se. Ela dava passos aleatórios para gastar um pouco de energia.

— Eu pedi a prisão temporária e agora precisamos trabalhar rápido, juntar tudo o que temos para eu mandar o relatório do inquérito para o juiz. Sem esses laudos, essas porras desses laudos que não saem nunca, nós temos muito pouco. Eu podia jurar que encontraríamos alguma coisa na casa desse filho da puta, eu tinha quase certeza.

— Agora sabemos quem ele é. Vamos puxar tudo. Vai dar certo, Isa.

Ela olhou pela janela do prédio para a cidade lá embaixo.

— Você não pode fazer isso, pega mal para mim e pega mal para você.

— Ele não podia ter falado com você daquele jeito.

— E você acha que é a primeira vez que alguém faz esse trocadilho ridículo comigo, Caio? Você acha que é a primeira vez que algum advogadozinho me trata desse jeito?

— Não me peça para tolerar isso como você tolera.

— Tolerar? Meu Deus, vocês não têm mesmo noção do que a gente passa, né? Foda-se, eu não quero mais conversar sobre isso. — Ela desabou na cadeira. — Eu nunca vi olhos assim antes. E olha que já vi gente ruim.

Caio ficou em silêncio.

— Escuta... — Ela sentou-se e encarou-o. — Os outros crimes. A gente não pegou porque devem estar com outras delegacias. A gente precisa saber o que procurar. Eu quero que você assista esses filmes com a Verena, com o filho dela e com o Thierry. Anote os crimes, os nomes, meu Deus, qualquer detalhe que deixamos passar. E vamos partir daí para encontrar as primeiras vítimas, puxando por nomes e cruzando com crimes parecidos aqui na Zona Sul. Eu vou mandar o Romero e o Medina para o prédio dele hoje, para entrevistar os vizinhos e funcionários.

— Você tá com uma cara péssima, Isa, talvez devesse descansar-

— Você falaria isso se eu fosse homem?

Caio reagiu como se ela o tivesse xingado. Ele umedeceu os lábios.

— Eu não sou assim. Minha preocupação com você é pessoal.

— Mas não menos condescendente.

— Desculpa.

Ela imediatamente se arrependeu, mas manteve a mandíbula fechada. O telefone tocou.

— Depois nos falamos.

Caio saiu, deixando a porta aberta. Ela respirou fundo antes de atender. Queria que ele voltasse. Queria abraçá-lo e contar a verdade a ele.

Verena não conseguiu esconder sua surpresa quando Thierry entrou trazendo compras. Eles haviam movido o centro de operações da cozinha para a sala de jantar, e, mais de uma vez, Verena imaginara a reação de Karina ao entrar em casa e deparar-se com um cenário de Missão Impossível.

A saudade bateu. Verena mandou uma mensagem, só para que a esposa soubesse que ela ainda existia, só para estabelecer um contato: "Seria legal ter o número da Ruth, a faxineira. A casa tá um caos." E mandou. *Eu deveria ter implorado que ela voltasse, pedido desculpas.* Pensou em acessar o celular de Karina com o Buddy, para checar exatamente onde ela estava, o que estava fazendo, mas não podia investigar a esposa só porque estava com saudades. O uso do *app* exigia confiança: você dava ao outro o poder de te espionar, na esperança de que o outro não fizesse isso. Além do mais, o público-alvo do *app* não era casais, e sim pais que queriam ficar de olho nos filhos.

Ricardo ajudava Thierry com as sacolas. De onde ela estava, ouvia a conversa deles:

— *Já que estamos aqui o dia inteiro, achei que a coisa certa a fazer era contribuir com a alimentação do grupo. Até porque vida é curta demais para comer chips de batata doce.*

— *Porra, você comprou Nutella, herói, herói.*

Se Karina imaginasse que creme de avelã à base de óleo de palma entrou em sua casa, teria uma síncope. Falaria por horas sobre a devastação que o produto fazia nas vidas dos orangotangos. E Verena percebeu que até disso ela sentia falta. *Você tem outros problemas. Um deles se chama Zulma e está assistido TV lá em cima; onde está o Caio, para me deixar a par do outro?*

Ela entrou na cozinha. Os dois homens já faziam um lanche ousado.

— Boa noite, Verena.

— Seja bem-vindo de volta, Thierry.

Ele ajustou os óculos de armação fina no nariz.

— Fiz um resumo para vocês sobre ELA. Talvez ajude. — Ele ofereceu duas páginas digitadas para ela. — O Caio tá vindo?

— Já deveria estar aqui, mas as coisas devem estar agitadas por lá.

— O cara vai ficar preso agora, mãe?

Ela esfregou o rosto. Quantas horas havia dormido na última semana? *Ele está preso*, ela tentou não demonstrar o que estava sentindo. *Você vai vê-lo, vai saber quem ele é, essa angústia vai ter um fim, tem que ter.* Respondeu devagar:

— Então... agora depende do juiz. É crime hediondo, com tortura, então é inafiançável. Mas está longe de acabar. Esse Ulisses tem grana, vai ter um bom advogado.

Thierry aceitou o pão com Nutella das mãos de Ricardo. Verena sabia que se começasse a brigar com o filho, não pararia nunca. E estava incerta se gostava de vê-lo envolvido com essa investigação, divertindo-se com aquilo, encarando tudo como um jogo, com o mesmo desrespeito e frieza de Thierry.

— Por que ele quis ser pego? — Ela sentou-se num banco.

— Vamos ter que esperar o depoimento dele. Mas vamos ser honestos, brutalmente honestos por um minuto. Esse cara não vai chegar a ir para a prisão.

— Como assim? — Ricardo olhou para cima.

— O processo pode levar anos — Verena respondeu. — E ele não tem muito tempo de vida.

— A gente não pode se limitar a achar que a doença, que a proximidade da morte, é responsável por esse cara matar. — Thierry mordeu o pão. — ELA não é brincadeira, nenhuma doença terminal é. Só que muitas pessoas, quando confrontadas com uma doença dessas, começam a se preparar para morrer e passam a viver de forma mais positiva. Encarem esse Ulisses como uma garrafa de refrigerante que foi agitada durante anos.

— Então o descobrimento da doença foi tipo uma mão abrindo a garrafa?

— Não, Ricardo, o descobrimento da doença foi a curiosidade de ver refrigerante esguichar para tudo quanto é lado. — Thierry puxou os lábios para formar um sorriso anárquico.

Verena leu as primeiras frases do resumo. Depois murmurou:

— Temos que pensar em outras questões subjacentes também. Olha só, esse cara é relativamente bem apessoado, tem grana, malha e, como todos esses bostas, se acha muito macho. A doença afeta justamente os músculos, que são símbolos de força. Ele está enfraquecendo, apesar de tudo o que fez para se fortalecer, e isso é *visível*. As pessoas iam, mais cedo ou mais tarde, ver isso no corpo dele.

— E ficar com pena — Thierry acrescentou. — Só pensa: os colegas de trabalho, ou mulheres que esse cara esnobou durante anos, todos com dó dele. Imagina o quanto isso deve ser insuportável para um narcisista.

— Que maneira melhor de mostrar que ele não é nenhum coitado do que entrando para o *hall* da fama de maníacos nacionais?

Thierry olhou para Verena. A barba por fazer conferia a ele um charme que teria funcionado com ela em seus dias de tiete.

— Você tem razão. Só que pensa nesses crimes. Pensa no nível de maldade, de mágoa, que uma pessoa precisa ter para esfolar outra pessoa viva, consciente da dor física que está infligindo. Pensa em partir uma pessoa ao meio. Esse nível de sadismo não é inerente a todos os psicopatas, na verdade, muitos não se importam com o sofrimento alheio, no sentido de que não é suficientemente interessante para eles. Nesse cara, o sadismo é absurdo.

— Então, o que tornou o Ulisses um monstro digno dos filmes que ele tanto ama?

Ele apontou o dedo para ela.

— Só ele vai poder contar, alguma coisa do passado, da infância dele.

— De qualquer forma — ela tomou um gole de café —, isso não é relevante. Você mesmo disse que essa busca por um motivo é tara dos psicanalistas e dos agentes do FBI.

— E você tem razão. O foco agora é a materialidade dos crimes. Estamos em guerra, nós contra ele.

Ricardo pareceu lembrar-se, finalmente.

— E a Zulma, mãe?

O porteiro havia interfonado pouco depois de Thierry ter saído. Verena ficou alarmada quando ele anunciou que Zulma estava na portaria do condomínio. Quando entrou, a menina estava cansada e tensa. "Eu não estou bem naquela casa", dissera. Verena conseguia imaginar o quanto aquela adolescente deveria estar se sentindo desamparada. "Entra, toma um banho de banheira, come um pouco e dorme. Eu prometo que essas coisas ajudam.", foi o único conselho que conseguiu dar. Por sorte, Zulma não ofereceu resistência.

— Eu não quero essa menina perto dessas conversas. Ela acabou de perder o avô. Chama a Alícia, façam companhia a ela, por favor.

Ricardo mordeu o lábio.

— Eu queria ajudar vocês.

— Eu sei, mas também não quero você perto dessa merda. Você deveria estar pensando em arranjar um emprego para cuidar do seu filho.

Thierry não se interessou o suficiente pela conversa. Ele terminou o sanduíche e saiu da cozinha. Verena o ouviu mexer nos papéis e livros da mesa de jantar.

— Mãe. — Ricardo oferecia o telefone para ela. — O Caio. Falou que você não está atendendo seu telefone.

Ela colou o aparelho na orelha.

— Manda, Maverick.

— *Tô indo praí. Te explico quando chegar.*

— O filho da puta falou o quê?

— *Esse é o problema. Nada. Nem um pio.*

— Estranho... Ele nem se defendeu? Não disse ser inocente?

— *Eu não entendo esse cara, Vê. Eles geralmente falam. Juram de pés juntos que são inocentes, ou admitem culpa parcial, tentando justificar as merdas que fizeram. Os piores a gente já viu também. Os que encolhem os ombros e falam que mataram porque o outro mereceu e é isso. Mas esse aqui, ele só olha e observa e não fala nada.*

— A Zulma veio dormir aqui. Tá com medo de ficar em casa, deu para sentir.

— *Melhor assim, melhor que ela fique perto da gente. Escuta, eu preciso de dois filmes e da expertise do seu filho.*

Ela ouviu, despediu-se e devolveu o aparelho para Ricardo.

— Consegue para mim *O Silêncio dos Inocentes* e *Psicose*?

— Fácil, fácil. Mas por quê? Acabou, né?

Ela fez um carinho na cabeça dele.

— Ainda não, filho.

Eram quase dez horas quando Isabela estacionou o carro em frente ao portão da casa da Verena. Ela não saiu, embora tivesse desligado o motor e tirado o cinto de segurança. A rua era arborizada, com outras casas gigantes que mantinham distância respeitosa umas das outras. Isabela permitiu-se encostar a cabeça no volante e fechar os olhos. *Essa semana mudou tudo,* ela pensou. *Quem diria que você estaria aqui, vindo direto para a casa de uma mulher que só te trouxe alívio ao pedir exoneração? Quem diria que estaria considerando sair da Polícia, ou correndo para os braços de um homem tão indeciso quanto Caio Miranda?*

Ela bebeu um pouco de água e pensou em tudo o que teria que falar para eles. E foi libertador perceber que aqui, pelo menos, ela não precisaria conter sua raiva, nem colocar uma máscara de profissionalismo. Estranhamente, a cozinha de Verena e aquelas pessoas eram tudo o que Isabela precisava. Se fosse para seu apartamento vazio, enlouqueceria.

Foi o filho de Verena quem abriu a porta. Ao entrar na sala, ela deu de cara com o grupo largado em diversos sofás, descalços, olhando para uma tela enorme de TV e tomando notas. Isabela reconheceu o filme, *Psicose*. Compreendeu o que faziam – estavam estudando. Caio foi o primeiro a levantar-se e dar uma corridinha até ela.

— Oi. — Ele pareceu ter a intenção de beijá-la, mas então interrompeu seus movimentos.

Foda-se. Isabela enfiou os dedos entre os cabelos dele e chupou aqueles lábios, sentindo-se confortada quando ele devolveu o beijo. Eles entreolharam-se.

— Tá tudo bem?

Ela balançou a cabeça.

— Chama eles aqui.

Enquanto ela tirava a jaqueta leve e o coldre, Caio virou para a turma. Zulma, Alícia e Ricardo comiam pipoca, em transe com o filme, mas Thierry e Verena já se aproximavam. Sentaram-se à mesa de jantar. Isabela preferiu ficar de pé.

— Eu nem sei como falar isso... — ela começou. — O advogado do Ulisses Rezende pediu liberdade provisória e conseguiu.

A manifestação de incredulidade foi unânime. Caio balançou a cabeça.

— Como isso é possível? Ele é acusado de crime hediondo com tortura.

— É, mas inafiançável não significa que ele não tem direito à liberdade provisória *sem fiança*.

Verena soltou um riso amargo.

— Peraí, você tá me falando que ele foi solto sem fiança?

— O advogado tinha mais argumentos do que eu. Falou sobre isonomia, sobre o silêncio do cliente dele, sobre a falta de antecedentes e, pior de tudo, sobre a falta de provas contra Ulisses, alegando que só temos teses e que a caixa Lemarchand é circunstancial, já que ainda não temos laudo da perícia. Não temos indícios dele nas cenas dos crimes, fora pegadas do mesmo tamanho de sapato, e nem temos uma porra de uma arma. E o cara ainda usou a doença para dar um ar de humanidade a esse maníaco.

Thierry não manifestou sentimentos.

— Qual é o próximo passo?

— Eu preciso buscar mais provas contra ele até os laudos chegarem. Tem laudo do IML e da IC levando mais de seis meses para ficar pronto, e isso porque eles priorizam a DHPP. Num caso como esse, por causa da pressão, acho que eles entregam daqui a 30 dias. Enquanto isso, eu tenho que conseguir mais provas para mandar o relatório para o juiz e o promotor.

Eles ficaram em silêncio.

Isabela apoiou os cotovelos na mesa e cobriu o rosto.

— Eu nem consigo mais raciocinar, acho que nunca estive tão cansada.

— Então ele tá livre? Voltou para casa?

Ela assentiu, muda. Verena levantou-se e caminhou com as mãos na cintura.

— Ele já contava com isso. Sabia que, mais cedo ou mais tarde, a caixa de Lemarchand levaria a gente até ele, e mesmo assim fez questão de comprá-la aqui no Brasil, sendo que poderia, com a grana que tem, ter importado a caixa sem deixar rastros. Ele sabe que está morrendo e que aqui não ia nem chegar a ver o interior de uma cela, porque ele entende como as coisas funcionam.

Thierry inclinou-se para a frente.

— Mas sabemos quais são as intenções do Ulisses.

Todos os olhos voltaram-se para ele e ele sorriu, saboreando o poder.

— O último crime. O ato final. Aquele grande foda-se para tudo o que ele odeia, para o mundo do qual ele se esforçou para fazer parte, em vão. *O Massacre da Serra Elétrica*.

Diante do silêncio, Isabela levantou a mão.

— Você acha mesmo que ele vai fazer isso?

— Agora mais do que nunca. Essa apreensão foi um grande estimulante. Agora as pessoas sabem quem ele é. Você esqueceu que todo psicopata é narcisista? E que empresários da Zona Sul com corpos sarados são narcisistas também, e que esse cara é tudo isso em um? O mais engraçado é que ele acabou se tornando o protagonista de um dos filmes que mais deve admirar... *Psicopata Americano*. — Thierry fez um gesto de explosão, com os dedos, perto da cabeça.

Isabela precisou virar as costas para não socá-lo. Não se conteve.

— Eu fico realmente feliz que esteja se divertindo com isso.

Thierry levantou-se.

— Ah, vamos lá, Isa, você me conhece. Sim, eu me divirto com a caçada, e daí? Você sempre se envolveu demais, é emocional demais, como seu pai sempre falou.

— Vá se foder. — Ela atravessou a sala e saiu da casa, indo para a área externa. Lá fora, a brisa levantou seus cabelos e gelou suas lágrimas. Ela esfregou os braços arrepiados e olhou para a piscina, seu ódio dançando no peito. Ouvia Verena, Caio e Thierry discutindo na sala.

Ela já conseguia enxergar o futuro deste caso, que seguiria o mesmo rumo de tantos outros. Semanas de trabalho policial inútil, um pedido de prorrogação do IP graças ao atraso dos laudos, mais semanas de trabalho. Mesmo se eles conseguissem as provas de materialidade e indícios concretos da autoria do crime, Ulisses estaria vivo quando o promotor finalmente conseguisse oferecer a denúncia? Chegaria a ver seu julgamento?

Isabela pulou de susto quando sentiu algo cobrir seus ombros. Era apenas Verena colocando um casaquinho em suas costas.

— Esse é o verão mais estranho que conheci. — A outra suspirou, olhando a piscina.

— Obrigada. — Isabela fechou a blusa ao seu redor. — Desculpa pelo jeito que agi lá dentro. Sei que estamos na sua casa, eu só...

— Ele tem um talento incrível para irritar as pessoas.

— É, ele tem.

— Vocês transavam e ele é apaixonado por você, isso é bem óbvio também.

Isabela balançou a cabeça.

— ... Ele é incapaz de amar a própria mãe.

— Mas eu entendo por que o trouxe aqui. Sem o Thierry, não teríamos chegado tão longe. E eu acho que ele tem razão sobre os próximos passos do Ulisses.

— Esse é o problema. Para ter alguma chance, eu preciso trabalhar com o que já foi feito, não com especulações sobre crimes futuros. Preciso conseguir provar que esse cara estava nessas cenas, que ele conhecia essas vítimas, ou pelo menos que tinha acesso a elas. Nossa polícia não funciona com teses e perfilamento, Verena, você sabe disso melhor do que ninguém.

Verena a encarou. Isabela notou que, apesar da dureza na expressão, ela era uma mulher bonita. Os compridos cabelos negros já estavam salpicados por alguns fios brancos e os olhos marcavam algumas rugas quando ela sorria, mas Verena tinha traços sensuais, o queixo orgulhoso, a boca grossa e bem desenhada. Por baixo das roupas largas, daquela declaração de *foda-se a vida*, dava para perceber um corpo endurecido, enxuto, talvez pela força pura do ódio que ela guardava.

— É para isso que estamos aqui. Você e o Caio precisam trabalhar, entrevistar pessoas, analisar depoimentos, simular o crime... Mas nós, eu e o Thierry, não precisamos seguir regras. Vocês investigam o passado dele e deixam o crime futuro para nós.

Isabela viu a intenção no olhar de Verena. *Será que é possível encontrar paz?*, ela perguntou-se. *Quantos casos resolvidos são necessários para substituir um caso arquivado?* Ela precisava mudar de assunto para não falar coisas das quais não tinha certeza.

— Onde está sua esposa?

Verena também abraçou o próprio corpo.

— Ela ficou de saco cheio do meu dramalhão.

— Você nunca foi dramática.

— Mas um luto que dura quatro anos não era exatamente o que ela tinha em mente quando se apaixonou.

— É mais fácil... quando é mulher?

— Não, é a mesma merda, embora o sexo seja melhor.

Isabela sorriu. Nunca tinha conseguido sentir atração por mulheres.

— Cuida bem do Caio, tá? — Verena baixou a voz. — Eu sei que é injusto tratar uma mulher como a mãe de um cara, não foi isso que eu quis dizer... Mas é um dos bons, dos raríssimos que prestam. Então... tenta pegar leve com ele quando ele fizer merda e se expressar mal.

— Olha só, nós duas conversando sobre homem. Que absurdo.

Verena sorriu também.

— E se prepara, porque vamos passar a noite falando sobre outro.

Isabela precisava tirar aquilo dos ombros.

— Não conta para ele ainda, mas eu tenho uma vida corrida e fui negligente com a minha pílula... e... o que eu tô querendo dizer é que tô grávida do Caio.

Verena não conseguiu esconder o choque. Elas se olharam.

— É sempre assim, parece que é contagioso... onde tem uma grávida, mais mulheres engravidam. Deve existir alguma teoria biológica que tenta explicar isso, acho... — Verena murmurou, olhos na piscina. — Olha, eu te diria parabéns, mas pela sua cara...

— Eu não sou *contra* ter filhos — Isabela falou baixo, tentando entender o que sentia. — Mas eu não entendo por que todo mundo quer isso. Eu nunca quis. Eu não vejo sentido...

— Sentido realmente não faz. Mas ser policial no Brasil também não. Como nosso amigo Thierry costuma dizer, o motivo pouco importa. O que você vai fazer, Isa?

— Eu não sei. Não quero largar meu emprego, mas também não quero ser uma mãe ausente. Sempre me dediquei cem por cento a tudo, não consigo fazer um trabalho pela metade. Acho que a maternidade vai ser um fardo grande demais.

— Talvez você não tenha que fazer essa escolha. Conta para ele. Ele pode te surpreender.

Quando ela entrou, Isabela voltou a olhar para a piscina. Ouviu passos e ficou surpresa ao ver que era Thierry.

— Peguei seu recado à tarde, o que é? — ele perguntou.

Ela não respondeu, e não tinha mais paciência para esperar. Sem trocarem uma palavra, os dois contornaram o jardim e passaram pelo portão. Do lado de fora, Isabela tirou as chaves do carro do bolso, abriu a porta do passageiro e pegou o que tirara da delegacia sem permissão. Entregou, sob a luz da lua e dos postes do condomínio, a pasta para ele.

Thierry examinou sua superfície e murmurou o nome da vítima:

— Luísa Castro Villas-boas.

Isabela engoliu em seco e fixou os olhos nele.

— Se você é tão foda assim, vai encontrar o culpado por essa merda aqui.

Zulma despertou de súbito e olhou em volta. Ainda estava na casa de Verena, no sofá, e alguém tinha colocado um cobertor em cima dela. A tela da televisão exibia uma paisagem nórdica e o horário – 3:24. Alícia e Ricardo dormiam de conchinha no outro sofá. Ela os estudou por um tempo. Estava começando a gostar dos dois, em especial de Alícia, com quem passara a maior parte da noite conversando.

Bocejando, ela arrastou os pés pela sala. A mesa de jantar transbordava de papéis – mapas, livros abertos, um *notebook* largado debaixo de um caderno. O olhar dela ficou detido numa fileira de fotografias na parede, próxima a uma planta exuberante num vaso de palha. Zulma aproximou-se. *Será que eu ando tão entorpecida que não percebi isso?* Ela estudou a imagem em preto e branco, coisa de fotógrafo profissional, retratando Verena com os braços ao redor da cintura de Karina Tomé. *Essa casa...* Ela invocou as fotos que havia visto no Instagram de Karina, a matéria na revista de onde cortara a foto de Karina para colocar entre as outras no mural.

Meu avô nunca me contou o que essa mulher tinha a ver com o cara que morreu, mas ele tinha determinação no olhar, ele tinha seus motivos. Ela estava na casa de Karina Tomé. *Deus trabalha de forma misteriosa*, Walter costumava dizer. Zulma olhou para as outras fotos. Não havia imagens da filha de Verena, a filha que morreu. *Estranho. Será que a dor é tanta que ela não consegue nem ver as fotos?*

Verena estava sozinha na cozinha, debruçada num livro, bebendo alguma coisa fumegante. Ela olhou para cima e sorriu. Zulma não soube se era um lance de mediunidade ou simplesmente empatia básica entre pessoas de luto, mas, naquele instante, todas as suas reservas, toda a sua mágoa por Verena pareciam coisa de um passado distante, nada além de uma birra. A dor no rosto daquela mulher. Zulma precisou desviar o olhar para não ver sua própria tristeza refletida naquelas íris.

— Oi, Zulma. Quer um chocolate quente? Acabei de fazer.

— Eu quero sim, por favor.

Verena levantou-se e foi até o fogão. Zulma aceitou a caneca quente e as duas sentaram-se.

— Vocês não pararam de trabalhar desde aquela hora?

Verena espreguiçou-se.

— O Caio e a Isabela foram para casa lá pela uma da madrugada. O Thierry saiu há meia hora. Eu não consigo dormir, estou elétrica demais.

— O Ricardo me contou sobre esse cara, esse assassino. Eu me sinto meio inútil sem poder ajudar. Tem alguma coisa que eu possa fazer?

— Não, eu não penso isso e nem quero que ajude.

— Eu tenho 18 anos, Verena. Já vi coisas ruins.

— Então para que querer ver mais?

Zulma encolheu os ombros. Assoprou o chocolate.

— Você é esposa da Karina Tomé?

Verena suavizou a expressão. Um sorriso leve brincou nos lábios dela.

— Sim, sou... você conhece a Karina?

— Ah, eu sigo ela no Instagram. — Zulma não queria soar deslumbrada. — Eu acho ela inspiradora, entende? Ela fez aquele comercial da Natura, né?

O rosto de Verena ganhou certo visco.

— Fez sim... Deu umas entrevistas, apareceu na Fátima Bernardes, essas coisas. Engraçado... — Ela lambeu os beiços e parecia ter dificuldades para encontrar as palavras. — Eu sempre desdenhei dessas coisas, mas...

— Elas são importantes, Verena. — Zulma suspirou. — Parece tudo tão fútil, tão sintético... mas as mulheres como a Karina precisam aparecer, precisam ter esse poder, entende? A gente... Digo, garotas como eu, a gente precisa dessas mulheres, como se elas fossem... Sei lá, não estou conseguindo me expressar.

— Faróis numa tempestade.

Zulma assentiu.

— É. Faróis numa tempestade.

Verena moveu-se de forma brusca, virando as costas, colocando algumas louças na máquina. Zulma entendeu que ela estava tentando esconder algumas lágrimas.

— Sabe o que eu sempre estranhei sobre a morte? — Zulma falou suavemente. — Que a vida continua, né? Tipo... a gente tá no inferno, passando por essa sensação de vazio e entorpecimento, achando tudo tão bobo, as reclamações dos outros tão mesquinhas porque aquela pessoa que a gente tanto amava se foi... Mas só a *nossa* vida para. O mundo continua rodando. Nada muda para os outros.

Verena falou, a voz embargada, sem virar-se.

— É, é assim. E as pessoas evitam falar sobre a pessoa que se foi, achando que, de alguma forma, vão lembrar a gente, como se fosse possível esquecer...

— Eu sempre tive medo de diminuir a dor dos outros, lá no centro, quando elas procuravam a gente depois de perder alguém. Elas sempre chegam muito fragilizadas, querendo qualquer tipo de conforto. E o espiritismo não vê a morte como algo tão ruim. Meu medo ao falar aquilo, ao tentar consolar esse povo, sempre foi magoar, sabe? Dizer "cara, que besteira, fulano tá bem, quem estamos fodidos somos nós e você vai morrer também, então para de chorar e vai curtir sua vida".

Zulma bebeu um gole de chocolate e lambeu os beiços.

— Mas quando é com a gente...

— Sim. — Verena suspirou. — Só fica um buraco no peito. Nenhum dinheiro, nenhuma felicidade consegue preencher esse buraco, só conseguem conter a dor por alguns minutos.

— Verena... Eu não sou uma adolescente chata. Sei que agi assim com você quando a gente se conheceu, mas não tem nada a ver comigo. As coisas nunca foram fáceis para mim e eu odeio falar desse jeito, como se fosse uma coitada... Mas é que as coisas foram ruins e só não me perdi porque meus avós cuidaram de mim. Sempre fui meio possessiva e protetora do meu avô, entende?

Verena fechou a máquina. Embora não olhasse para Zulma, a voz era doce:

— Eu nunca tive raiva de você. Só que é importante para mim que você se coloque no meu lugar e entenda por que eu fiz o que fiz.

— Um *véio* que você não conhece telefona para sua casa e fala que tem um cara morto em algum lugar. E, no dia seguinte, você descobre que tem mesmo. Quer dizer... Eu entendo que vocês tenham suspeitado dele. Sabe, a vida inteira meu avô teve que lidar com dois tipos de pessoas – as que viam ele como um mentiroso e as que achavam que ele era um ser mágico, sagrado... Cara, ele era só um homem. Era daqueles velhos que têm horário certo para comer e que ficam assistindo Faustão só para ver as dançarinas, saca? — Ela continuou, enquanto Verena ria. — Mas ele era do bem. Eu nunca vi ele recusar ajuda a alguém. Se ele te ligou, por algum motivo, é porque precisava ligar.

Verena cruzou os braços.

— Você pensou no que vai fazer agora?

— Vou arranjar um emprego. A Valmira falou que meu avô deixou um pouco de dinheiro, mas é muito pouco. Acho que eles vão eleger o novo presidente no centro, mas ainda não sei se quero continuar indo. Eu preciso passar no vestibular ano que vem... quero fazer faculdade.

— Vai estudar o quê?

— Quero ser publicitária.

Verena não conseguiu esconder o espasmo nos lábios. Zulma não entendeu a reação.

— Sim, eu sei... Parece uma coisa meio frívola. Mas eu acho que é uma arma. Uma forma de comunicar ideias importantes para muita gente. Acho que dá para usar isso, sabe? A favor de todo mundo que não tem tanta voz.

Verena forçou um sorriso. Zulma bebeu o resto do chocolate, então a outra mulher falou:

— É que... minha filha também queria ser publicitária.

— Foi mal.

— Não, não se desculpe. Fica aqui, come alguma coisa. Eu vou dar uma corrida.

Ela saiu, rápido demais, como se fugisse. Zulma pensou no que podia fazer para ajudar. *Comece com pequenos gestos de gratidão*, o avô teria dito. Então Zulma terminou de limpar a cozinha.

Verena batia os tênis contra a esteira, levantando os joelhos, sentindo como se os músculos das coxas e panturrilhas fossem arrebentar. Estava correndo há quase meia hora. Temia olhar para o painel e ver aquele número maldito. 35:01. Sabia que o rosto estava vermelho. O suor empapava as roupas, serpenteava pelo pescoço. O corpo da filha, de uniforme azul e branco, largado entre a folhagem. Ela apertou a mandíbula e descolou os lábios, exibindo os dentes numa máscara de tormento, as narinas puxando ar, os olhos transbordando. Lágrimas salgadas, grossas, misturavam-se ao suor em suas bochechas. Ela queria berrar. Os olhos perderam a batalha e pousaram no painel: 42:05. Verena soltou um gemido de exaustão e bateu o dedo contra o botão, para que a esteira desacelerasse e ela não caísse de novo no chão, de onde talvez nunca conseguiria erguer-se.

Swish... swishh.

Ela cambaleou até um tapete de *yoga* e deitou-se. Permitiu que o choro viesse em espasmos, que sua caixa torácica tremesse. A vontade de abraçar Zulma ficara tão forte que ela precisou afastar-se. Por mais que fosse completamente diferente, em aparência, de Luísa, havia algo na menina que fazia Verena sentir a presença da filha.

Como se manipulada por um titereiro, ela arrastou os tênis até o escritório e, ignorando a poltrona de massagens e o computador, foi direto até o armário, na parte inferior da estante. Preparou-se para sentir a dor que sempre sentia, mas foi em frente e tirou a urna da primeira prateleira.

A superfície acetinada do aço inoxidável, o trabalho de entalho no padrão floral... Quantas vezes ela havia segurado aquele objeto nos braços como se fosse um bebê? Quantas vezes não pensara em abri-lo e enfiar a mão lá dentro só para tocar na matéria que um dia havia sido sua filha? Verena deslizou a mão pelos contornos do vaso pesado.

Eu não vou aguentar essa saudade, ela pensou, quase sem ar. Pressionou a mão no peito como se pudesse confortá-lo. *Eu não vou aguentar.* A raiva era inseparável da dor. *Eles negam, mas você sabe que foi esse cara. Ulisses Rezende. Você sabe. Só pode ter sido ele.*

Ela puxou os álbuns de onde os havia escondido. Nunca deixou que Karina usasse fotografias de Luísa em molduras ou porta-retratos. Doía demais. Ela abriu um álbum antigo, das poucas fotos da infância de Luísa que Daniel insistira em imprimir. Ela havia achado caro, pediu para que ele só imprimisse cinquenta das preferidas, já que tudo estava em *pen drives* e HDs. Como se arrependeu daquela decisão agora. Olhou, absorveu, fotos que conhecia bem. Ela no hospital com Luísa, depois de um parto rápido. Ela com Daniel e Luísa, cada um encaixado em um quadril, na Praia Grande.

Verena fechou os olhos, os punhos, a alma. Ainda tinha tanto amor em sua vida, tanta vulnerabilidade, tantas pessoas que se sentia incapaz de proteger. Não conseguiria encarar os olhos de Luísa naquelas fotos. *Falhei no único trabalho que eu tinha – salvar você. Poupar você dos horrores do mundo.* Ela jogou os álbuns de qualquer jeito dentro do armário e desceu as escadas, pensando em ir para a cozinha e beber todo o álcool da casa, talvez com alguns remédios, para facilitar o trabalho do sono em aplacar aquela angústia.

Quando estava prestes a entrar na cozinha, viu o coldre de Isabela pendurado no gancho.

Karina amava ganchos elegantes onde seus convidados penduravam bolsas, mochilas, máquinas fotográficas e casacos. Ela achava que uma casa tinha que ter superfícies limpas, quase sem adornos. Aquela arma, devidamente encapada pelo polímero preto, era, para Verena, como uma mancha numa blusa nova, algo que você não conseguia não ver, algo fora de lugar, que acaba sendo a única coisa que importa.

Ai, Isabela, ela deu um sorriso, *tão cansada, tão ávida para ir para casa com o Caio, tipicamente grávida com a memória afetada... Olha o presente que você deixou para mim.*

Verena caminhou até a arma e a sacou. Uma Sig Sauer P365. Uma arma microcompacta, calibre 9mm, sem trava de segurança. Os homens preferiam armas maiores por motivos facilmente explicados por Freud, mas Isabela não precisava de pirotecnia. Verena gostou ainda mais dela. Ejetou o carregador – cheinho. Contando com a bala na câmara eram 11 tiros. Verena também pegou o carregador extra e enfiou tudo na bolsa. Sabia o que estava fazendo – provavelmente acabando com a carreira de Isabela, se ficassem sabendo. Um policial não perde a arma, é simples assim.

Quando uma arma de policial é roubada, todos param o que estão fazendo e saem chutando portas até recuperá-la. A primeira coisa que um bandido faz com a arma de um policial é sair atirando para foder com tudo. *Mas eu não sou um bandido, ela sabe disso.* Verena estava colocando Isabela numa posição delicada. Se a delegada contasse aos colegas que esqueceu a arma na casa de alguém, principalmente por causa do *pregnant brain*, como os gringos chamavam, o "cérebro de grávida", estava acabada. Se não contasse, estava correndo um puta risco. Verena não conseguiu pensar demais naquilo. Não conseguia enxergar nada além de Ulisses.

Limpando o suor da testa com a mão, espiou Zulma na cozinha. Meninas daquela idade não mereciam correr riscos. Não mereciam ter seus futuros apagados e suas existências ceifadas por homens como Ulisses. Sem produzir ruídos, Verena esticou o braço e fechou os dedos nas chaves do seu carro.

18 de dezembro de 2019

Quarta-feira

sabela acordou de um sonho ruim em que um homem sem pele arrastava-se até ela e beijava seus pés, deixando-os lambuzados de baba e sangue espesso. A janela já recebia uma luz pálida, acinzentada, que denunciava as primeiras horas da manhã. Ela conferiu a tela do celular na mesa de cabeceira: 5h. Quantas horas de sono isso dava? Três, no máximo. Ao chegar em casa, ela e Caio, embora exaustos, haviam se entregado a um sexo bestial, aflito. Ela levantou-se; ele dormia tão pesado que não achou justo acordá-lo.

No banho, tentou organizar seus objetivos. Sabia que teria que dar um depoimento para a imprensa, um que não fizesse com que ela parecesse uma completa incompetente. Ter chegado a Ulisses, no entanto, já lhe dava mais força para conversar com os outros delegados para que compartilhassem teses, linhas de investigação e informações sobre as cenas de crime. Sabia que agora o diretor da DHPP estaria do lado dela.

Foi só quando estava enrolando-se numa toalha que se lembrou de que havia esquecido o coldre na casa de Verena. Estava cometendo erros. Sabia o motivo de estar tão esquecida, com a cabeça incapaz de funcionar como sempre havia funcionado. O coração disparou, porque ela sabia o que aquilo significava para sua carreira. Ela foi direto até o celular e ligou para Verena. Nada. Com certeza estava dormindo.

— Caio.

Ele abriu os olhos, mas levou alguns segundos para parecer lúcido.

— Dá uma agilizada, preciso passar na Verena para pegar meu coldre. Fodeu. Eu não acredito que fiz isso.

— Tá... calma. A arma não vai sair de lá, está segura. Já vamos buscar. — Ele esfregou o rosto. — Faz assim... Eu tenho que ir ver minha mãe, ela não gosta de sair e geralmente compro o café da manhã para ela. Eu passo na Verena e levo o coldre.

Ia dar tudo certo. Era só um susto. Ela inclinou-se na cama e deu um beijo na bochecha dele.

— Eu nunca deixei ele longe do meu corpo, nunca faria uma coisa dessas, mas estou exausta, minha cabeça está uma bagunça. Olha, vou deixar uma chave com você. Te vejo daqui a pouco.

Quando ela recuou, Caio segurou o pulso dela.

— Você resolveu essa merda, fez tudo o que tinha poder para fazer. O resto não tem nada a ver com sua competência, é o sistema, são os advogados. E a coisa do coldre... você é humana, Isa. Ninguém vai saber.

Ela chegou a abrir a boca para contar. Mas não era a hora.

— Eu acho que nem você sabe o quanto essas palavras me ajudaram.

Ele sorriu e beijou a mão dela. Isabela saiu do quarto, deixando Caio numa nuvem invisível de perfume. Ele lembrou, com um sorriso, que apesar do estresse dos últimos dias, não a via fumar desde sexta-feira.

Sem nenhum convite, nenhum condutor, as palavras ditas no centro Casa da Luz voltaram a ele: "O homem policial que está aqui conosco corre risco de morte. A morte está no seu ombro."

Verena saiu do Starbucks situado a duas quadras do prédio de Ulisses Rezende. O trânsito ficava mais lento, e ela caminhou pela calçada, odiando-se por ter saído do carro, mas ciente de que, se não tomasse um café, cairia no sono com a cara no volante.

Caio havia anotado o endereço de Ulisses no mapa que ficara na mesa de jantar, mas Verena lembrava-se bem do número e encontrou o prédio facilmente, sem precisar usar o GPS. *Uma hora você vai ter que sair de casa, desgraçado.*

Naquele exato momento, os agentes da DHPP deviam estar vasculhando o computador e o celular de Ulisses, assim como as câmeras de segurança deste edifício onde ele morava. Iam acumular evidências. Iam construir um caso que permitisse que ele fosse levado à justiça, mesmo que moribundo. Ela não tinha dúvidas de que Isabela conseguiria encontrar, entre milhares de casos, as duas vítimas anteriores – *Psicose* e *O Silêncio dos Inocentes*. Para ela, uma coisa era certa: ele não iria matar de novo. Porque assim que saísse de casa, ela o seguiria.

Alguns jornalistas já haviam conseguido o endereço do "Maníaco da Zona

Sul", porque estavam chegando ao local, espiando o prédio como ela, de dentro de seus veículos, enchendo-se de café. O apelido não era correto, já que, contrariando a crença popular, o Itaim Bibi ficava na Zona Oeste, pois era administrado pela subprefeitura de Pinheiros, mas isso pouco importava.

Ela acessou o YouTube pelo celular. Já havia reportagens sobre o caso. Todas mostravam a mesma filmagem, feita pelo celular de alguém, acompanhando Ulisses ao sair do DHPP com seu advogado. Ela pausou a imagem mais uma vez e observou cada detalhe dele: o rosto quadrado, o porte forte, a pele clara e olhos escuros. Usava calças sociais pretas e uma camisa azul-claro. Relógio caro.

Qual é a sua história? Como um homem que tem tudo enlouquece assim?

Ela ignorou as mensagens de Whatsapp; uma da sua mãe, perguntando por que ela não respondia, outra do irmão, pedindo o tamanho do pé do Ricardo para que pudesse enviar um presente da Espanha, um primo compartilhando *post* político, Daniel mandando diversos pontos de interrogação. Nada de Karina.

Uma despedida tornaria as coisas mais fáceis? Por que queria tanto que Karina mandasse uma mensagem, se as chances de vê-la de novo haviam caído drasticamente no momento em que roubou a arma de Isabela e entrou naquele carro? *Não importa o que acontecer aqui agora*, ela pensou, relaxando o corpo contra o assento do carro, *você está colocando um ponto final à sua vida com a Karina, com o Daniel, com o Ricardo, com o Caio. Não, Verena, você está dando a eles uma chance de seguirem em frente e serem felizes. Você está libertando todos do fardo que você se tornou.* Era a coisa certa. Se ela conseguisse matar esse desgraçado, livraria o mundo de um monstro. Se, por algum milagre, ela sobrevivesse, passaria uns trinta anos na prisão. *Ainda vai dar tempo de curtir alguns anos de velhice em liberdade*, ela sorriu.

Sua visão periférica capturou movimento. Um carro comum, popular, saía da garagem do edifício de Ulisses e alguns repórteres aglomeravam-se em volta dele, enquanto o motorista desacelerava para penetrar o fluxo de carros numa hora oportuna. Pela reação deles, o desespero, era Ulisses.

O que ele fez, trocou de carro? Verena girou a chave e esperou. Lembrava-se de Isabela falando algo sobre o carro de Ulisses, que definitivamente não era um modelo popular. *Está anotado no canto do mapa em cima da mesa de jantar.*

Alguns repórteres conseguiram pular em seus carros e já estavam preparando-se para uma perseguição. Assim que o veículo de Ulisses conseguiu juntar-se ao fluxo de carros na avenida, ela saiu da vaga, levando duas longas buzinadas.

Lá vamos nós.

Zulma abriu a porta para Caio.

— Oi, querida, chama a Verena para mim?

— Ela sumiu faz horas.

Ele olhou ao redor. Nada de estranho na casa. O sol da manhã invadia os cômodos e tudo continuava bagunçado, como eles haviam deixado, com exceção da louça, que alguém havia colocado na máquina. Do outro lado do vidro, Ricardo e Alícia se beijavam debaixo de um guarda-sol, usando trajes de banho.

— Tá, eu vou tentar falar com ela. Só vim pegar o coldre da Isabela.

— Você acha que pode me dar uma carona para casa? Quero pegar algumas coisas, tomar um banho, dar uma limpada lá também. E preciso conversar com o pessoal do centro, talvez, sei lá, arrumar algumas coisas do meu avô.

— Tem certeza? Pensei que não quisesse ficar sozinha.

— Durante o dia eu não me importo. — Ela encolheu os ombros. — Preciso pegar meu material para estudar. À noite, eu pego um ônibus e volto.

Caio lavou uma maçã e mordeu.

— Te levo, sim, mas não pega ônibus, deixa que alguém vai te buscar, ou eu, ou a Isa, sei lá. Não anda sozinha.

— Eu tô acostumada, fica sussa. Escuta... eu não sei se você tem visto as redes sociais, mas tá chovendo meme do Maníaco da Zona Sul.

— Você tá zoando.

Zulma esticou seu celular para ele. Caio balançou a cabeça.

— Inacreditável.

— Mas previsível. — Zulma pegou o celular de volta com um sorriso empático.

Ele pensou um pouco, até que disse:

— Você tá melhor?

— Sei lá, na verdade. — Ela enfiou as mãos nos bolsos. —Tudo tem parecido meio surreal. É como se eu estivesse esperando ele voltar.

— Leva um tempão para cair a ficha. Mas olha... você tá fazendo a coisa certa. Esse lance de ficar aqui, com outras pessoas, com essa molecada da sua idade, onde você pode se distrair sem se preocupar com comida, faxina, essas coisas. Isso é bom.

— Eu nem te agradeci. Foi você que foi na ambulância com ele, conversou com os médicos, cuidou de tudo.

— Zulma, eu passei menos de três horas na companhia do seu avô. E, mesmo assim, ele me marcou de uma forma que não vou esquecer. O que eu puder fazer por você, é só pedir.

Zulma bateu continência para ele. Ele sorriu, pensando *ela vai sofrer, mas vai ficar bem*. Era uma garota tão fácil de gostar, de corpo magricela, cabelos crespos que ela deixava soltos com orgulho, um sorriso bonito com covinhas. A vontade de protegê-la era natural.

Caio caminhou até a sala e achou a jaqueta de Isabela que, num gesto impulsivo, ele pegou e cheirou. Assim que o fez, viu o coldre no chão, caído do gancho, vazio.

Verena havia saído sem dizer para onde ia. A arma não estava mais lá.

O que ela vai fazer? Como não percebera que Verena era uma bomba-relógio? Que agora que tinha um neto a caminho, sentia-se vulnerável de novo? *Ah, merda, o que eu fiz?* Ele deixou que ela se envolvesse. Permitiu que ela pegasse gosto de novo pela caçada, pela esperança de fazer um pouco de justiça. Quando saiu correndo pela porta, já com o celular no ouvido, ouviu Zulma:

— Ei, e eu?

— Pede para o Ricardo te levar, não vá sozinha! Eu preciso ir atrás da Vê!

Ele entrou no carro, deu partida e voou para fora do condomínio.

Isabela encontrou a turba do lado de fora do prédio. Sentia-se culpada pelo cigarro que fumara escondida, para garantir um pouco de relaxamento antes de encarar os lobos da mídia. Protegida por policiais que garantiam certa distância entre ela e os repórteres e câmeras, ela esperou até que ficassem quietos e então assentiu para que fizessem as perguntas. A chuva de berros foi imediata. Ela distinguiu a pergunta do repórter da GloboNews e respondeu devagar e com a voz baixa, para forçá-los a calarem a boca para ouvir.

— Delegada, existe ligação entre os homicídios de Alexandre Languin, Nicolas Guedes e Judite Souza?

— Há indícios de ligação entre os crimes e estamos trabalhando em cooperação com as outras delegacias para elucidar o caso, mas ainda estamos no aguardo dos laudos para poder confirmar essas suspeitas com segurança.

— Delegada, a senhora está dizendo que Ulisses Rezende é o Maníaco da

Zona Sul?

— Não, não estou dizendo isso. Ulisses Rezende veio apenas prestar depoimento. Além do mais, o Itaim Bibi fica na Zona Oeste, gente, esquece esse apelido.

— Há suspeitos?

— Não posso divulgar essa informação. Mais uma pergunta.

Os berros intensificaram-se. Ela só ouviu a pergunta quando uma moça baixinha a fez pela terceira vez:

— Nas redes sociais, há teorias de que o Maníaco da Zona Sul se inspira em filmes de terror para cometer seus crimes, a senhora pode confirmar isso?

— É o que estamos investigando. Obrigada.

Ela deu as costas, apesar do clamor para que respondesse a só mais uma pergunta, e entrou no prédio. Lá dentro, subiu ao setor de desaparecidos, um dos andares quase vazios do DHPP. Encontrou uma sala, entrou e fechou a porta. Sentou-se e colocou os pés sobre a mesa. Ela tinha certeza de que se fosse possível comprar silêncio, ele custaria uma fortuna.

Fechando os olhos, Isabela concentrou-se em todas as informações que havia analisado nos relatórios dos agentes nos últimos dias, à procura de qualquer brecha, qualquer detalhe que tivesse deixado passar. Com as informações recentes puxadas sobre a vida de Ulisses Rezende, ela conseguia montar uma narrativa geral.

Nascido em Embu das Artes, em 1978, Ulisses parecia ter levado uma infância pobre como filho de uma dona de casa e um comerciante, mas morava perto de um centro comunitário, construído pela prefeitura, onde as crianças passavam o tempo lendo livros e gibis e mexendo em computadores. Isabela deduziu que ele havia usado esse centro para ter as primeiras noções de computação. Ele tinha um irmão mais novo, Aldo, e uma irmã que falecera aos quatro meses de vida, de bronquite. Estudou o suficiente para entrar na Unicamp, em 1996, para estudar Ciências da Computação. De lá, mudou-se para São Paulo em 2001, onde passou a trabalhar em pequenas empresas de diversos setores, até conseguir emprego numa gigante de telecomunicações, onde estava há quinze anos, subindo de cargo a cada quatro ou cinco anos, em média. Estava registrado com o salário de R$ 27.000 quando pediu demissão no dia de seu aniversário, 2 de novembro de 2019, provavelmente quando descobriu que tinha ELA, para colocar seus planos em ação.

Dirigia uma picape Hilux da Toyota com cabine dupla, modelo mais novo. Não era um carro tão ostensivo para um homem com o *status* dele, custando em média R$ 110.000, mas era útil para alguém com suas intenções. Morava no edifício Dakota há cinco anos, não tinha problemas com os vizinhos e, fora quatro multas de radar por excesso de velocidade, não tinha nenhum registro de qualquer problema com a lei.

Ao conferir os registros médicos, no entanto, o que não havia sido fácil por pura preguiça do pessoal do hospital em Embu, Isabela havia se deparado com uma história paralela. Ulisses fraturou o rádio do braço pela primeira vez aos dois anos. Depois, quebrou o outro braço, rádio e ulna, aos quatro. Ele foi internado aos sete anos com intoxicação alimentar e, um ano depois, com pneumonia. O rastro ficava frio depois disso, principalmente porque Ulisses deveria ter um plano de saúde caríssimo e levaria dias, na melhor das hipóteses, para conseguir localizar os registros mais recentes, embora Romero estivesse tentando.

Uma criança que venceu todos os obstáculos de pobreza, e possivelmente abuso infantil, finalmente ser derrotada por uma doença rara. Sim, dava para imaginar o ódio dele, de tudo, de Deus, do mundo. A configuração dos fatores – a convergência do acaso com as circunstâncias – havia criado uma máquina de matar. Alguém que não tinha o que temer ou perder.

O celular tocava no bolso dela, e por mais que quisesse ignorar, temia que fosse Caio com alguma informação nova. *Aliás, onde ele está?*

Era Romero. Ela atendeu.

— Fala.

— *Cadê você, Delta? Consegui localizar o irmão do tal Rezende e a senhora não vai acreditar onde ele está.*

Isabela não estava no escritório quando Caio chegou ao palácio da DHPP. Verena não atendia o telefone, e ele tentava não se preocupar. *Mas ela levou a porra da arma.* Aquilo não saía de sua cabeça. O celular estava cheio de alertas do Google, e uma olhada rápida mostrou que todos falavam sobre a entrevista que Isabela havia concedido à mídia. Ele assistiu ao vídeo; ela estava abatida, com olheiras, embora bem arrumada como sempre. Uma leitura num dos maiores *sites* de notícias mostrava que os outros delegados haviam recuado diante do furacão Brassard: "Segundo o delegado Alcântara, da 89ª DP, sem os laudos do IC e do IML, é cedo demais para afirmar que Ulisses Rezende seja culpado pelos homicídios que assombraram a Zona Sul de São Paulo na última semana, e diz estar em coordenação com a delegada Isabela Brassard e o delegado da 43ª DP, Raul Vilhosa, no inquérito."

Ele sentou à sua pequena mesa e ligou o computador. Recebeu alguns "bom dia, Miranda", de alguns colegas. *Onde você está, Verena?* Teria ido atrás de Rezende? *Por quê? O que ela tá pensando?*

Foi distraído quando viu Isabela caminhando até a sala dela, com pressa. Não queria dar bandeira, mas não era hora de se importar com fofocas de colegas. Correu atrás dela e entrou no escritório.

— Meu coldre? — Isabela nem olhou para cima. Trocava os saltos pelos sapatos que sempre deixava no escritório, mais baixos, de couro preto.

— É sobre isso que precisamos conversar. Achei o coldre, mas a Verena sumiu com tua arma.

Agora ela olhou.

— O quê?

— Ninguém sabe onde ela tá e não atende o telefone. Acho que talvez tenha ido atrás do Ulisses, mas não achei ela perto do prédio dele.

Ela abriu a gaveta da escrivaninha e tirou outra Sig, idêntica a sua, enfiou o carregador com um *clack* e escondeu a arma atrás da calça.

— O irmão caçula do Rezende tá preso por estupro. Eu tô indo falar com ele. Encontra a Verena antes que ela mate aquele merda com a minha arma. — Então ela parou de se mexer. — Ou você tá facilitando para ela matar? É isso?

Sim, ele queria que alguém matasse Ulisses, mas não queria que fosse Verena.

— Não, não é isso.

Ela aproximou-se dele. Caio via os olhos com minúsculas veias estouradas, o rosto que parecia ter envelhecido naquela semana, e um cintilar de medo na expressão dela. Isabela falou com a voz baixa:

— Eu te amo. Eu quero que esta semana seja só um pesadelo para podermos seguir em frente, juntos, se você tiver colhão para isso. Só que é a minha arma de serviço na mão dela. Ela vai fazer uma merda que está sendo arquitetada pelo destino há quatro anos. E todos nós vamos pagar o preço. Você tem que salvar a Verena de si mesma.

Ele entendeu que não era hora de falar. Deu um beijo nos lábios dela e fixou o olhar nas pupilas escuras que, para ele, naquele instante, eram o centro do universo.

— Sim, senhora.

Verena moveu os olhos para o relógio. Passava das 14h. Os outros carros já haviam desistido, mesmo que Ulisses não fizesse questão alguma de se esconder. Ele havia percorrido boa parte do centro e da Zona Sul, passeando, dando voltas, até que os três veículos de reportagem haviam se cansado, ou parado para abastecer, e o perdido de vista. Verena precisava ir ao banheiro, o estômago revirava-se de fome e ela não sabia mais quanto tempo aguentaria o jogo de gato e rato, até que a seta direita do Ka que Ulisses dirigia começou a piscar na Engenheiro Oscar Americano. *Ele vai entrar no parque.*

Verena tivera o cuidado que os outros carros não tiveram: mantivera-se longe, para que ele não notasse estar sendo seguido, com dois carros entre eles. Mesmo assim, o Compass dela era grande e chamava atenção. Ulisses era esperto, não tinha como garantir que ele não a havia notado atrás dele por horas. Ela passou reto pela entrada do parque e decidiu dar uma volta antes de entrar, para não dar bandeira. Subiu e contornou a Oscar Americano, o coração parecendo bater na garganta.

Quando entrou no estacionamento de pedras, o carro dele era um dos quatro estacionados. Sendo uma tarde de quarta-feira, não era estranho que o parque estivesse pouco populado. De frente para o estacionamento, havia um parquinho de areia, e três crianças pequenas brincavam lá, supervisionadas por babás, enquanto duas mulheres com roupa esporte conversavam e davam risada.

Verena parou o carro ao lado do Ka prata. Ela vasculhou a bolsa, encontrou o canivete suíço e o escondeu na mão fechada. Nas pedrinhas, agachou e fingiu estar amarrando o tênis, embora ninguém estivesse prestando atenção. Precisou forçar a ponta do canivete, mas conseguiu furar o pneu dianteiro direito do Ka. Ele poderia até conseguir sair do parque, mas não iria muito longe.

Ela caminhou, as chaves e o canivete na mão, reconhecendo o parque que, dois anos atrás, costumava frequentar. Tomou a trilha, passando pelo bebedouro, caminhando devagar. Não estranhou estar fora de casa, reconhecendo que a atmosfera verde do parque era revigorante, estranhamente acalentadora.

Ao caminhar, lembrou-se de Karina, quando as duas estavam empolgadas com dinheiro sobrando pela primeira vez e escolhiam uma casa para morar. Karina defendeu o bairro do Morumbi, dizendo que parecia que nem estavam em São Paulo. E ela tinha razão; naquele parque, Verena tinha a sensação de estar num lugar menos hostil e cinza. Ela estava num trecho da trilha onde a mata ficava mais densa. Imaginou a aventura que Nicolas Guedes achou estar vivendo quando seguiu Ulisses até aquele lugar, com a promessa de sexo selvagem ao ar livre. A mandíbula parecia que iria trincar com a raiva que a inundou.

Verena chegou à área de piquenique. *Merda*. O que ele estava fazendo ali, revisitando a cena do crime? Seria tão descarado assim? Ela não se espantou de não ver funcionários por ali, era um dos parques mais desertos da cidade e provavelmente ficara ainda mais deserto com as notícias do homicídio. Mesmo se um deles aparecesse, quais eram as chances de reconhecer um homem que só foi mostrado, com roupas completamente diferentes, uma vez na televisão? *E quando você avistá-lo, Verena, vai fazer o quê? Segui-lo de volta ao carro dele, esperar ele parar para checar o pneu, obrigá-lo a entrar no seu carro e depois o quê? Levá-lo a um matagal e dar um tiro nele? Você consegue?*

Ela parou de caminhar. Seria mais inteligente voltar para o carro e esperar por Ulisses. Ele se abaixaria para ver o pneu, talvez, e, caso o fizesse, ela estaria na posição perfeita para encostar o cano da Sig na têmpora dele e fazer a única pergunta que importava antes de estourar seus miolos lá mesmo, ligar para a polícia e entregar-se.

Enquanto voltava pela trilha, a sensação de perigo cresceu. Ele era um *Ambusher*, atacava em lugares que conhecia bem. *Merda, eu tô entrando na dele, caindo na armadilha desse filho da puta, me embrenhando pela mata onde ele pode me atacar.* Com o corpo gritando, disparando sinais selvagens de autopreservação, ela correu de volta para o estacionamento. Ao avistar o *playground*, ficou aliviada de ver que não havia mais crianças ali. As duas SUVs das mães estavam saindo do parque. Ela andou até o carro, esboçando um sorriso ao ver que o pneu do Ka estava murcho. *Peguei você.* Apertou o botão na chave e ouviu as portas destravando.

Aconteceu rápido demais. No momento em que ela sentou-se no banco do motorista, a porta ainda aberta, ele já estava sentando-se no banco de passageiros. O soco foi certeiro, com força o suficiente apenas para desnorteá-la, para que Ulisses pudesse fechar a porta do motorista. Verena agarrou o volante quando o mundo rodopiou e a dor explodiu no maxilar.

— Você é persistente, eu admito — a voz dele era suave, grave e calma. — Vamos lá, acalme-se.

Quando sentiu a mão dele acariciando seus cabelos, ela afastou-se. Olhou a bolsa no chão, tão perto e tão longe. Ele segurava um revólver. Ela não conseguiu identificar o modelo.

— Odeio revólveres — ele murmurou. — Há um motivo pelo qual armas de fogo não são as principais armas em filmes de terror, salvo algumas exceções. São cafonas e covardes. Só que admito que são úteis quando o problema é alguém como você. Tem dúvidas de que eu estouro seu crânio se sentir qualquer ameaça da sua parte?

Ela mexeu a cabeça. *Ele vai me matar.* A sensação a surpreendeu. A tristeza daquilo.

— Então vamos passear um pouco. Mexa-se devagar, por favor. Ligue o carro, coloque o cinto e vá até a 9 de Julho.

Verena ligou o carro. *Aonde ele vai me levar?* Agora ela precisava se acalmar para avaliar suas opções. Não havia como provocar um acidente sem arriscar matar outras pessoas além deles, pelo menos não numa avenida como aquela. Ela teria que esperar a oportunidade certa, num declive, algo com grande impacto, para que os *airbags* não salvassem ninguém. Naquele momento, Ulisses inclinou-se e colocou a bolsa dela no colo.

— Uma pistola — ele murmurou. — Para usar em mim? Quem é você? Tem jeito de policial, mas todo o resto é confuso. Conversa comigo. Por que está me espiando?

Verena parou num semáforo.

— Eu sei de tudo o que você aprontou e não quero deixar você matar mais ninguém. Não sou policial.

— Por que você se importa? Era amiga de alguém que eu matei?

Ela balançou a cabeça.

— Eu não preciso ser para achar que uma pessoa como você não merece viver.

— Mas eu vou morrer, em breve. Então, por que se dar ao trabalho? Por que se arriscar dessa maneira?

Ela apertou a mandíbula.

— Se você não entende, nada do que eu vou falar vai fazer sentido.

Ele ficou em silêncio. Ela dirigiu.

— Como eu dizia, eu odeio revólveres. Eles não são usados no terror por um motivo simples: não têm graça. As melhores armas de fogo dos filmes são justamente as que sofreram modificações interessantes. Esta daqui é uma Smith & Wesson modelo 15. Sabe de que filme é?

Verena fez que não. *Ele precisa conversar, está quieto há muito tempo.* Ela fez um esforço para relaxar os músculos contra o banco. *Eu posso ir. Já cumpri hora extra nessa merda de vida. Mas vou levá-lo comigo.*

— É a arma do Dr. Samuel Loomis em *Halloween.* Algumas cenas me vêm à cabeça agora. Aquele momento em que Cherry Darling aparece com uma metralhadora como prótese em *Planeta Terror,* ou quando o Jacob Fuller usa sua arma como cruz para afastar os vampiros em *Um Drinque no Inferno.* Mas armas de fogo funcionam melhor em filmes de zumbis. Claro que em *Cujo,* o que finalmente dá paz para aquele cachorro é uma bala de uma Smith & Wesson 64. — Ele sorriu.

Outro semáforo. Verena pisou no freio. Não queria olhar demais para ele. Não queria ser intimidada. Precisava concentrar-se.

Ulisses gesticulou, como se estivesse numa mesa de bar.

— Você tem um filme de terror preferido?

Verena escolheu a verdade.

— Eu nunca gostei muito deles.

O som do trânsito, de buzinas e música e motores.

Enfim ele falou.

— Nem todo mundo gosta. Eu entendo isso. Mas com certeza você assistiu a alguns na sua vida.

— Quando era mais nova, sim.

— Quais? Por favor me conta.

— Eu vi *O Exorcista.*

— Ah... — Ele riu. — Não importa quantas vezes eu veja esse filme... Ele só parece melhorar. Nunca me enjoa, nunca me deixa entediado. É quase tão brilhante quanto o livro. Sabe, esse eu nem ousei simular com os meus crimes... Nada do que eu pudesse fazer ia ser digno desse filme. Eu poderia ter empurrado alguém da janela, mas qual seria o propósito, entende? Não... Conheço meus limites... Qual é o seu nome?

— Verena.

— Nunca ouvi esse nome antes. Não sei se gostei ou não. Você tem irmãos?

— ... Sim, dois.

— Eles também têm nomes estranhos?

— Não.

— Me fala os nomes deles.

Verena soltou uma respiração.

— Eu não estou armada. Esse revólver apontado para mim tá atrapalhando a minha concentração. Você pode, por favor, apontá-lo em outra direção? Eu não vou tentar nada, estou dirigindo.

— Não confio em você. Por favor, continue.

— Jorge e Samuel.

— É, então essa decisão da sua mãe foi estranha mesmo.

Ele mexeu na bolsa dela, afastando objetos, fuçando. Pegou a Sig Sauer, colocou no compartimento ao lado da porta, e depois de concluir seja lá o que concluiu, pegou o celular.

— Não resista. A gente só vai perder tempo. E a coisa de arrancar seu dedo para ter acesso ao celular não funciona no mundo real. Preciso do PIN.

Ela poderia resistir, mas ele atiraria, ela era completamente descartável para ele. Se atirasse, ela acabaria jogando o carro em outros, podia atingir alguma criança. Era arriscado.

— 0872.

— É um número especial para você?

— Não.

Ele digitou e acessou o Whatsapp primeiro.

— Um tal de Caio está atrás de você. Olha só a cara dele. Olha as mensagens. "Você foi atrás do Ulisses?"... É o policial que entrou na minha casa e que foi para cima do meu advogado.

Ela tentou manter a calma.

— Fico nesta avenida para sempre?

— Sim, a gente só está passeando, quero te conhecer melhor e entender o que está acontecendo. Vamos lá, ver quem mais faz parte da sua vida, Verena.

Ela tentou lembrar-se do que o celular podia conter de informações pessoais. Tudo. Até a carteira de trabalho de Verena era pelo *app*. Coisa da Karina, que mexia no celular dela com frequência, baixando tudo o que achava que fosse "facilitar" a vida da esposa. Ele leu os *apps* em voz alta:

— Nubank, iFood, Itaú Personalité, que chique. Citymapper. Buddy. Esens. Runtastic, Calendário Menstrual, isso é uma surpresa, considerando a sua idade. Olha, Receitas Veganas.

Verena apertou a mandíbula, mas respirou fundo. Ela não poderia se desestabilizar, não importa o que ele dissesse.

— Como Controlar a Raiva. Você tem muitos *apps* para controlar raiva, ansiedade... Você sente muita raiva, minha amiga?

— Pode apostar que sim.

— Eu também, Verena. Eu também.

Isabela esperava na sala suja, rabiscada. Mensagens violentas, religiosas e pornográficas mesclavam-se, arranhadas com chaves ou escritas à caneta, na mesa redonda. Ela ouviu o som metálico de um portão abrindo e logo dois agentes carcerários entraram na sala, puxando Aldo Rezende pelos braços.

Ele era diferente do irmão. Mais baixo, mais magro. O rosto era mais arredondado, o nariz empinado, quase feminino. Usava bermuda Tactel e camiseta verde, imunda. Sentou-se oposto a ela, ainda algemado nas costas. A luz que entrava pela janela tocava a bochecha ondulada de cicatrizes de acne.

— Senhora?

Havia algo de desafiador e, ao mesmo tempo, blasé no tom dele.

— Oi, Aldo. Eu sou a delegada Isabela Brassard. Vim conversar com você sobre o seu irmão, Ulisses.

Ele olhou para baixo.

— Nossa irmãzinha se chamava Isabela também. Minha mãe queria que os nomes lá de casa começassem todos com vogal.

Ela aguardou. Ele não parecia estar com raiva.

— Eu li a sua ficha, você cometeu muitos crimes violentos.

Ele encolheu os ombros. Não falou.

— Eu li uma matéria recentemente, falando sobre a violência ter um elemento hereditário. Sabe... Passada de pai para filho. — Era mentira, mas ela precisava chegar onde queria com a conversa. E a tática mais rápida era isentá-lo de culpa.

— E eu com isso?

— Bom, é que isso significa que embora sejamos responsáveis pelas nossas escolhas, é possível que você não seja totalmente culpado pelo seu comportamento agressivo. Seu pai é.

— Meu velho não era bravo, é o que dizem.

— Então vocês eram simplesmente muito sapecas quando crianças e viviam quebrando ossos?

Ele mexeu a mandíbula como se mastigasse algo.

— Meu pai morreu quando eu nasci. Morreu de uma doença que ninguém sabia o que era, parou de se mexer direito, é o que dizem. Quem me criou e me batia e me estuprava era o Dênis. Meu padrasto.

Isabela tentou não mostrar emoção. Não sabia como ele reagiria.

— Entendo. E seu irmão?

— Meu irmão não fala comigo há um tempão, mas ele manda presente. Ele é o único que encontrou o rumo na vida. Estudou, se esforçou, e agora tá rico. Sabia que eu casei? Aqui na prisão mesmo, eu assinei os documento e me casei com uma moça boa. Elvira. Do jeito que minha mãe queria, começa com vogal. Um dia vamo ter uma menina e ela vai se chamar Úrsula, e se for menino, Enzo. Meu irmão mandou um monte de presente para ela, a Elvira.

— Mas seu irmão vai para a prisão também, Aldo.

— Vai nada. — Ele sorriu. Havia dois dentes faltando. — Ele é rico e nunca se meteu com nada de ruim, ele sempre foi o mais esperto. Ele merece tudo que tem.

Ele não sabe.

— Seu irmão é suspeito de homicídio qualificado. É só questão de tempo até ser preso.

Ele reagiu, afastando o corpo para trás. Fitou o chão, uma carranca no rosto, e aos poucos balançou a cabeça. Isabela pressionou:

— Eu não estou mentindo, está na televisão. Ele vai preso, ou talvez nem chegue a viver o suficiente porque está com a mesma doença do seu pai, esclerose lateral amnitrófica.

— Não, não... Você tá mentindo. E tá inventando essas palavras.

— Juro que não estou. O que eu preciso saber, para poder ajudar seu irmão e garantir que ele passe seus últimos dias de maneira mais confortável e consiga até elaborar um testamento para deixar tudo para você e sua esposa, é se o Ulisses já te disse alguma coisa sobre filmes de terror, sobre como ele imitaria algum deles um dia...

Ela odiava mentir. Odiava apelar. Mas, depois de anos de prática para sobreviver no seu cargo, doía menos.

Isabela esperou o homem pensar, balançar o pé nervosamente, mastigar algumas cutículas que se desprendiam das unhas sujas. Finalmente ele olhou para ela.

— Meu irmão nunca ia fazer isso, não. Você tá mentindo pra mim. Vai embora agora porque eu não vou te falar mais nada.

Ela inclinou-se para a frente e baixou a voz:

— Isso é culpa do homem que te machucou. E você foi violento sua vida inteira por causa dele. Mas agora chegou a hora de fazer o bem. De ser uma boa pessoa. Pela sua família futura – a Elvira, a Úrsula. Você não quer ser bom?

— Ajudar os *charlie* que nem você e os *gambé* nem sempre é ser bom. Vai embora.

Ela tentou se segurar. Embora compreendesse a infância traumática que o homem a sua frente havia sofrido, também sabia o que ele tinha feito com pelo menos seis adolescentes. Com o sangue ardendo de ódio, aproximou o rosto do dele.

— Eu vou mandar as fotos das meninas que você estuprou para a sua mulher. Vou mandar os depoimentos delas. Da primeira vez, ela vai ignorar e rasgar tudo, porque ela já sabe o que você fez, mas acha que você encontrou Deus e está arrependido. Então eu vou mandar de novo, e de novo, e de novo, até ela não aguentar mais.

Era mentira também. Ela não poderia fazer aquilo, pela lei. Mas foi bom ver a expressão de desespero dele.

— E mesmo se ela não ligar, você um dia sair daqui e vocês tiverem uma filhinha chamada Úrsula, eu vou esperar a Úrsula chegar aos 15 anos, sua idade preferida, e vou mandar para ela. Seu merda.

Ela olhou para os agentes carcerários.

— Tira esse bosta da minha frente.

Verena percebeu que quando tomava a decisão de virar em uma ou outra rua, Ulisses não reclamava. Ele a estava deixando dar voltas, o que significava que não tinha planos para ela. Como poderia ter? Verena havia sido uma surpresa, ele agira por impulso ao entrar no carro.

Ele estava quieto há um tempo, mas continuava apontando o revólver para ela e observando cada movimento que fazia.

— Você deve ser daquelas que prefere morrer com as respostas do que viver na dúvida. Aquelas que vão até as últimas consequências. Não é qualquer mulher que seguiria um homem como eu em plena luz do dia. Não é qualquer mulher que, sabendo o que eu fiz, me olharia nos olhos, como você fez.

— Pessoas normais são assombradas pela falta de compreensão que têm de pessoas como você. Sim, nós precisamos saber o porquê. Mesmo que, a essa altura do campeonato, o porquê seja só um detalhe que não vai mudar nada.

— Então você me seguiu para me perguntar por que eu matei cinco pessoas?

— Eu te segui para ir atrás de você caso saísse para matar a sexta.

— Se não é policial, o que ia fazer?

— Qualquer pessoa pode dar voz de prisão a outra no Brasil, se há flagrante delito.

— Então você ia me prender?

Ela aproveitou o semáforo e olhou para ele.

— Não. Eu ia te matar. Meus amigos policiais encobririam tudo.

Ele assentiu, o rosto estático, como se ela tivesse acabado de fazer a previsão do tempo.

— É estranho saber que a morte está chegando. Aqui é contramão, cuidado.

Ela endireitou o volante e seguiu. Não sabia mais onde estavam, mas definitivamente era uma das partes mais decadentes da capital.

— Enfim... é só estranho. Às vezes eu acordo suado, chorando, com medo de morrer. Imagino meu cadáver numa mesa, sendo injetado com líquidos, sendo manipulado por outras pessoas... Você já viu uma preparação de corpo?

Ela assentiu. Ele esperou o gesto antes de continuar.

— Eu vi num vídeo, esses dias. Esses vídeos são proibidos por lei para preservar a *dignidade* do cadáver, seja lá o que isso quer dizer, mas muitos vazam. Eu vi um deles. Eles fazem um corte na artéria, na que estiver mais fácil. De acordo com-

— Eu sei como é feito. Não precisa contar.

Ele aproximou-se um pouco. Estudava-a ao falar na mesma cadência comedida:

— Dependendo da forma como você morreu, eles escolhem um tanatofluido diferente. Se escolherem o tipo errado, o corpo pode inchar ou mudar de cor. As famílias não gostam disso. Aí eles consertam o que não está legal. Se o olho estiver murcho, caído, eles aplicam uma injeção de silicone, por exemplo,

Quando os Mortos Falam

187

direto no globo ocular. Eles pegam uma linha e costuram as gengivas para fechar a mandíbula. Aí colam os lábios.

Ela tentou ignorá-lo. Como em muitos casos na sua trajetória como interrogadora, o silêncio dela fez com que ele falasse mais:

— Você sabe qual foi o primeiro filme de terror que eu vi?

Verena balançou a cabeça. Olhou para o painel. O carro ainda tinha meio tanque de combustível, então ela não tinha desculpa para parar em algum lugar onde pudesse inverter o jogo.

— Eu tinha seis anos. Foi quando meu irmão fez três anos e chamou a atenção do Dênis. Minha mãe saía de casa, ela lavava roupa e passava, para outras pessoas, e sempre saía de carro no mesmo horário para entregar, eles tinham um Fusca velho. Ela ficava fora das cinco da tarde às seis e meia, às vezes até às sete. E aí ele começou a colocar filmes de terror na televisão, que alugava lá no centro, numa locadora pequena. Ele me mandava ficar vendo os filmes e dizia que ia brincar com meu irmão. Que se eu saísse da frente da televisão, ele ia matar a minha mãe.

Verena levou uma mão à boca para não soltar uma expressão de choque. Eram relatos que ela já havia ouvido centenas de vezes, mas eles nunca deixavam de doer. Ulisses não demonstrava emoção ao falar aquilo, mas as palavras não saíam como se fossem premeditadas, e sim recordadas.

— Meu irmão era muito pequenininho, nem falava, coitado, era muito tímido. Vivia sujinho, sentava no chão e falava sozinho por horas, era muito esquisito, mas era bonitinho, todo mundo gostava dele. Uma vez, quando ele tinha nove anos, um amigo do Dênis bateu na porta e pediu para o Dênis levar meu irmão lá. Ele levou. O homem deu um dinheiro para o Dênis e trouxe meu irmão de volta uma hora depois. O meu irmão nem andava, tava todo sangrando pela bunda e chorando, então o Dênis bateu nesse amigo, reclamou, disse que não era para ter machucado o menino. Esse homem nunca voltou lá.

Ela sabia que precisava continuar ouvindo, que precisava continuar calma. Mas não tinha certeza se conseguiria.

— Nesses anos que Dênis levava meu irmão para o quarto, eu acho que assisti a mais de 200 filmes. Muitos eu cheguei a ver mais de 50 vezes, decorei cada fala, cada cena. Não sei até hoje por que ele escolhia os filmes de terror, mas acho que queria me dar medo. Nunca senti medo dos filmes, não com um monstro de verdade morando na minha casa. E sabe, eu sei que passei a amar os filmes, mas não sei quando isso começou. Talvez logo na segunda semana, talvez até antes. Eles eram uma distração do horror que realmente estava acontecendo no quarto. Você entende isso?

Ela fez que sim. A boca encheu de saliva e um enjoo percorreu o corpo.

— Até hoje não sei por que ele nunca tocou em mim.

Eu preciso fazer alguma coisa. Eu preciso bater esse carro.

— E eu não sei por que nunca toquei nele. Quer dizer... era só esperar ele dormir e enfiar uma faca na testa dele, seria tão fácil. E eu nem iria para a prisão, eu era criança. Eu só... Eu não sei por que nunca tive coragem. Um dia, contei para a minha mãe que ele se prendia no quarto com o Aldo. E ela disse: "Ele sustenta a casa, nós precisamos dele, não reclama, o menino vai esquecer." Meu irmão nunca esqueceu, é claro, e virou um estuprador de menores.

— E você, um assassino em série.

— Ah... É. E você quer entender o motivo.

— Já que estamos aqui...

— Vira aqui, desce essa rua.

Verena deu seta e virou, bruscamente, levando algumas buzinadas. Seguiu por uma rua íngreme, decrépita, com muros pichados e lixo espalhado. O coração dela acelerou. Era a primeira vez que ele mostrava propósito.

— Tá vendo aquele terreno baldio? Estaciona na frente.

E aqui estamos. Ele vai te matar.

— Calma, Verena, está pálida.

Ela estacionou o carro. Não havia ninguém na rua, fenômeno estranhamente comum em quebradas como aquelas. Assim que puxou o freio de mão – algo totalmente desnecessário num carro como o dela, mas uma mania que nunca conseguiu abandonar –, ele comandou:

— Desliga o carro e me dá a chave.

Ele não vai te matar. Não faria sentido pedir isso antes de te matar.

Ela obedeceu, ainda calculando como subjugá-lo. Não temia levar um tiro – temia deixá-lo ir.

Pump! A cabeça de Verena bateu contra o vidro. O mundo ficou preto e o piso do carro, escorregadio. A dor alastrou-se pelo osso. Enquanto tentava agarrar-se ao momento e escapar do estupor do soco, ela sentiu as mãos dele – secas e quentes – em seu braço. Então, ouviu sua voz:

— O mundo é pior que os filmes, Verena. Nos filmes, os bonzinhos ficam bem no final, eles são recompensados por serem bons.

Ainda zonza, ela soltou um grito quando sentiu o beliscão na dobra do braço. Ele puxou a seringa rápido. O líquido queimou em sua veia. Ele saíra de casa preparado para um confronto, para alguma vítima.

— Eu vou morrer sem merecer. E eu vou, sim, viver as minhas fantasias antes desse dia chegar, porque ele tá logo ali. E até agora eu tinha pensado em tudo, mas não tinha o principal.

Verena queria se mexer. Imaginou-se tirando a arma dele, disparando. Imaginou-se pelo menos segurando o volante para permanecer sentada. Mas seja lá o que fosse correndo por suas veias, era poderoso. Seus músculos relaxaram. Ele tirou o cabelo dela do rosto. Tudo era escuridão, mas a voz dele estava próxima:

— Eu tenho mais uma, talvez duas semanas até meus músculos começarem a enfraquecer e tremer. A noite é esta, Verena, acaba hoje, já está tudo pronto. E aí vocês podem fazer o que quiserem comigo, mas sabemos que vou morrer num hospital particular, com enfermeiras cuidando de mim e morfina o suficiente para não sentir dor. Eu nunca vou ver o interior de uma prisão. E antes que você apague e sofra seja lá o que os marginais que circulam por aqui vão fazer com uma mulher como você, eu vou te agradecer. Porque eu não tinha uma *scream queen*, uma *final girl*. E é isso que você vai ser. A testemunha dos meus crimes, a sobrevivente. A que vai ficar catatônica, traumatizada, porque perdeu os amigos, porque não consegue lidar com monstros como eu.

Ela abriu a boca para falar. *Eu vou morrer, mas eu preciso saber, eu preciso saber.*

— A Luísa...

Ele a observou com uma expressão de confusão.

— Por favor... — Ela sentiu os dedos agarrarem a blusa dele. — Só me diz a verdade... você matou a Luísa... a tiros... — Verena já havia fechado os olhos, não conseguia mantê-los abertos. — Em 2015.

— Eu nunca matei ninguém antes de novembro deste ano. Você perdeu seu tempo, minha amiga.

Ela quis lutar, arrancar a confissão dele na porrada, mas o corpo não obedecia mais aos seus comandos.

— O que eu vou fazer hoje já tem vítimas pré-selecionadas, mas não seria um desrespeito ao filme se eu envolvesse seus amigos nisso. Eu sei quem é Caio e quem é... cadê elas? Karina e Zulma e Ricardo, olha só quanto amigo você tem. Seu GPS vai me levar até eles, acho. Eu me viro com o resto, tenho meus recursos. Vou dar um jeito.

Ela fez força com os músculos, mas não se moveu.

Esperou que ele falasse algo mais. A porta ao seu lado abriu, o vento dedilhando seus cabelos. O corpo dela estava em movimento, sendo puxado. Os calcanhares bateram contra o asfalto e foram arrastados. Ela sentia os braços dele por baixo dos seus, fechando no seu abdome. Então a queda. Verena caiu numa mistura de grama áspera e lixo. Ela ouviu a porta do carro fechar, o motor voltar a funcionar, e então apagou.

Z ulma fechou mais uma caixa e esticou os braços para libertar a dor nos músculos. Não havia planejado começar a empacotar as coisas do avô, mas sentiu-se estranhamente bem ao entrar no quarto dele naquela manhã e mexer em suas coisas. A saudade apertou, mas ela a achou tolerável, mais bonita do que triste. Walter não ia querer que ela sofresse pela sua morte, embora ela soubesse que sofreria para sempre.

"Eu te deixei em boas mãos."

Ela olhou em volta, mas balançou a cabeça. Não, seu avô estava em paz, ele não havia dito nada. *São seus pensamentos, refletindo o que ele diria se pudesse se comunicar com você.* Apesar da tristeza e da teimosia infantil que ainda se manifestava dentro dela de hora em hora, ela pegou o celular e mandou um recado para Verena: "Só queria dizer obrigada por tudo. Tô em casa, mas o Caio vem me buscar daqui a pouco. Durmo aí hoje de novo, se não estiver cansada de mim. Bj."

Pouco tempo depois, Verena respondeu: "Não estou cansada de você, minha querida. Me passa a sua localização, quero saber se está bem."

Zulma passou a localização em tempo real e voltou a empacotar coisas. Era bom saber que se importavam com ela, era bom ser querida.

Ela só notou que estava ficando tarde porque tornou-se impossível enxergar alguns documentos do avô. Por não saber do que precisaria, ela criara uma caixa só para a papelada, assim como fotografias antigas e alguns objetos pessoais de valor sentimental, como a aliança de sua avó. Zulma lacrou a caixa com fita para preservar melhor o conteúdo e levantou-se. Era hora de ir, podia terminar amanhã. Precisava conversar com os amigos mais íntimos do centro e ver se alguém queria, como lembrança, algo que fora dele. *Eu tenho que agir como adulta agora, não tenho muita escolha. Minha adolescência morreu junto com ele.*

Ela caminhou até o banheiro, urinou e girou a torneira. Esfregou as mãos em conchas no rosto para lavá-lo e pressionou a toalha contra a pele para se-car-se. Ao devolvê-la ao gancho na parede, sua visão periférica captou algo no espelho, atrás de si. No instante em que seu coração disparou de medo, ela reconheceu sua avó – cabelos brancos, camisola do hospital. Zulma permaneceu imóvel, a respiração ofegante, enquanto a avó abria os lábios devagar. Fios pretos de sutura esticaram entre os dentes, oferecendo resistência. *Meu Deus, não, o que é isso, não*! Zulma tapou a boca para não gritar, como se conter o grito fosse o mesmo que conter seu horror.

Um som áspero saiu da garganta da avó: "Corre, menina!"

Zulma correu. Foi até a sala, abriu a mochila e jogou os cadernos e apostilas lá dentro. *Merda, o celular tá no carregador no quarto*. Pensou em deixar o celular para trás. Não teve tempo de tomar a decisão. Uma serpente grossa, mais forte do que ferro, envolveu seu pescoço. *É um braço*, ela percebeu em meio ao cho-que, *alguém vai me sufocar*! Debateu-se, socando os músculos, tentando abrir os pulmões para receber ar. Ouviu a respiração dele contra seu ouvido, quente, cal-ma, como se o esforço que estivesse fazendo não fosse digno de afobação. Zulma perdeu a força nos braços, sentiu-os relaxar. As pálpebras pesaram.

Caio voltou para a delegacia por não saber mais onde procurar Verena. Havia ligado para Daniel, que foi amigável, mas ficou alarmado e disse não saber onde ela estava e que ela não respondia seus recados há dois dias. Para Ricardo, só perguntou se tinha visto a mãe, e o rapaz alegou que ela respondeu uma mensagem dele pela manhã. Por trás da postura tranquila, Caio sabia que Ricardo tinha a psicologia abalada pela morte de Luísa e que Verena era sua razão de viver. Não iria arriscar alarmar o rapaz se pudesse evitar.

Sentado à mesa, ele olhava para a quantidade de trabalho a ser feita – as diligências de dezenas de outros casos que precisavam ser cumpridas – e sa-bia que o correto seria dar atenção àquelas vítimas, àqueles inquéritos. O som dos outros funcionários trabalhando, telefones, conversas, o *tec-tec* das teclas dos computadores... Por algum motivo, hoje, aquilo parecia estar acontecen-do num mundo alternativo, um mundo ao qual ele tivera acesso por apenas alguns instantes.

Ele suava e não conseguia manter o corpo parado. Debaixo da mesa, sacu-dia a perna, a vontade de berrar vibrando entre os dentes que ele apertava. *Vê, onde você tá? Puta que pariu, onde você está?*

O Massacre da Serra Elétrica. Não dava para simular aquele crime num apartamento no Itaim Bibi. *Ele vai precisar de uma casa no mato.* Mas onde? Granja Viana ou Cotia, talvez. Mas será que já havia planejado esse crime a ponto de ter procurado uma imobiliária e feito todos os trâmites para alugar uma casa? *Talvez ele já tenha uma casa numa região remota.* Mas se isso fosse verdade, não estava registrada no nome dele, Caio havia checado todos os arquivos públicos – e muitos privados – de Ulisses.

Isabela havia falado do irmão. Provavelmente estava conversando com ele naquele exato momento. *Caio, o imóvel pode estar no nome do irmão.* Se Ulisses pagava mais de um IPTU, por que não haviam notado aquilo quando analisaram suas movimentações bancárias? Ele pegou o celular e ligou para ela. Ela atendeu um segundo antes de ele desistir:

— *Oi.*

— Como foi a conversa com o irmão?

— *Infrutífera e macabra.*

— Eu estou pensando no futuro. Sei que você pediu para focar nas vítimas anteriores, e prometo que estou trabalhando nisso, mas não consigo deixar de pensar que ele tem mais um crime para executar e que esse crime exige as condições certas. Não dá para ser feito num parque. Precisa ser numa casa no mato. Só que não encontramos registros-

— *Puxa no nome do irmão. Eu acho que o Ulisses sustenta a esposa dele, deve dar grana para ela pagar o IPTU dessa casa e com certeza tem um monte de bens no nome do irmão que não conseguimos encontrar na investigação. Você tem que puxar tudo no nome do Aldo e da esposa dele.*

— E você? Tá tudo bem?

A voz dela saiu frágil e arrastada, denunciando um cansaço tão extremo que ela provavelmente precisava se esforçar só para abrir a boca.

— *Estou no carro, tô voltando. A Vê?*

— Nada ainda, estou enlouquecendo, não sei o que fazer.

Silêncio na linha. Enfim ele despediu-se e ela também, por não terem mais nada a dizer.

Caio virou a cadeira para o computador.

Zulma só acordou porque, em alguma parte do seu subconsciente, reconheceu o movimento de um carro. Ao abrir os olhos, sentiu o cheiro sintético de carro novo e a vibração baixa do motor, quase imperceptível. Era noite lá fora, ela via na janela os reflexos das luzes artificiais de placas e outros faróis. Estava deitada no banco de trás, as mãos atadas na frente do corpo por uma tira de plástico. A boca estava livre, mas de que adiantaria berrar dentro de um carro? Pela velocidade, deveriam estar numa estrada.

Seja esperta, Zulma, não entra em desespero. Avalia a sua situação.

A voz de um homem – grossa, suave, quase melódica – fez com que ela soltasse um gemido baixo, de susto.

— Você acordou, até que enfim. Espero que não esteja muito desconfortável, Zulma. Você é a Zulma mesmo, não é? Amiga da Verena Castro? De acordo com o seu celular, também é amiga do Caio Miranda.

Meu Deus, é ele. Zulma pensou naquelas horas intermináveis que aquelas pessoas haviam passado ao redor da mesa, rabiscando mapas, vendo filmes e conversando sobre a psicologia do Maníaco da Zona Sul. E lá estava ela, tão perto dele, de repente inserida num contexto que não pertencia ao mundo normal, e sim àqueles instantes em que as pessoas vivem seus piores medos. Ela respirou fundo e lutou contra o desespero, focando o olhar para o céu negro que corria além da janela, para o mundo onde as pessoas só conseguiam continuar vivendo e sorrindo por se forçarem a acreditar que aquelas coisas não existiam. *Quantas crianças já não passaram por isso?*, ela perguntou-se. *Quantas mulheres? Quantas pessoas já não haviam acordado em carros alheios, numa estrada que as levaria à consumação de dor e humilhação?*

— Sabe — ele parecia animado —, um dos meus tropos preferidos de filmes de terror se chama *Let's Split Up, Gang!* Como anda o seu inglês, Zulma? Vi que está estudando para o Enem.

Zulma não respondeu. Esfregou o quadril contra o banco, na esperança de sentir o volume do celular no bolso traseiro da calça, mesmo sabendo que, pela conversa, ele já o havia tirado dela.

— A ideia de um grupo se separar diante de um perigo é tão absurda que já virou um tropo antecipado entre os fãs de terror. Eu diria que além do desenho *Scooby Doo*, que você é novinha demais para conhecer, os melhores exemplos estão nos filmes *O Enigma de Outro Mundo*, *A Hora do Espanto* e *O Segredo da Cabana*. Nunca passou pela minha cabeça me envolver tanto com os investigadores, mas... Bom, um deles veio até mim e precisei recalcular minha rota.

Uma lágrima pesada molhou a bochecha de Zulma.

— Você machucou o Caio? A Verena?

— Não, ainda não machuquei ninguém. Ela interferiu nos meus planos e precisei improvisar, mas tudo o que tem que acontecer esta noite vai acontecer, Zulma. É tão inevitável quanto a minha doença. Implacável, eu diria.

— Mas... você é uma pessoa tão normal, não precisa... — *meu Deus, estou barganhando com um maníaco.* Era como se o tempo desacelerasse, cada segundo tornando-se denso, difícil de navegar, pela consciência ampliada de que estava tudo chegando ao final.

Ele soltou uma risada cheia de ar.

— Não, Zulma. De onde os pais de vocês tiram esses nomes? Eu não sou normal desde que era criança.

A voz dele mudou de tom, saiu baixa e fraca, como uma confissão:

— O normal é só a minha máscara.

Essa é a merda, Caio pensou, a testa apoiada nas mãos. Ele tinha o endereço. Havia grandes chances de que as armas dos crimes ou outros indícios deles estivessem no local. E ele não podia simplesmente pegar o carro e ir até lá sem um mandado do juiz. Se Caio bancasse o Maverick, iria de qualquer jeito, mas qualquer evidência encontrada no local seria desconsiderada num processo judicial. Ele tinha que esperar.

Telefonou para Verena. Nada.

Mandou uma mensagem: "Só me fala que você está bem. Só isso."

Se a esposa de Aldo Rezende, Elvira Martins, pagava IPTU naquele imóvel, era muito possível que fizesse outras transações para que não aparecessem nos registros de Ulisses. Ele havia deixado bem claro que não se importava em ser pego, mas escondia coisas o suficiente para que pudesse completar sua obra antes de morrer.

O celular tocou. Thierry.

— Oi, cara.

— *Boa noite, Caio.*

— Fala, companheiro.

— *Assim que der, eu gostaria de conversar com você. Podemos nos encontrar num bar ou restaurante, se quiser. É sobre a Luísa Castro.*

Todos os músculos de Caio travaram.

— Como assim?

— *Sobre o inquérito. Eu dei uma olhada e tem um rastro que ninguém seguiu. Eu estou bem certo de que encontrei o autor daquele crime. Mas preciso conversar com você antes de falar diretamente com a Verena.*

Por um instante, Caio esqueceu-se de como respirar. A visão dele focou num ponto do chão, o resto ofuscado, como se ele estivesse num túnel.

— Ahm... — limpou a garganta, procurou as palavras. — Claro. Eu... Estou esperando um mandado, tenho que ir para Embu das Artes e chegar a um local antes das 21h para poder entrar na residência. Então talvez fique tarde-

— *A hora que for. Mesmo que de madrugada, eu dormi a tarde inteira, sou um animal noturno. Um abraço.*

Thierry desligou antes que Caio pudesse falar qualquer outra coisa.

Um rastro que ninguém seguiu? Como era possível? Caio conversou com todo mundo que havia entrado em contato com Luísa na semana do crime. Investigou flertes na escola, pais de amigas, professores, parentes... *Onde eu errei? O que eu fiz de errado?*

Ele precisava avisar Zulma que não poderia buscá-la agora. Telefonou, mas ela não atendeu. Abriu sua gaveta e remexeu os papéis. Encontrou o *post-its* que Verena entregara a ele naquele almoço – o telefone da casa de Walter Kister. Discou o número. Chamou seis vezes. Desligou.

Isabela estava trancada no escritório há duas horas com os outros delegados do caso Ulisses. Caio sabia que ela ficaria furiosa se fosse interrompida. Então ele desceu as escadas e foi visitar um colega.

A *vibe* do setor de telecomunicações era completamente diferente – silenciosa, focada, estéril. Caio ficou aliviado ao ver Jonas Müller.

— Agente de telecomunicações Müller.

Jonas tirou o *headset* e girou a cadeira para olhá-lo.

— Maverick, parceiro, tudo bem?

Eles cumprimentaram-se, devidamente ignorados pelos outros agentes.

— Você vai precisar rastrear dois números para mim, urgente.

Jonas fez uma careta de exaustão, mas gesticulou com os dedos para que Caio fornecesse os números.

Caio ficou de olho na tela enquanto Jonas inseria as informações.

Havia estudado um pouco sobre aquilo quando prestou concurso, mas fazia tempo e a tecnologia havia mudado. Os agentes de telecomunicações participavam de atividades de inteligência, operacionais e de auxílio às investigações, mas, na prática, muitas vezes cumpriam mandados de prisão e diversas outras atividades no campo, no jeitinho brasileiro de "se você está sendo pago, vai ter que fazer o que a gente mandar."

— Esse celular daqui foi desligado na avenida Jacu Pêssego às 13h12 da tarde.

Às vezes a bateria acabou, calma. Que merda a Verena está fazendo lá?

— Veja o outro, por favor.

Jonas inseriu novas informações. Caio via acrônimos que reconhecia, outros que nem tanto: GSM, LAC, MNC, CID...

— Olha só... — Jonas teclou alguns comandos. — Esse daqui também tá desligado, mas foi acessado pela última vez há pouco tempo, às 17h20, na BR-116.

— Um dos caminhos para Embu das Artes, do Jabaquara.

— Cara, cê tá pálido. Tá tudo bem?

— ... Se a Brassard vier te perguntar, passe para ela o que você passou para mim.

— Ela não vai me encher o saco por ter te ajudado, vai?

— Não.

Mas Caio estava em piloto automático, conversando sem prestar atenção nas palavras. *Não existe mais essa de carreira*, ele percebeu enquanto caminhava, talvez pela última vez, pelo corredor. *Não existem mais regras de conduta, nem leis.* Nada daquilo importava mais. Talvez já não importasse há anos. Ele caminhou até a mesa e pegou a carteira, o distintivo e as chaves do carro. *Foda-se mandado, foda-se juiz.* Ele sabia onde Ulisses poderia estar. E, conhecendo Verena, ela deveria estar atrás dele também. Caio saiu do edifício e recebeu uma lufada de vento no rosto. Os passos ficaram mais acelerados, assim como as batidas do seu coração. Ele correu até o carro.

Dor muscular, palpitante, quente. Os braços de Zulma estavam tão doloridos que a revolta do seu corpo a despertou. A visão ficou aguda, todos os objetos ao seu redor numa intensidade de cores e texturas. Um alarme disparou pelas suas veias. Ela endireitou a coluna e olhou freneticamente ao redor, tentando mover as pernas e os braços. Estava sentada numa cadeira, pulsos presos nas costas com uma tira de plástico rígido – ou pelo menos é o que parecia. Ao olhar para baixo, viu que os tornozelos estavam amarrados com *silver tape*. *Eu apaguei de novo no carro... Como? O que ele fez comigo?*

Zulma crescera num bairro perigoso. Já havia sido assaltada diversas vezes. Numa delas, chegara à casa do único namorado que teve, Everton, e contara para ele sobre o ocorrido. Para sua surpresa, Everton telefonou para um primo, para saber se foi ele, e confirmou: "foi meu primo mesmo, ele passa na sua casa amanhã para devolver, foi mal." Jovem, ela aprendeu que os furtos naquelas quebradas não eram questão de sobrevivência – eram hábito. No ônibus e no metrô, havia sido assediada mais vezes do que podia lembrar. E aprendera, como todas as mulheres, a conviver com aquele medo, com a consciência de que havia grandes chances de ela ser a próxima vítima – de assalto, sequestro ou estupro.

O que Zulma nunca havia imaginado era uma situação daquelas.

Estava numa casa; foi a primeira coisa que compreendeu. No cômodo de aspecto rústico onde se encontrava, bem iluminado por uma lâmpada amarelada, havia uma única janela na parede – aberta. Dava para ver folhagem no exterior, balançando levemente com o vento. *Olha tudo, pensa, seja esperta.* Paredes pintadas de branco. Piso de madeira, antigo. Sofá de couro estourado, com tufos de espuma amarelada vazando entre rasgos. Um tapete desbotado no chão. A televisão era de tubo e Zulma finalmente prestou atenção no que passava na tela.

Era um filme com visual antigo, granulado. Nele, alguns jovens dentro de uma *van* conversavam com um rapaz de visual largado, com cara de louco, cortando a própria palma da mão com um canivete. Zulma esticou o pescoço para tentar ver o que havia além do corredor, mas não conseguiu.

Ela abriu a boca para berrar, mas algo no canto, algo novo, que ela não notara antes, chamou sua atenção. Encolhida, perto da televisão, sua avó levou o dedo indicador esquelético aos lábios, exigindo silêncio.

— Pai Nosso... — a voz de Zulma era quase inaudível até para ela mesma — que estais no céu...

A avó moveu-se, como se estivesse desdobrando-se, abrindo braços como se fossem asas. Ela engatinhou até Zulma, devagar, sorrindo.

Ela estava bonita?

Não, vô, ela tá horrível.

O sorriso não tinha dentes, e onde a camisola de hospital abria nas costas, Zulma podia ver uma fralda na bunda empinada.

"Sai, foge daqui, criança!"

Zulma apertou os lábios para não berrar. Se berrasse, talvez não parasse nunca mais. Trêmula, sentindo o gosto salgado das lágrimas que molhavam o rosto, concentrou sua força nas pernas, mexendo-as como tesouras, mas a fita tinha muitas camadas e não cedeu. Quando olhou para cima, não viu mais a avó.

Aquilo fez com que ela relaxasse os ombros. A voz saiu de trás dela: "Aproveita que ele não está aqui. O Perverso está com o menino no mato."

Zulma voltou a rezar, fechando os olhos. Sentia a avó atrás de si, a energia mais fria, a agitação no ar. Um som fez com que ela silenciasse.

Um zumbido, longe, entrando pela janela. A realidade era um vidro rachando, ramificando-se num padrão de teia de aranha criada em *stop motion*.

Sem conseguir se controlar mais, Zulma chorou.

O celular de Caio tocou. Era Isabela.

— Fala.

— *Como assim, "fala"? Onde você está? Conseguimos o mandado!*

— Isa, a Zulma está desaparecida. O celular dela foi desligado no final da tarde, estava na BR-116, é o caminho para a casa do Ulisses e eu tô indo atrás dela.

Um silêncio permitiu que ele se concentrasse na direção. Ultrapassou um carro e tentou manter-se alerta. O mundo era um mar negro de faróis de carros. A testa dele escorria suor, por mais que ele a esfregasse na manga da camiseta.

— *Eu não posso sair agora, a coisa aqui tá complicada. Mas vou pegar o mandado e saio daqui a vinte minutos. Me espera antes de fazer alguma merda, a legitimidade dessa busca e apreensão é a melhor chance que temos contra ele. Se for possível esperar, me espere.*

Ele desligou. Moveu os olhos da estrada para o GPS. Vinte minutos.

Zulma tentou não gritar quando ele entrou na sala.

Era alto e grande, usava calças puídas de um azul-marinho velho, camisa e um avental. Sorriu para ela.

— Já vamos começar, Zulma.

O coração dela afundou.

— Por favor, por favor, eu não fiz nada para você, eu não tenho nada a ver com isso, por favor, me deixa ir embora, nunca conto nada para ninguém, te juro...

— É muito bom para mim que você queira viver. Isso é importantíssimo para a experiência. Você vai ter uma chance, Zulma. O rapaz não vai, mas você vai.

Ele ajoelhou perto dela e conferiu a fita que prendia os pés.

De perto, ele parecia um homem normal. Um pouco maior do que um homem normal, mas, mesmo assim, alguém inofensivo, um homem que ela veria no supermercado ou até no centro espírita. Ele olhava para ela com um quê de fascínio, divertimento.

— Você chorou muito, olha esse rosto.

Ela engoliu em seco e forçou-se a não chorar mais.

Ele sentou-se no chão, próximo a ela.

— Um dos meus tropos preferidos dos filmes de terror é a *Life or Limb Decision*. Sabe do que se trata?

Zulma balançou a cabeça. *Ele é louco.*

— É quando, num filme, o personagem precisa escolher entre uma parte do seu corpo – geralmente um braço ou perna – e sua vida. Ou seja, para viver, você tem que perder uma parte do seu corpo voluntariamente. Há tantos exemplos que não temos tempo para falar de todos. Mas é claro que os filmes de zumbis geralmente apresentam esse tropo. Tem também o primeiro *Jogos Mortais,* claro, e *Evil Dead 2*, verdadeiras obras de arte. Mas de todas as obras que contêm o dilema Vida ou Membro, eu penso estranhamente em Shakespeare. Você já leu a peça *O Mercador de Veneza*?

De novo, com o corpo tenso, Zulma balançou a cabeça.

— É brilhante. Mas não tenho a intenção de ficar conversando. O que eu quero saber é se você quer viver mesmo. Tanto quanto essas pessoas que foram capazes de cortar os próprios braços e pés.

Ela fez que sim, mas não conseguiu conter as lágrimas. *Ele vai me mutilar. Meu Deus, ele vai cortar alguma coisa minha.*

— Eu quero que você queira viver. Que você lute para viver.

E quando ele falou isso, levantou-se e tirou um canivete do bolso.

Caio estacionou o carro e saiu, largando a porta aberta e sacando a pistola do coldre. A família Rezende havia escolhido bem sua residência, numa área escura, de matagal intenso, na Rua Turquia. Sem o GPS, Caio teria rodado por horas até conseguir encontrá-la. Não havia outras casas por perto, característica da área em que estavam, tornando a propriedade isolada o suficiente para que um corpo fosse consumido por bichos e insetos antes de ser descoberto por alguém. Baixou o volume do celular para que não tocasse, ciente de que Verena e Isabela estariam atrás dele, e de que um simples toque denunciaria sua localização a Ulisses. Ele pensou no armamento mais pesado e no colete no porta-malas, mas não tinha nem um segundo para desperdiçar. Zulma poderia estar lá.

Enquanto corria, circulando o muro alto da casa, procurando uma brecha, ele saboreou o quanto a adrenalina havia aguçado seus sentidos. Ouvia cigarras a distância e o leve farfalhar das folhas.

O muro era alto demais para ele. Entrou no carro, manobrou e o aproximou o suficiente do muro para arrebentar o retrovisor do passageiro. Conseguiu subir no capô e no teto, agachando para não ser visto. Olhando daquele ângulo, mesmo na escuridão daquele pedaço de terra, via os contornos de extenso jardim descuidado, cheio de ervas daninhas, e, além dele, uma casa pequena, com tinta alaranjada descascando e janelas de madeira apodrecida. Não viu ninguém, mas as luzes estavam acesas. *É agora ou nunca.*

Caio passou as pernas para o outro lado do muro e pulou. Um estalo de dor, uma ardência na canela. Ele precisou fechar os olhos e apertar os lábios para

Quando os Mortos Falam

201

não soltar um gemido. Quando conseguiu olhar para a canela, a calça *jeans* estava rasgada e ensanguentada. *Que porra?* Ele apalpou as folhas e encontrou a maldita garrafa marrom, com rótulo totalmente esbranquiçado do sol, triunfantemente exibindo o sangue dele. Checou as costas, encontrando a arma, que havia permanecido presa à calça, apesar da queda.

Quando levantou, teve a impressão de que a canela estava em carne viva. *Como o corpo de Alexandre Languin,* pensou, e correu até a casa.

Uma mão acariciava seus cabelos. Algo fazia cócegas no seu braço. Verena abriu os olhos, as pálpebras pesadas, e só quis voltar a fechá-los. *Acorda, luta contra isso, lembre-se do que aconteceu.* Havia alguém ali com ela. Ela empurrou-se para ficar sentada, notando com horror que um bicho rastejava em direção a sua mão. Verena soltou um grito instintivo e bateu no inseto, que voou longe. Percebeu, na escuridão, que um rapaz de uns vinte e poucos anos estava sentado a menos de um metro dela. *Foi ele que mexeu em mim.* O olhar dele era bobo e, à luz de um poste distante, que mal alcançava aquele terreno, ela notou que ele tinha a calça aberta e que se masturbava com movimentos ágeis e mecânicos.

Ele é só um bobinho, Verena. Ela conseguiu equilibrar-se ao levantar, apesar da tontura. Estava vestida, mas sem os tênis. O cheiro de urina, ácido, vinha dela. Sentiu-se imunda, os primeiros indícios de vômito ameaçando invadir a boca. O rapaz continuava ali, agachado, olhando para ela com o rosto ligeiramente neandertal. Ela percorreu o próprio corpo com as mãos, mas Ulisses havia levado o celular, carteira, tudo. Entre as pernas, a legging estava úmida de xixi. *Onde eu estou?*

Ela correu, subindo a rua quase deserta e salpicada de lixo. Havia uma avenida lá em cima. Ela podia arranjar um táxi, encontrar um jeito de pagá-lo. *E ir aonde?* Verena pensou no próprio corpo largado naquele lugar imundo, sendo usado por insetos, assaltantes de tênis e aquele louquinho. Forçou as pernas a subirem, as coxas ardendo e o desespero mais intenso a cada passo. *Ricardo, Zulma, Caio. Não, isso não vai acontecer, ele só quis mexer com você, foder sua cabeça, é isso o que ele faz.* Mas ela tinha que ter certeza. Tinha que dar um jeito de telefonar para eles, precisava saber que estavam bem.

sabela arremessou o telefone celular contra o chão do carro. Massageou o estômago, tentando respirar fundo e não pirar. Caio não atendia mais. Verena não atendia.

O tempo dela na delegacia havia valido a pena; entre as fichas dos alunos da Boom Fitness, encontraram Nicolas Guedes, que frequentava a academia religiosamente há dois anos, assim como Ulisses Rezende. Era uma ligação entre Ulisses e duas vítimas. Romero também encontrara, nas faturas de cartão de crédito de Ulisses, compras semanais feitas no mercado perto de sua casa, onde Julia Languin trabalhava. Era mais que o suficiente para indiciá-lo, suficiente para que o promotor iniciasse a ação penal. O resto era questão de tempo – os laudos, o depoimento de Marcos Pavan...

Ela apertou o botão no painel do carro.

— Thierry, celular. — E esperou o sistema completar a ligação. O telefone chamou seis vezes, ninguém atendeu. Ela soltou um grito de fúria, apertando os dedos no volante. — Medina, celular.

O sistema completou a ligação e Medina atendeu no segundo toque.

— Medina, é a Brassard, você tá na sede?

— *Boa noite, delegada. Não, estou aqui perto com o Romero, tomando uma cervejinha.*

— Ótimo, vocês vão voltar para a sede e puxar todos os endereços relacionados ao Ulisses Rezende, focando no irmão dele e na esposa dele. É uma emergência.

— *Doutora, tá meio tarde para isso, né?*

Ela não conseguiu se conter e berrou:

— É uma emergência, caralho, você não me ouviu? O colega de vocês pode estar em perigo! Que porra de policiais vocês são?!

— *Precisa humilhar não, doutora, tamo indo para lá agora. Câmbio, desligo.*

Ela ouviu os dois rindo antes de Medina desligar. *Imbecis.* Estava a caminho de casa, mas não tinha mais certeza se conseguiria ir para lá. O trânsito estava pesado, o carro andando poucos metros antes de parar de novo, num ciclo sem fim. Olhar para os faróis vermelhos e quadrados do carro da frente estava fazendo a cabeça dela latejar. Olhando pela janela, ela via as luzes de Natal enroladas em árvores e adornando as fachadas do comércio.

Uma chamada puxou Isabela para a realidade. O número piscou no painel do carro. Romero. Medina devia estar bêbado demais para falar.

— Oi.

— *Isabela, Romero aqui. São dois endereços fora o da Bandeira Paulista, um é um apartamento pequeno que pertence a uma Elvira Martins, fica no Capão Redondo. O outro é uma casa em Embu das Artes.*

O coração dela disparou. *A casa onde ele cresceu, onde tudo começou.*

— Me passa o endereço em Embu.

Minutos depois, ela entrou em contato com a delegacia da Polícia Civil de Embu e pedido que mandassem uma viatura para dar apoio para o Caio, mas sabia que era possível que a chamada fosse ignorada.

Quando viu o canivete na mão do homem, Zulma fechou os olhos. *Chegou a hora*, pensou, tentando abrir seu coração para a maior lição que seu avô tentou passar a todos com quem entrou em contato durante a sua vida. *A morte é só uma passagem, não é o fim. Não é meu fim.*

Mas o golpe mortal não veio. Em vez disso, ela sentiu um puxão nos tornozelos. Enquanto olhava para baixo para confirmar que ele havia cortado a *silver tape*, o homem contornou sua cadeira. Os braços de Zulma desprenderam-se.

— Está livre, Zulma.

Ela levantou-se, as pernas formigando. Ele caminhou até a mesa e a serra elétrica. Era um objeto com cara de antigo, usado, ultrapassado. Ele inclinou-se e estabilizou a serra com a mão no cabo. Depois puxou para cima uma corda e a serra começou a correr, produzindo um ruído brutal, afiado.

Ele a ergueu.

Zulma estava paralisada.

— Corre. E grita bem alto.

Ela correu. Num impulso de medo, um medo azul e frio que foi bombeado junto com sangue por todo o seu corpo, Zulma correu por um corredor, e finalmente através de uma porta. Sentiu um braço enlaçar sua cintura e erguê-la do chão, pernas chutando, um berro agudo vibrando em suas cordas vocais. Ela conseguiu desvencilhar-se e cair no chão. Pulou, sabendo que ele estava lhe dando uma vantagem proposital – *ele quer me perseguir.*

Ao ar livre, Zulma só conseguiu ver uma saída – correr para o matagal a sua frente. O som da serra, arranhando o mundo inteiro, estava bem atrás dela. Estava escuro ao redor da casa, sem nenhum poste de luz ou iluminação externa. Zulma não conseguia pensar. Ela forçou os joelhos a dobrarem, os pés a tocarem o chão apenas para ganhar impulso. Não ouvia nada além do motor da serra, nem seu coração socando o peito, nem a respiração ofegante, entrecortada.

Ele está aqui, ele está aqui.

Ele estava a poucos passos dela, o som da arma cortando seus tímpanos. Ela chegou ao mato. Era praticamente um emaranhado de galhos finos e ásperos e raízes altas que impossibilitavam a corrida. Ela esticou os braços para passar, ganhando arranhões. A serra estava mais próxima do que nunca.

Eu já morri, ele já está aqui.

Então, um estouro. Zulma se jogou na terra, o berro escapando dos seus lábios num fio agudo de horror. Outro estouro. Algo explodindo nas árvores. Silêncio.

Ela não conseguia mais se mexer. Cobriu os olhos com os dedos, esperando a mão que puxaria seu cabelo e a ergueria do chão um segundo antes da sua garganta ser cortada. Mas houve apenas silêncio. Uma espera aflitiva.

Quando viu a menina no meio do mato, Zulma chegou a abrir a boca para gritar, implorar a ela que se afastasse, que corresse, que pedisse ajuda. Os sons do mato morreram e Zulma compreendeu o que estava diante dela. Era talvez a menina mais bonita que já vira; pele translúcida, de um branco borrado, sem poros. Cabelos negros compridos, como os da mãe. Ela usava roupas genéricas, em tons pastel, e sorria. O primeiro pensamento que rompeu o transe de Zulma foi: *você vai ficar bem.* Luísa levou um dedo aos lábios, implorando que ela não fizesse barulho.

Zulma ouviu uma respiração trêmula, próxima demais.

E algo que se aproximava passo a passo, esmagando plantas.

Luísa não estava mais lá, talvez nunca tivesse estado.

— *Sai, filho da puta!*

Caio! Zulma soluçou de alívio.

Dois passos.

Um som de algo sendo abafado, que fez outra dose de adrenalina gélida jorrar pelas veias de Zulma. Uma luta silenciosa, cheia de gemidos contidos e respirações.

Algo pesado foi ao chão.

Um sussurro, de Ulisses:

— Você não deveria ter vindo até aqui sozinho, Caio.

Foi Sofia que abriu a porta e deu um passo para trás quando Verena entrou no apartamento, meias molhadas, imunda e com os cabelos grudando no pescoço. Daniel estava parado na salinha, de camiseta e *shorts* de pijama, descalço, sem reação.

Ela recuperou o fôlego, as mãos no peito dele.

— Eu preciso de cinquenta reais, rápido.

— Vê... O que está aconte-

— Meu Deus, cinquenta reais, cinquenta reais, porra!

Enquanto ele murmurava um *tá bom, tá bom* e olhava em volta, procurando a carteira, Sophia pescava o dinheiro numa bolsa de couro. Estendeu uma nota de cinquenta.

— Vocês vão ligar para o Ricardo e proibir ele e a Alícia de saírem de casa, tá me ouvindo?

Daniel balançou a cabeça, tenso.

Verena olhou em volta, achou as chaves do Clio do ex-marido numa mesinha de canto com um arranjo ridículo de flores artificiais e alguns duendes de *biscuit*. Ao sair do apartamento, ela ouviu e ignorou os protestos de Daniel e as expressões de revolta de Sofia.

Ela desceu os quatro andares de escada, pulando degraus, sem fôlego. Apertou o botão para liberar o portão, mas o encostou gentilmente para que não trancasse.

O taxista pareceu surpreso e aliviado quando ela estendeu a nota para ele e agradeceu enquanto ela virava as costas. Verena entrou no prédio de novo e passeou entre os carros na garagem, encontrando o Clio numa vaga estreita, colada à parede.

Quando ela acomodou-se no banco, abraçou o volante com as mãos e inalou o doce aroma de sachê de sândalo, teve a sensação de que o corpo estava drenado de tudo o que o fazia funcionar. A vibração, aquele zumbido dos nervos que fazia seus dedos tremerem internamente, foi acionada por algum dispositivo natural do seu corpo, algo que se manifestava do medo. Verena fechou os olhos e puxou ar para os pulmões. *Você não pode surtar, não agora.*

Para onde ele iria?

Não foi ele.

Cobrindo o rosto com as mãos, ela permitiu-se a dor de abraçar a verdade; naquele matagal, naquela noite de novembro de 2015, o homem que atirou em Luísa ainda não tinha rosto.

Parte dela soube desde sempre. Não era apenas porque não fazia sentido, não era porque o atirador tinha 1,70m e Ulisses era muito mais alto. Era porque achar que havia sido ele não trouxe alívio para Verena. E ela sabia que, por mais horrível que a resposta fosse, saber, apenas *saber* o que havia acontecido, poderia libertá-la do luto eterno.

Daniel caminhava, vestido e com o celular na mão, até o carro. Ele entrou, sentando no banco de passageiro, e encarou Verena com espanto.

— A gente nunca vai saber quem foi — ela sussurrou no silêncio.

Daniel tocou as costas dela com cautela.

— Vê... Sobe um pouco, toma uma água, troca de roupas, pelo amor de Deus, o que aconteceu com você?

Ela olhava para a frente.

— Eu não sei se vou conseguir continuar vivendo com essa dúvida, Daniel, com essa escuridão dentro de mim, essa resposta que nunca vou ter. Eu sei que deveria ser o suficiente, mas não é. Não é. Eu coloquei ela no mundo, Dan. Eu mereço saber quem tirou ela de mim.

— Eu não sei como fazer você aceitar que nunca vai saber. Verena, você precisa de tratamento. Apoio e amor você já tem. Eu te amo. A Karina...

Ocorreu não como um estalo de consciência, e sim como um fluxo de disparos de sinapses, ligando uma emoção a uma palavra, uma palavra a uma lembrança e uma lembrança a um *insight*.

Karina.

Verena virou-se para Daniel.

— Você tá com o celular aí?

Ele estendeu o aparelho.

— Claro, pensei que você tivesse sofrido alguma violência, pensei em-

— Por favor, me diz que você não desinstalou o Buddy.

Ele não sabia do que ela estava falando, a princípio, mas então reagiu:

— Ah, aquele troço que a Karina instalou. Não, ele tá aqui ainda.

Verena arrancou o celular dele. Respirou devagar, tentando lembrar-se de tudo o que a Karina havia dito sobre o *app*, que ela havia apenas fingido ouvir enquanto pensava em outras coisas. Encontrou o ícone laranja e clicou em cima. Na tela *home*, ela clicou em Meus Buddies. Havia apenas um, como Verena pressupôs, o telefone dela. Clicando em cima, ela só conseguiu rezar para que Ulisses não houvesse desligado o aparelho.

A tela dela apareceu na tela de Daniel.

Estaria Ulisses em algum lugar, olhando aquela tela e percebendo que o aparelho estava sendo acessado remotamente? Será que ele deixou o celular ligado para que a polícia o rastreasse? Ou havia desligado o aparelho, jogado em algum canto para que alguém o encontrasse e levasse a polícia para longe, criando uma distração?

Ela não podia perder tempo. A pessoa que estivesse com o celular na mão poderia desligá-lo a qualquer instante. Ela foi até contatos e encontrou o telefone de Isabela Brassard. Levou um segundo para memorizá-lo. Daniel, numa rara exibição de bom-senso, abriu o porta-luvas e ofereceu uma caneta a ela. Verena anotou o número na calça – a pele estava suada demais. Acessou então o número do Caio e anotou, depois o de Zulma. Então saiu do aplicativo e acessou o GPS. *Onde você está?*

Ela ficou surpresa ao ver a localização do próprio aparelho: Mauá. A tela ficou preta, mostrando um "desligando...". A pessoa do outro lado deve ter percebido que estava sendo rastreada. Ela podia ser inteligente o suficiente para ligar o celular em alguns minutos e rapidamente desabilitar ou desinstalar o *app*, ou poderia destruir o aparelho. *Foda-se, Verena, vá em frente, vá em frente.* Ela teclou o número de Caio primeiro. Chamou, e ela soltou um suspiro trêmulo, aliviado, enquanto Daniel baixava o vidro. Caio não atendeu. Esfregando o suor da testa, Verena ligou para Isabela.

— *Oi.*

Ela sorriu.

— Eu nunca fiquei tão feliz em ouvir a sua voz.

— *Verena, puta merda... Onde você está?*

— Me escuta, o Caio e a Zulma. Me fala que você está com eles.

— *Não, eles não atendem o telefone. Vê, eu acho que o Caio foi atrás do Ulisses numa casa em Embu das Artes, ele estava preocupado com você e com a Zulma, não disse onde ia...*

Verena escutou com os olhos fechados, tentando entender o que ouvia. Então Ulisses havia provavelmente jogado o celular dela em algum lugar, alguém o encontrara e o levara para Mauá. Esperto, uma maneira de fazê-la perder tempo.

Isabela estava chorando. Estava num carro.

— *...Eu não sei por que ele não atende.*

Verena trocou um olhar com Daniel. Isabela nunca a perdoaria pelo que ela estava prestes a fazer.

— Isa... me passa o endereço, por favor.

— *Vou passar a localização pelo celular, só um minuto.*

Ela tentava esconder, mas a voz denunciava. Ela achava que tinha perdido o Caio. Continuou falando:

— *Eu acionei a polícia de Embu, eles falaram que iam mandar uma viatura, mas eu não sei, eu não sei... Eu tô longe ainda, eu demorei demais, eu demorei demais...*

Verena preparou-se. Estabilizou a voz.

— Isa, só um minuto, recebi uma mensagem do Caio. — Ela esperou. Colocou um dedo nos lábios para que Daniel permanecesse quieto. — Ah, tá tudo bem, se acalma, tá tudo bem. Ele tá com a Zulma. A bateria do celular dele estava acabando e ele disse que desligou para economizar. Fica calma.

— *Ah... Onde ele tá? O que aconteceu?*

— Ele não me falou o que aconteceu, disse que explica quando você chegar. Eles estão chegando na minha casa, vá para lá.

Verena encerrou a ligação.

— O que você tá fazendo, Vê?

— O que o Caio ia querer que eu fizesse. Eles não sabem com quem estão lidando, não conversaram com o Ulisses como eu, não sabem o que ele está querendo fazer. Eu não vou mandar a Isabela para lá, grávida, não vou correr o risco de alguma coisa acontecer com ela.

Ela colou o aparelho na orelha.

— Ric... Calma, eu tô bem, eu tô bem. Escuta, a Isabela vai chegar aí, vai demorar um pouco ainda, talvez mais de uma hora. Deixa ela entrar, mas só ela, mais ninguém. Você tá bem?

— *Tô assustado, mãe.*

— Não fica, eu vou para casa mais tarde, eu só preciso fazer uma coisa antes. — *Talvez seja a última vez. Você não se despediu da Luísa, despeça-se do seu filho.* — Ric, você vai ser um pai incrível. Eu tenho muito orgulho de você. Eu te amo.

Ela desligou, os olhos molhados. Daniel estava imóvel.

— Vai, sai do carro, eu já perdi tempo demais. Deixa seu tênis, por favor.

— Eu não po-

— Daniel. Sai da porra do carro. Tem gasolina nesta merda pelo menos?

Ele assentiu.

Ela segurou o rosto dele, deu um beijo nos lábios quentes do ex-marido e abriu a porta. Daniel saiu do carro como se pesasse meia tonelada, removeu os tênis, colocou-os no banco e fechou a porta delicadamente. Verena encontrou o controle, apertou o botão e esperou o portão abrir antes de jogar o carro na avenida.

Verena pisou no freio assim que viu a silhueta do carro de Caio e uma viatura da polícia civil de Embu das Artes, aberta, vazia. Ela largou o Clio onde estava, quase no meio da rua, com os faróis servindo como fonte de luz, e saiu com o celular do Daniel na mão. Tentou fazer uma chamada, mas Caio não atendeu. Jogou o aparelho no banco do motorista e caminhou devagar até a viatura. Fechou os dedos em volta do rádio, mas ao sentir uma complacência estranha no movimento, percebeu que os fios tinham sido cortados. *Merda, merda.* Verena caminhou até o Fiesta de Caio.

Nada lá dentro. Ela virou a chave para desligar o motor. Apertou a trava do porta-malas, rezando para encontrar o que queria. Sussurrou um "obrigada" para ninguém quando viu o colete e a espingarda 12, iluminados pelos faróis do seu carro. Não tinha tempo para o colete, mas pegou a arma e checou com o dedo – descarregada. Encontrou uma caixa de munição e deslizou, com o dedão, 6 balas no tubo carregador. Soltou a respiração que havia prendido.

— Não me deixe perder o Caio. Não me deixe perder a Zulma — sussurrou. Então puxou a telha para baixo, *shhk*. Examinou a disposição do carro dele. Notou o amasso no capô. *Ele pulou o muro.* Seria mais difícil com uma espingarda. Ela pisou no capô e subiu no teto, tendo que se inclinar para não cair. A .12 parecia pesar mais do que os seus três quilos, a bandoleira áspera em sua nuca. Agachada, ergueu o corpo o suficiente para espiar por cima do muro.

Escuridão, fora as luzes dentro de uma casa pequena. Não via ninguém.

Tomou coragem e sentou-se no muro, passando as pernas para o outro lado. Olhou para baixo, mas, na escuridão, só viu plantas. O sangue correu frio, mas não era hora de ter medo. Ela impulsionou o quadril e pulou.

Caiu melhor do que esperava, tombando para a frente e batendo os joelhos, mas sem muito impacto. Agachada, moveu-se para perto do muro e foi caminhando devagar, um passo cruzando o outro, apontando a arma para a frente. O cabelo grudava no rosto, no pescoço. O estômago parecia uma bola de papel sendo amassada, implorando por comida. A boca estava seca e ela sentia o próprio cheiro de suor.

Algo estalou a distância, tão baixo que ela achou ter imaginado o som. Vinha das árvores. Verena continuou caminhando até chegar a uma janela lateral da casa, a madeira carcomida desintegrando-se. O cômodo não estava aceso, mas algo além dele, lá dentro, jogava luz o suficiente para que ela visse o contorno de alguns móveis velhos e panos jogados. Esticou o pescoço, mas não conseguiu ver mais nada.

Ela virou o rosto em direção às árvores. Havia algo ali? Ou a casa seria melhor? Outro estalo. *Foda-se, tem alguém lá.* Sem querer ficar exposta no gramado, ela segurou a arma longe do corpo e correu até o matagal. Diminuiu a velocidade e ouviu. Nada. Caminhou com cautela, odiando o escuro por não conseguir distinguir as raízes na terra, e estendendo o braço direito enquanto o esquerdo segurava a arma por baixo.

Um farfalhar. Verena respirou com calma. Então ouviu algo parecido com um soluço, um puxar raso e rápido de ar, daqueles que crianças muito pequenas dão depois de um ataque de birra. Não era Ulisses.

— Zulma?

Outro espasmo, como um susto.

Verena sussurrou de novo:

— É você?

Um choro, infantil, doído, dissipou pelo ar. *Meu Deus, o que ele fez?*

Verena caminhou com pressa, afastando os galhos, até discernir uma forma no chão, devido ao tecido claro da roupa. Ela ajoelhou e tocou aquilo. O corpo tremeu, o soluço intensificou-se.

— Zulma... — Verena falou baixo. Passou a mão pelo corpo dela – estava quente, trêmula. Não encontrou sangue. Esfregou as costas dela. — Meu amor, sou eu, sou eu.

Num pulo, Zulma agarrou-se nela, apertando-a, arranhando-a com as unhas compridas. Estava encharcada de suor. Verena a abraçou com a mão livre. *Ela tá bem, Verena. Meu Deus, ela tá viva, ela tá bem.*

— Me escuta... Você vai sair daqui. Tenta pelo portão, devagar.

Mas Zulma balançava a cabeça com firmeza.

— Você tem que ir. Eu tô aqui. Você vai tentar pelo portão, porque pelo muro não dá para escalar. E vai contornar até meu carro. Lá você vai pegar meu celular e discar o número da polícia. Vai explicar tudo o que aconteceu aqui e mandar despachar viaturas para esse endereço, diz que tem policial desaparecido aqui. Cadê o Caio?

Zulma não respondia. Algo havia se desligado dentro dela, para proteger sua mente do que havia visto.

Verena fechou os olhos e apertou o ombro dela.

— A única coisa que você tem que pensar agora é em sair daqui. Vai. Corre. Você consegue.

Zulma chorou mais. Verena forçou suas coxas e levantou-se, erguendo a menina consigo.

— Ele tá ali. Os olhos dele... Ele tava morto. Ele tava olhando para mim.

A mão da menina apontava para a mata. Verena deu um empurrão nela.

— Agora, corre!

Zulma correu.

Verena limpou o suor das mãos na calça e, engolindo o pânico, esmagou folhas e galhos em direção às árvores. A iluminação da casa mal chegava àquela parte da mata. Ela precisou caminhar com o braço direito erguido para se defender das garras esqueléticas das árvores.

Enquanto andava, não conseguiu impedir que seus pensamentos escorregassem para as imagens que Ulisses havia evocado com o relato sobre sua infância. *Foi aqui que aqueles horrores aconteceram*, ela abaixou-se para conseguir passar por baixo de um galho grosso, *era nesse mato que ele brincava com o irmão quando a mãe estava em casa.*

Havia algo de diferente, um objeto fora de lugar, a um metro dela, algo que não pertencia à natureza. Verena apontou a arma na direção daquela massa escura, sustentada por algo metálico que captava a escassa luz do lugar. O indicador dela deslizou no gatilho, suado, sem prática. Na ACADEPOL, ela passou pelo treinamento no nível de habilitação operacional, o OP – III, que a preparara para usar pistolas semiautomáticas de diversos calibres, assim como revólveres e a .12. Na realidade, a trabalho, Verena nunca tivera que disparar um tiro em campo, e já não treinava há anos. *Dizem que há coisas que não esquecemos e que atirar é uma delas.*

Propositalmente, ela forçou o pé num galho, que partiu com um som baixo, seco. Não houve reação, movimento, nem eco na mata. Perto o suficiente, ela esticou a espingarda e tocou o objeto, que ainda não conseguia decifrar. Algo mudou na iluminação. Verena virou o corpo e viu a casa a distância. Alguém havia acendido as luzes no andar de cima. Verena tomou fôlego, esticou a mão e forçou o objeto para a frente. Era pesado, mas móvel.

Ela forçou, percebendo que era algo possível de girar, e antes mesmo que o objeto completasse sua volta para ficar de frente para ela, Verena lembrou-se das cenas do filme e deu alguns passos para trás. Era um rapaz da idade do Ricardo, no máximo, obeso. Verena o teria diagnosticado como presa de algum animal selvagem, se não soubesse com quem estava lidando. Algo havia dilacerado seu torso, criando um rasgo onde camadas de gordura amarela, músculo e sangue formavam algo parecido com a abertura de uma concha. Os olhos estavam arregalados, a boca aberta numa máscara de medo.

Era isso que Zulma havia encontrado ao tentar escapar pela mata. Era isso que a havia feito voltar e encolher-se no escuro, e sua cabeça sofrer algum tipo de blecaute cognitivo.

Verena caminhou até a casa, devagar, a arma pronta. Zulma não estava por perto, havia conseguido pular o portão da casa, estava buscando ajuda. *Você só precisa sobreviver por mais alguns minutos.*

Se a polícia vier.

Se Zulma conseguiu alertá-los.

Ela não podia pensar naquelas hipóteses.

As luzes também estavam acesas no andar de cima. A porta da casa estava aberta. Ela agora estava exposta.

Um berro áspero, masculino, arrebentou o ar. Verena soltou um gemido baixo, assustado.

Caio.

Ela correu para dentro da casa. O grito morreu depressa, e ela não soube de onde vinha. Estava numa sala imunda que dava para algo à esquerda – provavelmente a cozinha – e algo à direita – outra sala? O cheiro invadiu seus sentidos. Cheiro de sangue, que conhecia bem. Desviou-se de uma mosca, com nojo. Uma escada de madeira arranhada levava ao andar de cima. Seus pés a movimentaram em direção à cozinha, parcialmente iluminada por apenas uma lâmpada. À medida que se aproximava, o cheiro ficava mais forte.

Ao entrar, a mente registrou o ambiente – imundo, contaminado por hordas de insetos e uma névoa de moscas –, mas seus olhos agarraram-se a uma imagem que só podia ter saído do próprio inferno. Alguém havia fixado ganchos de açougue no teto. Um homem estava pendurado pelas costas em um deles. Ela se afastou, cobrindo a boca para não gritar, não vomitar com o cheiro.

Por um instante, houve a possibilidade de ela bloquear o horror daquele corpo. Naquele segundo, no entanto, os olhos de Verena foram puxados para os detalhes dele, os detalhes que o pânico não havia permitido que ela registrasse.

Suas lágrimas transbordaram.

— Caio? — ela sussurrou.

As mãos de Caio, o corpo dele, os cabelos oleosos de suor. Filetes de sangue no pescoço, dissolvidos na camiseta.

A mente de Verena escorregou para o modo protetor; seu esqueleto travou, e uma parte da sua consciência reconheceu o que estava lhe acontecendo. Os membros mexeram-se sem que ela os comandasse – naquele segundo, houve uma desconexão entre a força de vontade de Verena e seu corpo. Ela percebeu-se encolhendo, livrando-se da espingarda, colando o corpo contra um dos armários sebentos da cozinha.

Não, eu não posso pirar aqui, ela compreendia que o corpo estava paralisando para sua própria proteção, mas tinha que resistir àquele ataque. Caio estava morto. *Não, não ele, não ele.* Verena ouvia a própria respiração, acelerada, descompassada, e sentiu frio. Tudo era uma ameaça – as moscas poderiam atacá-la, os insetos rastejarem por sua pele e entrarem na sua boca, nos seus ouvidos. O teto poderia desmoronar a qualquer segundo, vencido pela força da gravidade e do tempo. O cadáver de Caio no gancho ia começar a se mexer, balançar, abrir a boca pútrida e conversar com ela, culpá-la por ter deixado que ele morresse, como Luísa.

Verena sentiu-se do tamanho de uma uva, e o mundo se distorceu, como se o enxergasse através do fundo de uma garrafa. O pavor era congelante. Os gemidos baixos escapavam de sua boca como se pertencessem à outra pessoa. Ela puxava o ar, mas não era o suficiente. *Não, eu não posso travar, eu preciso subir.*

Uma porta bateu no andar de cima. Foi como um tranco de desfibrilador no peito de Verena. *Porra, acorda, abre os olhos, presta atenção*. Alguém caminhou acima dela. *Thump, thump*. Ela esticou o pescoço, visão grudada no teto encardido, com tinta descascando. Verena ergueu o corpo, endireitando as pernas, sentindo os joelhos doloridos e engoliu a bile que ameaçava invadir a boca, tão amarga quanto ácida. A revolta fez com que ela chegasse mais perto de Caio. *Não posso deixar ele aqui assim*.

Quando se aproximou para soltá-lo do gancho, o corpo deu um espasmo. Verena cobriu a boca e afastou-se. *Ah, não me dê esperanças, não brinca assim comigo, Caio*. Ela abraçou as pernas nele e contraiu cada músculo, empurrando-o para cima. Ele soltou um gemido baixo e sofrido, no mesmo instante que o peso caiu sobre ela e os dois foram ao chão.

Caio estava imóvel, esmagando-a, o cheiro de sangue tão forte que Verena chegou a sentir o gosto no fundo da garganta. Algo havia acontecido com o rosto dele, algo que ela não conseguia decifrar, enquanto tentava sair de debaixo dele para respirar. Libertando-se, esforçou-se para virá-lo para cima.

Meu Deus. Ela precisou apertar os dentes para não gritar.

Uma faixa de pele havia sido rasgada da testa dele. Por baixo, um filé de músculo liso, cintilando num vermelho vivo, quase consciente. Ela aproximou o rosto das narinas dele. *Ele está vivo, Verena*. Não demorou para a parte mais afiada da sua mente contestar aquela felicidade. *Ele foi pendurado por um gancho*. Não era médica, e mesmo com os acidentes e ferimentos que havia presenciado como policial, como mãe, não tinha conhecimento para avaliar o estado dele. Pensou nas aulas de anatomia. Era possível que o gancho houvesse perfurado um dos pulmões.

Saia daqui, chame uma ambulância, salve seu amigo.

Então, mais gemidos nas madeiras. Algo caminhava no andar de cima. Ulisses não quis apenas matar Caio, e sim torturá-lo antes, atravessando seus músculos, ossos e órgãos com um pedaço de metal, deixando com que o próprio peso dele fosse um instrumento de angústia. Ela não conseguiria carregar o amigo e não o deixaria naquela casa, inconsciente, sem poder lutar.

Devagar, ela passou a bandoleira da espingarda pela cabeça e braço. Tomando fôlego ao afastar-se, silenciosamente prometendo a Caio que voltaria, ela pisou no primeiro degrau da escada. Não rangeu. Cruzou o outro pé para o segundo. O tênis derrapou alguns centímetros e ela olhou para baixo. Sangue, em pequena quantidade. Continuou subindo. Ouvia algo distinto, como um zumbido leve, um lamento.

Chegou ao segundo piso. Um corredor estreito, três portas. *Uma tem que ser banheiro*, ela pensou, *dois quartos. Qual ele escolheu? O quarto onde cresceu com o coitado do irmão ou o quarto da mãe, do padrasto?*

Ela seguiu seu instinto de virar à direita. Caminhou devagar, com medo de fazer as tábuas rangerem. Ao entrar no quarto, Verena levou um tempo para entender o que via, enquanto o cheiro de mofo, sangue e urina a invadia.

Duas pessoas apoiadas em cadeiras. Um homem, uma mulher. O homem era policial. Ela lembrou-se da viatura do lado de fora de casa.

Verena aproximou-se dele devagar. Parecia desacordado, a cabeça pendia para baixo. Ela tocou a pele; gélida. Morto. Talvez ainda estivesse com um celular na calça, ou um rádio, qualquer coisa que possibilitasse a ela conseguir uma ambulância para Caio. Devagar, Verena precisou livrar-se da espingarda, colocando-a lentamente no chão. Seus sentidos aguçados, cientes de cada respiração, cada batida do coração. Movimentou-se com precisão e delicadeza, os dedos esticados a sua frente, e deslizou a mão na calça do policial morto. Contornou o quadril, buscando por um celular no bolso de trás. Nada.

Passos. Próximos demais.

Ela virou-se em direção à porta.

Não era Ulisses. Era uma aberração, uma figura animalesca. O corpo de Verena vibrou com uma sensação totalmente inédita para ela. *Isso não é desse mundo, isso não é real, uma coisa dessas não pode ser real.* Era como se uma barreira entre o normal e o impensável se abrisse. Não importava o quanto Verena havia lido ou ouvido falar de coisas daquele tipo, elas sempre haviam sido compartimentalizadas em algum lugar da mente que dizia "sim, existe, mas não pense nisso, isso está longe, isso talvez nem seja isso tudo que estão falando". O grito que Verena prendera na garganta por tanto tempo conseguiu se soltar. Voou, estridente, arranhado e altíssimo, para longe de sua boca, assustando até si mesma.

Ela tateou o chão e os dedos esbarraram na espingarda. No momento em que conseguiu puxá-la para si, ele deu dois passos – como era enorme – e chutou o rosto dela. Verena caiu para trás, sangue explodindo do nariz, a sensação de sufocamento e o gosto de sangue fazendo com que ela abrisse a boca para puxar ar. Sentiu uma fisgada nos cabelos, o couro cabeludo pegando fogo.

Abriu os olhos a tempo para ver aquela coisa horrenda, aquela máscara deformada, aproximar-se dela. Era pele. Não como a máscara que havia coberto o rosto de *Leatherface* no filme. Era real – pele recém-retirada costurada em caminhos transversais e tortos. Uma gosma sangrenta grudada ao rosto de Ulisses. A boca dele sorrindo pelo buraco, os dentes alinhados, molhados, tão próximos dela.

— Você veio, Verena. Não decepcionou mesmo.

O braço dela, esticado, procurava a arma.

Ele não percebia as intenções dela? Será que não conseguia enxergar direito com o sangue escorrendo pelos olhos? Parte daquele rosto era de Caio, parte de alguma outra pessoa. Mesmo com as unhas raspando contra o piso sujo, os olhos de Verena pularam para a mulher que estava amarrada à outra cadeira. Do chão, conseguia ver seu rosto, em carne e osso. Na testa, um resquício da pele na linha do cabelo, mal cortada. Pelo corpo, ela havia sido jovem. Era o vestido dela que estava manchado de amarelo – urina seca.

— Veio testemunhar a morte dos amigos como uma verdadeira *scream queen* — ele falou, com certa dificuldade, como se temesse que abrir a boca demais faria a máscara soltar. — O que restará de você? — E ele começou a gargalhar — Você vai sair... mas o que restará de você?

Ela fechou os dedos na bandoleira no exato instante em que Ulisses a agarrou pelos ombros e a puxou, erguendo-a para que ficasse em pé. Ele arrancou a espingarda dela e a arremessou com tanta força atrás de si que a arma caiu escada abaixo. Verena tentou libertar-se, mas Ulisses era uma torre de homem, uma de suas mãos gigantescas circulando o pescoço dela, a outra erguendo um objeto para perto de seu rosto. Os olhos de Verena focaram na lâmina, a centímetros deles.

— Eu ia usar aquela pele de chocolate da sua Zulma para completar a máscara — a voz dele saía macia, mas embolada —, mas vai ser a sua, Verena, *tem que ser a sua*.

Os pés dela dançaram contra o piso de madeira, os dedos apertando os braços dele. Um gemido de pânico saltou entre os dentes de Verena, a traqueia espremida pela pressão do dedão dele. A respiração dela falhou, foi insuficiente. Quando a lâmina raspou contra a maçã do rosto dela, quando ela sentiu a ardência do corte, a pele arrebentar-se e o ferro encontrar osso, um novo jato de adrenalina ardeu em suas veias. Verena dobrou o joelho, concentrando seu medo e ódio no movimento. A rótula encontrou a virilha de Ulisses, que dobrou, flácido, perdendo a firmeza nos dedos.

Ela conseguiu dar um, dois, três passos até o corredor. A escada estava a dois passos. Precisava correr, recuperar a espingarda, chegar até Caio.

O couro cabeludo estava em brasas. Era a mão dele, puxando-a para trás.

A dor no rosto não cedia e ela sentia o sangue trilhando o contorno da face e pingando do queixo. Então o alívio, ao mesmo tempo em que Ulisses, atrás dela, soltou um gemido de surpresa e dor. Verena conseguiu virar-se a tempo de ver os olhos cintilando por baixo da máscara enquanto Ulisses fitava a mão trêmula.

Os músculos dele estavam dando o primeiro sinal de falência. Ela correu pelo corredor, contornou a grade e desceu os primeiros degraus da escada. Ulisses estava logo atrás, ela ouvia a respiração dele, os passos pesados na madeira, sentia o calor emanando dele, quase tão intenso quando o cheiro da máscara de pele.

Verena só compreendeu o que aconteceu quando o estômago levantou voo. A panturrilha ardeu com o chute de Ulisses. Ela estava caindo.

O impacto lançou dores simultâneas pelo sistema nervoso de Verena; ela ouviu o estalar de um osso, sentiu o enternecimento de músculos. Faíscas explodiram nas suas retinas e o mundo girou enquanto ela tentava, cegamente, agarrar-se ao balaústre da escada. Foi rápido demais. As dores a atacaram assim que o corpo deslizou no piso do térreo. Inspirando fundo, lágrimas de agonia brotando dos olhos, Verena percebeu que havia fraturado o braço direito. A visão focou na besta gigante descendo os degraus com cautela.

Ao apertar o abdome, ela soube que havia se machucado em outros lugares. Tudo nela reclamava ao menor movimento. Era como se seus ligamentos tivessem congelado, os tecidos derretido e os pulmões se comportassem como boias furadas. *Eu morri, esse porra me matou.* Ele estava a quatro degraus dela.

Verena girou o pescoço, os olhos caçando qualquer coisa que pudesse usar para se defender. A princípio, quando detectou movimento próximo, ela pensou estar finalmente num filme de horror. Um monstro rastejava em sua direção, humanoide, mas incompleto, como Frank Cotton em *Hellraiser*.

Era Caio, entre a vida e a morte, tão perto quanto Ulisses. Seus olhos escuros cintilavam entre o sangue coagulado que cascateara pelo rosto. Os dedos dele, esticados no piso de madeira, empurraram a espingarda em direção a ela. Verena soltou um gemido entredentes ao alongar o braço quebrado e fechar os dedos no cano. O braço esquerdo foi espremido. Ela gritou. Ulisses pisava nele. Ele estava diretamente sobre ela, em pé, espiando sua aflição por trás das peles coladas ao rosto.

A dor na cabeça de Verena era afiada como navalha. Ela partiu os lábios, os dentes cerrados, e puxou a espingarda. De alguma forma, conseguiu abraçá-la e disparou, o som explodindo em seus ouvidos, o coice soltando um raio pelo seu braço.

Ulisses foi ao chão, mas Verena não conseguiu ouvir o som. Sabia que ele tinha gritado, pelo formato da boca, mas não ouviu. Ela chutou o piso, deslizando o corpo para trás em desespero. E mesmo que ele não se mexesse, foi demais para ela. Verena berrou. E quando começou, não conseguiu parar.

S irenes.

Foi aquele o som etéreo, fantasmagórico, que tocou a sanidade de Verena. Ela piscou, percebendo-se em uma espécie de transe. Há quanto tempo estava ali, sentada no chão imundo, os olhos arregalados, a mente sofrendo algum tipo de blecaute?

Consciente do momento de um jeito agudo, como se tivesse levado um tapa para despertar, examinou o braço, num ângulo grotesco. Algo dentro dela se mexia quando ela respirava, algo solto, defeituoso. O nariz estava arrebentado e quando respirava, ouvia chiados.

— Caio...

Nenhum som. Ela fechou os olhos.

— Vê...

Ele não se mexia ao falar. Verena esticou o braço e fez a única coisa que as dores permitiram: apertou a mão dele.

— Eu não... a dor...dói demais. — ele tossiu.

— Você vai ficar bem, eles estão chegando, escuta as sirenes. A Zulma conseguiu pedir ajuda — Ela sussurrou. *Ele tem que sobreviver a isso.*

— Vê, eu vou morrer.

Ela apertou a mandíbula.

— Ainda não. — Quando falava, algo pressionava contra seu pulmão. — Minha neta vai querer um molequinho para socar. A Isabela tá grávida.

O som das sirenes se fortaleceu, como se quisesse espatifar as janelas.

Caio apertou a mão dela.

Algo chamou a atenção de Verena, no canto do olho. As pernas de Ulisses se moviam. *Ele está vivo.*

— Aqui, aqui!

Ela virou os olhos para cima. De ponta cabeça, os socorristas entravam na casa, liderados por alguns PMs. O rosto de uma mulher jovem apareceu no seu campo de visão.

— Não se mexa — ela falava, a voz controlada.

Verena precisou descolar os lábios, secos e sujos de sangue, para falar:

— A Zulma?

— Shh, por favor, não fale, senhora.

Ela fechou os olhos. Socorristas conversavam, policiais passavam informações pelo rádio, macas eram abertas, mais sirenes soavam do lado de fora. Algo foi afixado no pescoço dela. Seu corpo foi tombado para os lados e erguido para uma maca. Verena tentava ouvir a voz de Caio, mas não conseguia. Quando foi colocada em movimento, voltou a abrir as pálpebras. O céu estava denso, estrelado, o ar, quente. Ela não conseguia olhar para os lados, mas percebia a agitação ao seu redor.

Então sentiu o cheiro do perfume inconfundível de uma mulher que passara a adorar nos últimos dias. Ouviu a voz de Isabela Brassard:

— *Ah, meu Deus... Caio... Caio!*

Ela entrou em foco e Verena sentiu suas mãos frias apertarem a sua. Os cabelos de Isabela levantaram com uma lufada quente, o rosto dela estava molhado.

— Você está bem?

Verena umedeceu os lábios. Gosto de sangue.

— O desgraçado tá vivo?

A voz de Isabela saiu baixa:

— Ele está aqui do seu lado. Numa maca. Você explodiu o ombro dele e ele perdeu muito sangue, mas...

Verena ouviu a voz de Ulisses, a meio metro do seu lado direito:

— Mas eu vou sobreviver, Verena.

Ele ofegava, gemia de dor.

— Ah, fica tranquilo — ela falou com a voz calma, tão distante que era como se pertencesse a outra pessoa, os olhos vasculhando as estrelas. — Você vai viver, Ulisses.

Ela imaginou a dor excruciante que ele devia estar sentindo. Verena sorriu.

— Você vai se deteriorar, como tantas pessoas se deterioraram por causa dessa maldita doença. Mas com uma diferença: elas tiveram tempo para viver seus últimos desejos. Tiveram tempo com pessoas que amavam e que cuidaram delas. Você vai perder todo o seu poder, toda a sua força e dignidade e vai apodrecer sozinho num hospital. E tem razão, vai ter enfermeiras lá e morfina, mas a morfina não vai aplacar sua consciência do fracasso. A Zulma tá viva, o Caio vai sobreviver. E eu faço questão que você viva e morra devagar.

Ele não respondeu.

Verena esperou, ouvindo os socorristas deslizarem a maca de Ulisses para dentro da ambulância. Quando escutou as portas fecharem, ela sussurrou, com a sensação de que a garganta estava dilacerada:

— A Zulma?

Isabela sorriu.

— Ela vai ficar bem. Graças a você. Já foi levada ao hospital.

— Foi o Caio que salvou a vida dela.

— Não fala, Vê. Descansa.

A luz leitosa fez as pálpebras de Verena tremerem quando ela despertou. Reconheceu de imediato o quarto de hospital; as paredes esverdeadas, a televisão de tela fina na parede, o acesso de plástico transparente colado com fita no dorso da mão.

O canto do olho detectou movimento ao mesmo tempo em que ela ouviu um fungar sentido. Karina contornou a cama, os olhos inchados.

Quando Verena abriu a boca, a intenção foi apaziguar o olhar de terror dela, de dizer que não era tão ruim assim, que a aparência era pior do que a dor, mas Karina colocou a mão em sua boca.

— Shh, não fala. Não fala. Eu já sei de tudo. Por favor, não fala.

Ao fechar os olhos, o sono puxou, a convidou para um *drink* e talvez algo mais. Com o que sonharia? Seria possível dormir sem ter pesadelos depois daquela noite? Ela lembrou-se do *Pinhead* dizendo *"we have such sights to show you"*, e deu um sorriso que veio acompanhado de lágrimas.

Verena tentou lembrar-se do diagnóstico; na queda, ela havia fraturado o rádio, a ulna e a oitava costela do lado direito. O rosto repuxava quando ela se mexia, já que havia levado seis pontos que estavam protegidos com um curativo. Uma enfermeira comentou que seu corpo estava coberto de hematomas, mas que ela não corria risco.

— Eu conheci a Zulma — Karina falou suavemente.

— Você nem está bronzeada, aposto que ficou trabalhando o tempo todo e comendo os pavês *vegan* da dona Altiva.

Karina limpou uma lágrima da bochecha. As duas se olharam por um tempo.

— O Caio está em cirurgia. Os médicos me disseram que ele vai se recuperar.

— Eu nem sei se tenho como te pedir desculpas, Ka.

— A gente não precisa disso. Por favor, para de falar.

Verena levantou o braço esquerdo, o único que conseguia mexer, e sentiu os dedos de Karina entrelaçarem-se aos dela. A boca de Karina encontrou sua testa.

Eu te amo, ela quis dizer, *e agora eu preciso aprender a viver com a dúvida sobre a Luísa e vou precisar da sua ajuda.* Mas o sono puxava. Quem estaria do outro lado? Qual monstro? *O que vai sobrar de mim?*

18 de dezembro de 2019

Os olhos de Caio estavam confortavelmente presos ao saco plástico que murchava enquanto pingava os medicamentos que corriam por suas veias. Não sentia mais dor, mas o cirurgião havia sido brutalmente honesto: "Mesmo com a reconstrução, seu rosto vai ficar marcado para sempre. A boa notícia é que aparentemente o retalho está bem irrigado." Caio havia sido ainda mais honesto: "Doutor, eu tô cagando para o meu rosto, eu quero saber o estrago que esse gancho fez no meu corpo". Outro cirurgião explicou: "Você só teve alguns músculos rasgados, vai se recuperar, mas vai ter que fazer fisioterapia e as cicatrizes não são pequenas".

Ele não entendeu por que Isabela chorara tanto. Caio ainda não conseguira se acostumar com o fato de que saiu vivo daquele inferno. Os olhos dele buscavam os dela – ele queria falar sobre o bebê, ela ainda estava tensa demais. Toda vez que desaparecia por dez, quinze minutos, voltava ao quarto cheirando a cigarro.

O celular vibrou na coxa dele. O número novo de Verena, que estava do outro lado do corredor. "E aí, seu porra?" Caio sorriu. Doeu. "E aí que eu contrariei todas as expectativas e consegui ficar mais feio ainda. Pelo menos não estou tão arrebentado quanto você." Ela respondeu com uma figurinha de uma criança mostrando o dedo do meio.

Batidas na porta. Caio esperou e ficou surpreso quando viu Thierry.

Olha a cara dele. Agora as pessoas sempre vão olhar para mim desse jeito. Vou ter que me acostumar. Thierry não fez questão de esconder a repulsa ao ver o curativo. Soltou um assovio que dizia *puta que pariu*, que Caio ignorou.

— Bom... em primeiro lugar, parabéns. A Isa me contou da gravidez.

Caio via os ciúmes na expressão dele, mas também ignorou. Depois dos eventos recentes, não seria muito fácil irritá-lo.

— Obrigado.

Thierry ficou parado ali, com os braços cruzados, um pouco incrédulo com a história que certamente haviam contado a ele sobre o que aconteceu na casa de Ulisses. Mas quando Thierry falou, Caio percebeu que estava mais preocupado com Isabela.

— Ela também me falou o que vocês decidiram... Confesso que fiquei surpreso.

— É o que a gente quer. — Como doía mexer os músculos faciais. — Ela quer fazer o trabalho dela sem se sentir um lixo por deixar uma escola criar o filho, e eu quero ser um pai melhor do que o meu. Não vou sentir tanta falta da Polícia Civil quanto você pensa.

Thierry encolheu os ombros.

— Vamos lá. Eu te prometi uma resposta e acho que você não quer esperar ter alta para ouvi-la.

— Só me fala o que descobriu.

— Você nunca achou estranho que o irmão da Verena fugiu do Brasil exatamente na mesma época da morte da Luísa?

— Se essa é a sua puta descoberta, tá errado. — Caio balançou a cabeça. O corpo inteiro reclamou. — O irmão da Verena era louco pela Luísa, e não do jeito nojento, ele era padrinho dela, e a Luísa adorava o tio.

— Desde quando isso é empecilho? Um dia ele tentou alguma coisa, ela resistiu e ele deu um tiro nela. Não seria o primeiro e não vai ser o último.

— Você não os conhecia. Eu sei que pode parecer ingenuidade minha, mas não é. Ele sofreu tanto quanto a Verena. Ele não parava de chorar.

— Cada frase que sai da sua boca, para mim, é um carimbo de culpado.

Caio teve o impulso de coçar a testa, mas se refreou a tempo.

— É só isso que você tem? Um palpite?

— Uma forte desconfiança. Alguma coisa nos interrogatórios não está certa. A escolha cautelosa de palavras... esse cara mentiu para vocês.

Uma enfermeira entrou. Odete. Ela ignorou Thierry e sorriu para Caio.

— Tá melhor?

— Tô bem.

Thierry olhou pela janela com as mãos no bolso enquanto a mulher media a pressão de Caio, sua temperatura, e lhe oferecia um copinho com três comprimidos. Ele bebeu e ela o encarou por um tempo, com um olhar carinhoso.

— Dona Verena falou que ia me dar R$ 2 mil se eu roubasse sua gelatina e desse para ela.

Caio riu, depois arreganhou os dentes numa expressão de dor.

— Eu não posso oferecer coisa melhor, Odete.

Ela fez uma careta safada.

— Mentindo para a mulher que trocou sua sonda?

Ele beijou a mão e fingiu jogar para ela. Odete saiu com um sorriso amplo no rosto, deixando os dois a sós de novo.

Thierry virou-se para ele, mas Caio o interrompeu:

— Eu agradeço sua ajuda, cara, realmente agradeço. Com tudo. Mas você tá errado desta vez.

— O que faz você achar que é mais inteligente do que eu, Caio? Você teve quatro anos para resolver este caso e não conseguiu.

Caio sorriu para ele. Engoliu a provocação e falou baixo:

— Eu não preciso ser melhor do que você, cara. Ela me escolheu.

Thierry caminhou até a porta, mas, antes de sair, falou baixo, sem olhar para Caio:

— Cuida bem da Isa. Você tem sorte de ela te amar.

— Oi, vô.

Zulma não esperava que ele respondesse. Ela sentiu a brisa dedilhar a barra do seu vestido de algodão e estudou a foto do avô no jazigo. Ele estava ao lado da avó e de Vitória. Walter e Maria das Rosas haviam gastado uma fortuna – que não tinham – para o translado do corpo da filha, apenas para poderem enterrá-la ali. Zulma leu as inscrições, como já lera antes, de seus nomes, as datas em que nasceram e morreram.

Ela ignorou os espectros, sombras que se mexiam apenas quando ela não olhava diretamente para elas, entre túmulos e estátuas. Havia muitos lá, como era de se esperar. Por anos, Zulma não acompanhara o avô quando ele vinha, umas duas vezes ao ano, visitar o jazigo da avó e arrependia-se disso agora.

— Você acertou em confiar no Caio — ela falou baixo, acostumando-se a conversar com o cimento. — Eles são legais, vô. Então, obrigada por ter escolhido isso para mim. Ainda não são como uma família, mas eu acho que chegamos lá aos poucos.

Ela olhou em volta. Um lugar de paz... não, o clichê estava errado. Um cemitério não é um lugar de paz, e nem é um lugar silencioso. É que muitos não escutam os sussurros dos mortos, por isso deduzem que estão quietos. Era um lugar parecido com um hospital, um limiar entre vida e morte, chegadas e despedidas. As pessoas ali sofriam com as saudades, ansiavam por mais um toque, uma despedida, últimas palavras. Era um lugar de intenso sofrimento.

Sofrimento desnecessário, diria Walter. Mas era difícil concordar com ele quando

tudo o que Zulma queria era poder abraçá-lo mais uma vez.

— Eu estou bem agora — ela forçou-se a continuar. — Naquela noite, naquele pesadelo de noite, eu não fiquei, não fui forte. Os médicos me deram atenção, acho que foi por pressão da Verena. E ela está me obrigando a fazer terapia, minha primeira sessão é amanhã. Sei lá, acho que vai ser bom conversar, sabe? Eu não sei se ela está bem, mas o Caio disse que ela vai ficar. Eu... — Ela desviou o olhar e esperou as lágrimas retrocederem. As narinas arderam com o choro suprimido. — Sinto muito sua falta. Não sei quando vou parar de sentir, mas acho que nunca, e a sensação é esmagadora, vô, é como um buraco negro puxando toda a luz da minha vida. Eu sei que vai passar, vai ficar mais tolerável, mas tem horas que...

Mas ela estava com raiva, também.

— Eu tô sabendo tanta coisa ruim sobre o senhor, agora. Sobre coisas que você aprontou quando era mais novo, sobre a história da minha avó ter que pagar sua dívida. Tudo isso me machucou tanto... Eles estão me ajudando com isso, também. O Caio conversou comigo... eu entendi, você não era perfeito. Você errou. E eu tenho que te perdoar por ser apenas humano, eu sei de tudo isso. Mas ainda dói.

Zulma se sentou no chão. A voz mudou quando continuou, ficando mais calma.

— O Caio e a Vê me disseram que eu salvei eles. Isso não é verdade. Eles disseram que eu consegui me manter forte o suficiente para chamar a polícia, para me trancar naquela viatura e fazer o que tinha que fazer, mas a verdade é que eu nem lembro de ter feito isso. Quando eu penso naquela noite, é tudo tão turvo, tão estranho, como se fosse...

Um filme. Ela quase riu da ironia daquilo.

— Alguma coisa me ajudou a não enlouquecer. Não foi a vó, essa é a verdade. Foi aquela menina, a Luísa, acho. Ou eu posso ter só imaginado aquilo. Nunca vou saber.

Ela ficou em silêncio. Dois pássaros piaram perto dela. Zulma fechou os olhos e permitiu-se sentir a brisa, as palavras que o avô diria, se pudesse falar. *Sim, meu anjo, você os salvou, sim.*

Ela balançou a cabeça.

— Eu amo a Karina, também. Ela nunca nem questionou o que eu estava fazendo naquela casa o tempo todo, ela sei lá... imediatamente meio que me adotou. Ela entende coisas sobre mim que a Verena não entende, sabe? Sobre ser uma mulher negra, sobre me expressar como tal, sobre ocupar um lugar corajoso no mundo e essas coisas. Ficamos acordadas por muito tempo, de madrugada, falando sobre minha identidade, meu futuro. Não é sua culpa, mas eu senti falta disso, na minha criação.

A garganta dela ficou seca, e ela tossiu.

— Eu sei que você diria que Deus trabalha de formas misteriosas. Eu entendo isso agora. Nada se resolve magicamente, nada vai simplesmente "ficar bem", de uma hora para a outra, mas... Mas os meios de cura estão aqui. Ele me deu o que eu preciso para seguir em frente, acho. E eu sei que foi a sua intenção de se redimir que me trouxe aqui. Foi sua intenção de dar paz à Verena quando fez aquele telefonema. Obrigada, vô.

Ao desviar o olhar de novo, ela viu uma mulher com uma criança de uns três anos apoiada no quadril. Elas olhavam para um jazigo a uns dez metros de onde Zulma estava. A mulher abraçava a menina, apontava para o jazigo. Embora a garotinha permanecesse indiferente – certamente não compreendia a morte –, a mulher limpava lágrimas com os dedos. Zulma imaginou um homem ligeiramente acima do peso, peludo, calvo e bem- humorado, marido daquela mulher e pai daquela criança, morrendo num assalto, baleado, deixando o banco do motorista ensopado de sangue e com um buraco de projétil.

Ao virar o rosto para os jazigos de sua família, ela sentiu, pela primeira vez, o agito lento de um sentimento de gratidão, como o avô sempre dizia ser a mais pura de todas as sensações. *Gratidão pelo tempo que passamos com eles,* ela pensou, um sorriso dançando em seus lábios, *gratidão pelo tempo, cada minuto, que eles estiveram em nossas vidas.* Ela levou os dedos aos lábios e os beijou, depois tocou a foto preta e branca de um Walter sorridente, afixada na pedra do jazigo.

— Eu volto outra hora, vô. Você sempre reclamou da minha tagarelice, e lamento dizer que vou continuar falando com o senhor.

Espero que esteja num lugar onde não possa me responder.

23 de dezembro de 2019

Caio ouviu os passos de Isabela e sentiu os braços dela ao seu redor.

— São duas e meia, vem dormir, o cirurgião mandou você descansar.

Ele beijou a mão dela.

— Já vou, eu tô... sem sono. Abalado demais.

Ela espiou. Ele estava com as cópias que ela secretamente havia feito dos documentos do inquérito da Luísa.

— Você um dia vai conseguir esquecer isso?

Caio balançou a cabeça.

— Eu sei o que aconteceu, Isa. Eu finalmente juntei as peças.

Isabela puxou uma cadeira e sentou-se. Ele gostou de ver os cabelos soltos dela, deslizando no robe de seda. Não contaria a ela, mas mal podia esperar para ver a protuberância da barriga, aquela coisa oval e dura insinuando-se entre o tecido, oferecendo-se para ser acariciada.

Caio umedeceu os lábios.

— A gente conversou com todo mundo, lembra?

— Claro.

— E a gente descobriu alguns podres que, como não tinham nada a ver com a Lu, escolhemos ignorar porque todas as famílias têm podres, inclusive as nossas, e eles nos deixam desconfortáveis.

— O que ignoramos, Caio?

— O Thierry veio atrás de mim com a teoria de que o irmão da Verena, o Jorge, matou a Luísa. Eu entendo que um investigador de fora poderia pensar isso, mas não fez sentido para mim. Sabe, ele não estava totalmente errado, mas não foi mais fundo.

— Ele não liga muito para o porquê.

— Mas esse caso é pessoal para mim. Ele me destruiu e destruiu minha melhor amiga, e eu precisava saber o porquê. E, infelizmente, é bem mais simples do que a gente pensou. Infelizmente, é tão simples como a maioria dos homicídios que investigamos todo santo dia, Isa.

Ele tomou fôlego.

— O que descobrimos de ruim sobre o Jorge? Que ele tinha problemas com jogo, que pegava dinheiro emprestado de agiotas, que se metia com gente da pesada.

Ela assentiu.

— Eu entendi por que o Walter Kister ligou para Verena. Ele tentou me falar, ele ia me contar, mas não teve tempo. Ele queria me contar alguma coisa, mas ainda não confiava o suficiente em mim, embora eu sinta que... eu senti desde o começo que ele queria confiar em mim, que tinha uma boa intuição sobre mim.

Ele respirou fundo, a testa repuxava, liberando uma dor que pinicava, quente, debaixo do curativo. Haviam removido um pedaço de pele da coxa dele,

Quando os Mortos Falam

perto da virilha, para fazer o que chamavam de retalho em sua testa. Mesmo sendo um procedimento pouco invasivo e delicado, Caio sempre teria marcas. Por mais que Isabela o consolasse, por mais que dissesse que as marcas eram de batalha e ela as achava atraentes, ele ainda precisaria acostumar-se em conviver com Ulisses, com o quanto havia chegado perto de morrer nas mãos dele.

Sentindo que ele estava escorregando para um lugar escuro, ela acariciou sua mão e deu um beijo nela. Aguardou, com uma paciência incaracterística. Ele continuou:

— Ontem, a teoria do Thierry ficou encucada aqui, me incomodando, me corroendo. E lembrei de todas as conversas que eu tive com o Walter, o quanto ele fez questão de frisar que tinha um passado, que não queria se envolver com a polícia, que a esposa nunca o havia perdoado, que não era perfeito. Mas aos olhos de todos que o conheciam, Walter *era* perfeito. Eu sabia que o Walter não tinha passagem pela polícia, mas decidi cavar. E encontrei uma coisa.

Ele ofereceu um papel para Isabela. Ela franziu a testa.

— Ele testemunhou contra Marcílio Dias, indiciado por homicídio doloso, fraude, chantagem e extorsão, há um ano. Esse nome não é estranho.

— No inquérito da Luísa, o Naja entrevistou o agiota de Jorge Castro, Marcílio Dias. Por não saber o que procurava, Naja não pressionou o suficiente. Marcílio era malandro e não cedeu. Mas eu aposto que o Jorge Castro tava devendo uma grana filha da puta para ele. E o tempo foi passando, e o Jorge não pagava. Quem era a pessoa que ele mais amava no mundo?

Isabela fechou os olhos.

— A Luísa. Foi vingança, pressão, por grana.

— Uma semana depois, o Jorge deixou uma procuração para a mãe da Verena, pediu para ela vender a casa dele, carro, todos os pertences o mais rápido possível e fugiu para a Espanha. Para sofrer sem admitir sua culpa, mas também para conseguir dinheiro para pagar o Dias antes que ele fosse atrás de outra pessoa da família.

Isabela balançava a cabeça com incredulidade.

— A mesma merda de sempre.

— A mesma merda de sempre. Dinheiro.

— Não tinha como a gente saber...

— Talvez, Isa, se estivéssemos dispostos a realmente ir até o fim. Talvez. Eu acho que o Walter, por ter se envolvido com Dias um tempo atrás, deve ter ouvido algo sobre o caso. Verena tinha acabado de aparecer em algumas matérias na internet, por causa de Karina, falando sobre isso. Ela foi contra a entrevista, no começo, mas acabou cedendo e mencionando o caso da Luísa e a jornalista fez o resto. Walter pode ter visto, juntado as coisas, mas, para não expor a Zulma, não queria fazer nada diretamente. Essas pessoas mais velhas desconfiam que a polícia rastreia o telefone de todo mundo que faz uma denúncia anônima. Conhecia a polícia bem demais para saber que provavelmente uma denúncia anônima de um caso antigo nem faria diferença. O Walter conhecia o Dias há anos, com certeza ouviu alguma coisa sobre o envolvimento dele com o assassinato da Lu, talvez até conhecesse o Jorge. Ele quis ajudar, não soube como, e viu uma oportunidade – a história do Guedes foi sua porta de entrada.

— E o que vamos fazer agora?

— Já fizeram por nós... — Ele soltou o peso contra a poltrona. — O desgraçado do Dias foi assassinado na prisão há alguns meses.

Isabela soltou um suspiro de frustração.

— E você vai contar para a Verena? Sabendo que isso vai destruí-la?

— Nada mais destrói a Verena, Isabela. Por pior que seja, só uma resposta vai dar a ela a paz que merece.

24 de dezembro de 2019

Caio e Karina entreolhavam-se na cama *king size*. Verena havia finalmente se deixado arrastar para o sono, dando uma trégua ao sofrimento. A luz do corredor dissipava-se pelo quarto. Verena respirava devagar, inflando e desinflando, o braço engessado ao lado do corpo. Karina fez um gesto e mexeu os lábios para formar uma pergunta: "quer descer um pouco?", e ele fez que sim.

Quando os dois haviam percorrido o longo caminho até a cozinha em silêncio, acomodaram-se nos bancos. Caio checou o celular: 2h42 da manhã. Isabela havia enviado um recado de boa noite às 22h31 – andava dorminhoca, cansada.

— Você precisa ir para casa — Karina quebrou o silêncio. — O Daniel vai pegar o próximo turno, tá tudo bem.

Por quantas horas Verena havia chorado depois da conversa deles, depois que ele havia revelado tudo o que descobriu, depois de ter telefonado para o irmão e ouvido sua confissão entre soluços? Caio não tinha certeza. Sabia apenas que havia passado o dia inteiro naquela cama, abraçado com ela, permitindo que ela desabasse. Karina estivera ali pela mesma quantidade de horas, falando pouco, afagando o cabelo da esposa e forçando-a a tomar os medicamentos que os médicos haviam prescrito quando recebeu alta.

— Eu não me importo de ficar, Ka.

— Sei disso. Mas o que rolou contigo é saudável tentar esquecer. Você também precisa se recuperar.

Com isso, ela levantou e foi até a cafeteira.

— Às vezes, eu penso que não deveria ter contado.

Karina balançou a cabeça.

— Agora ela pode começar outro processo, Caio, o de aceitação. Pode não parecer agora, mas você deu a ela o melhor presente de Natal que Verena poderia ter recebido: uma resposta.

Eles beberam café em silêncio. Os últimos dias correram pelas lembranças de Caio como se tivessem sido um sonho febril, algo que você vê num borrão quando o metrô acelera, uma coisa que nunca vai ter certeza se realmente viu. Ele tocou o curativo com as pontas dos dedos e pressionou levemente, só para sentir a dor, para saber que ela era real.

— Eu e você, Ka... — ele suspirou — estamos de bem?

Karina abriu um sorriso.

— Sempre estivemos, Caio.

31 de dezembro de 2019

Verena sentiu dois braços quentes e macios abraçarem sua cintura, com cuidado para que não pressionassem a costela. O queixo de Karina pressionou seu ombro e ela sentiu o perfume de frutas que era tão característico dela. Ouviam a música alta, os sons da festa dentro da casa – copos, gargalhadas. Lá fora, as duas podiam compartilhar a sensação da brisa de verão nos braços e pernas, levantando cabelos. O céu brilhava com as explosões de fogos que não faziam barulho.

— Obrigada pela festa — Karina sussurrou.

Verena esfregou os braços dela.

— Como estão as coisas lá dentro?

— Karaokê lá em cima na sala de TV, Zulma bebeu por ela, pela Alícia e pela Isabela. O Daniel tá contando histórias de quando era jovem para impressionar a Sofia, e os meus amigos estão tentando converter os seus para o veganismo. Meus pais estão dançando, então eu diria que está tudo indo como esperado. Tá tudo bem? Entra, vai.

— Já vou, só queria ficar aqui sozinha um tempo.

Quando Karina entrou, Verena sentou-se numa das cadeiras de plástico. Estavam em 2020. Seria um ano difícil, de cicatrização, de perdoar o imperdoável. Ulisses morreria em 2020, os filhos de Ricardo e Caio nasceriam naquele ano. Ela tomou um gole de champanhe e permitiu-se perder-se nas luzes da piscina.

Caio sentou-se ao lado dela. Seus dedos entrelaçaram-se sem que dissessem nada. E assim eles ficaram, por um tempo. Até que ele teve coragem de perguntar:

— Você vai ficar bem?

— Não hoje, não amanhã. Mas eu vou ficar bem.

— A Karina me deu um presente de não sei quantos mil reais, para o bebê; um *kit* com carrinho, moisés e cadeirinha para o carro.

— Olha você sabendo o que é um moisés. — Verena riu, mesmo que ainda houvesse dor no sorriso. — Deixa ela. É a forma que ela tem de mostrar que gosta das pessoas.

— E você cedeu e deixou mesmo essa festa rolar.

— A vida é curta, Caio. Acho que eu e você sabemos disso melhor do que a maioria das pessoas. Ceder custa tão pouco. E o orgulho cobra um preço alto demais. A gente se perdoou por tudo e vamos seguir em frente porque o amor ainda não acabou, sabe? Então vamos ceder, juntas, para conseguirmos construir algo que eventualmente não exija desculpas nem perdões, eu acho.

— Seu filho me chamou de Frankenstein. Por causa do... — ele apontou para o retalho no rosto.

Verena sorriu antes de beber mais champanhe. Estava aprendendo a se virar com o braço esquerdo e a acostumar-se com o calor do gesso. Fogos ainda estouravam no céu, sem barulho, apenas chuva de luz.

— E seu irmão?

— Vai ser complicado. Ninguém está disposto a perdoá-lo. Minha mãe chora muito. Ele chora muito. Eu acho que sou a única que não aguenta mais chorar. Não sobrou mais uma lágrima em mim.

A música lá dentro estava tão alta que vibrava nos vidros. Verena e Caio viraram os rostos para ver que as luzes haviam sido apagadas e o equipamento do DJ contratado para a festa piscava feixes de múltiplas cores, transformando a sala numa pista de dança. Convidados vestidos de branco dançavam com as mãos para cima, as bexigas prateadas e douradas que Karina havia espalhado pela casa levantavam voo, perdiam *momentum* e mergulhavam novamente. Verena conseguiu distingui-la sob os estrobos, cantando, puxando sua avó de 84 anos para dançar. Era o tal do David Guetta que tocava, o tipo de música eletrônica que Karina adorava. Uma mulher cantava *"You shoot me down, but I won't fall, I am titanium..."*

Caio olhava para ela.

É você, sabe? Você não cai. É feita de titânio, à prova de balas.

Verena gostaria que fosse verdade. Talvez tivesse caído há tanto tempo que havia feito do fundo do poço seu lar. *Mas eles estão bem. Ele não conseguiu tirá-los de você, Verena.* Caio tinha o olhar perdido no céu, nos fogos que ainda explodiam em silêncio.

— A Zulma já bebeu mais do que deveria lá dentro, depois você tem que dar um esporro nela — ele murmurou.

— Ah, deixa ela. Daqui a dez dias, ela começa o estágio com a Karina e não sabe o quanto vai ter que ralar. Deixa ela curtir os últimos dias de férias.

Os dois olharam para cima, juntos. Cascatas de luz amarela, verde, vermelha. As cicatrizes ainda estavam abertas, ainda falava-se sobre Ulisses na internet e no jornal, e ele ganhou uma reportagem na Retrospectiva 2019 da Rede Globo. Mas estava preso. As vítimas na casa de Embu foram identificadas e suas famílias puderam enterrá-las. Isabela conseguiu encontrar as primeiras duas vítimas: Catarina, uma prostituta que foi encontrada com uma mariposa presa na garganta. O inquérito policial era vergonhoso, pois nenhum esforço era empregado para fazer justiça às prostitutas mortas. Para o Estado, nem eram consideradas humanas. A segunda vítima de Ulisses foi uma corretora de imóveis chamada Norma Cipriano, encontrada numa das casas que estava vendendo, no Jardim Prudência, a poucos quilômetros de onde Judite Souza morava. Ela foi encontrada nua e molhada na banheira da casa, esfaqueada mais de dez vezes. Isabela praticamente dormia na sede da DHPP, costurando o inquérito como uma colcha de retalhos; uma sobreposição de sadismo, ódio e a paixão doentia por assassinatos fictícios.

— Eu tava falando sério. — Verena quebrou o silêncio.

— Sobre o quê?

— Sobre minha neta encher o seu filho de porrada.

— Errou. — Caio riu.

Verena virou o rosto para encará-lo.

— Como assim?

— Conhece a minha mulher? Ela já fez a sexagem fetal. Não ia conseguir esperar um morfológico.

— Menina?

Caio sorriu. Os olhos brilharam e ele falou baixo, mas com orgulho:

— Luísa.

EPÍLOGO

A enfermeira Amélia puxou uma respiração profunda antes de entrar no quarto de Ulisses Rezende. Estava acostumada a cuidar de homens ruins, alguns transferidos de prisões, como ele, e já havia tolerado cantadas de estupradores e assassinos. A conversa dele, no entanto, era mais sinistra. Ele já não falava direito devido à paralização dos músculos da garganta, e seus monólogos lhe davam a sensação de que ele estava manipulando seus órgãos internos, mexendo com alguma coisa dentro dela que não deveria ser mexida.

Ela estudou o homem na cama, muito mais murcho e magro do que estivera quando apareceu na televisão. Já estava chegando aos estágios finais da doença e em breve só conseguiria alimentar-se por via intravenosa. Já não se mexia bem, usava fraldas e a respiração falhava com frequência.

Amélia colocou a travessa de sopa no suporte, puxou a cadeira e preparou-se para alimentá-lo. Sua vontade era apertar suas narinas e tapar sua boca para assistir a ele morrer. Não teria coragem. Ele sentiu sua presença, pois abriu os olhos.

Pelo menos a fase das gargalhadas havia passado. Amélia conhecia o suficiente sobre ELA para saber que alguns pacientes choram ou dão risadas de forma aleatória e sem conexão com sentimentos de tristeza ou alegria, mas tudo com Ulisses era diferente. O choro dele era estranho. As gargalhadas, principalmente quando ecoavam pelos corredores do hospital de madrugada, já havia feito algumas enfermeiras oferecerem dinheiro para trocar de turno com outras.

Um mês atrás, quando ela o atendera pela primeira vez, ele havia dito "Enfermeira Amélia, como a personagem de *O Babadook*", e olhara para o crachá dela por bastante tempo. Na época, ele falava sem gaguejar, sem sofrer.

Amélia raspou um pouco da sopa próxima da borda do prato, para não queimar a boca dele. Ofereceu, e ele descolou os lábios secos para aceitar. Ela só queria ir para casa. Precisava buscar a filha na sogra, ignorar que a menina provavelmente não havia jantado de novo porque a mulher decidira enchê-la de doces durante a tarde, para comprar seu bom comportamento. *E você nem pode reclamar, porque ela está te fazendo um favor.* Na quarta colherada, ele fechou a boca.

— Não quer mais? O senhor precisa comer.

Ele falou, a voz crespa:

— Sss. Ss-ss sabe qual é o mã-mã-m....

Amélia fechou os olhos.

Meu tropo preferido de filmes de terror, ela completou internamente.

— Yã- you won't fã-fã-fffff... feel a thing.

— O quê?

— "Não vai doer nada".

Amélia ficou surpresa pela habilidade em falar a última frase sem problemas. Ele continuou. A sopa esfriava na cumbuca.

— Mã-médicos falando isso p-pã-pã-pãaaa para pacientes antes du-de machucá-los.

Amélia não conseguiu conter a expressão de aversão por ele. Ulisses virou os olhos, já que não conseguia mais virar a cabeça, para olhar pela janela do quarto. Ela olhou para as mãos dele; haviam se transformado em garras. Sempre tivera compaixão por pacientes com doenças cruéis como aquela, mas não conseguia pensar em nada além da morte daquele homem. Chegou a rezar por isso uma vez.

Ele murmurou algo que ela não compreendeu. Amélia lembrou-se de um filme que assistira quando era adolescente no qual uma mulher, uma criatura horrível com um vestido azul e espinha contorcida, perseguia a irmã. Ulisses sorria. Ou seria um espasmo?

Quando ele começou a gargalhar, Amélia não se conteve. Tapou as orelhas com as mãos e saiu correndo do quarto.